붉은 팔찌

초판 1쇄 인쇄일 2015년 7월 23일
초판 1쇄 발행일 2015년 7월 29일

지은이 ㅣ 채의정
펴낸이 ㅣ 김기선
편집장 ㅣ 김은지

펴낸곳 ㅣ 와이엠북스(YMBOOKS)
출판등록 ㅣ 2012년 7월 17일 (제382-2012-000021호)
주소 ㅣ 서울 도봉구 노해로 379, 1005호(창동, 대성빌딩)
전화 ㅣ 02)906-7768 / **팩스** ㅣ 02)906-7769
E-mail ㅣ ymbooks@nate.com

ISBN 979-11-322-2761-8 03810

값 9,000원

YMBOOKS ROMANCE STORY

붉은 팔찌

채의정 장편소설

YM
BOOKS

목차

프롤로그.

한낮에 한 이별

작열하는 태양에 눈이 부셨다. 머리 위를 데울 듯 내리쬐는 햇살 아래 멍하니 서 있었다. 이제 건널목만 건너면 그와 만나기로 한 약속 장소다.

아마 그는 먼저 와 있을 것이다. 어쩌면 창으로 바라보고 있을지도 모른다. 늘 그렇듯 잔잔한 미소를 머금은 채.

현서는 가슴을 싸하게 내리긋는 통증에 미간을 찌푸렸다.

하얗게 질린 그녀는 파르르 떨리는 입꼬리를 억지로 끌어 올리며 미소를 지었다. 신호등이 바뀌고 한 걸음, 한 걸음 앞으로 내디뎠다. 아스팔트의 지열이 종아리를 휘감았다. 어서 지나가라고 재촉이라도 하듯 그렇게 그녀를 몰아댔다. 현서는 건널목을 다 건넌 뒤 이마에 흐르는 땀을 닦아냈다.

통유리로 된 커피숍은 내부가 다 보였다. 그는 어디 앉아 있는 걸까. 갈색 손잡이가 달린 문고리를 붙잡고 밖으로 당겼다. 문은 뜻밖에도 부드럽게 열렸다. 그녀가 들어서자 입구 쪽에 앉아 있던 몇몇 사람이 그녀를 쳐다보았다. 그 시선 속에 그는 없었다. 현서는 좀 더 안쪽으로 발걸음을 옮기며 그를 찾았다.

드디어 푸른 물빛 셔츠를 입은 남자의 뒷모습이 눈에 들어왔다. 넓고 탄탄한 어깨가 그임을 말해주고 있었다. 오늘은 얼마나 일찍 온 걸까. 그가 기다리는 게 편치 않으면서도 막상 먼저 와 있지 않으면 서운해하곤 했다.

그래도 오늘만큼은 자신이 먼저 와서 기다리는 편이 낫지 않았을까 생각하며 천천히 그가 있는 곳으로 다가갔다.

"어, 왔어? 덥지?"

우진은 보고 있던 책을 덮으며 고개를 들어 그녀를 쳐다보았다. 그는 이미 발소리만으로도 저를 알아챘을 것이다. 그리고 미리 준비했다는 듯 부드럽게 눈웃음을 지으며 인사를 건넸다.

그만의 사랑 표현 방법. 굳이 말이 아니라도 그는 온몸으로 사랑을 표현해왔다. 잔잔한 미소 속에도 그 사랑이 느껴졌다.

부드럽게 눈을 휘며 웃는 모습에 가슴이 뻐근해진다.

"아이스 아메리카노?"

"네."

그는 주문하러 자리를 떠났다. 현서는 그의 뒷모습을 아픈 눈으로 바라보았다. 이곳에 오기까지 수백 번 연습했던 그 말을 과연 할 수 있을지 자신이 없었다.

우진은 그녀 앞에 커피를 내려놓으며 맞은편에 앉았다.

"얼굴이 안돼 보여. 무슨 일 있었어?"

반듯한 눈매에 걱정이 깃들었다. 현서는 흔들리는 눈동자를 내리며 고개를 저었다.

"고개 들어봐, 현서야."

그는 상체를 그녀 쪽으로 기울이며 눈을 맞추려 했다. 깊고도 따스한 눈빛에 어린 다감함이 심장을 찔러댔다.

"……우리, 그만 만나요."

기어이 내뱉고 말았다. 현서는 고개를 들고 그를 똑바로 바라보았다. 이제부터 흔들림 없는 모습을 보여야 했다. 온기를 머금고 있던 그의 눈빛이 순식간에 어두워졌다.

"내가 잘못 들은 건 아니겠지, 현서야."

우진은 농담이냐는 얼굴로 어색하게 입꼬리를 올리며 물었지만, 반듯하게 자리 잡은 단정한 이목구비가 서서히 일그러졌다.

"제대로 들은 거 맞아요. 헤어져요."

목이 메어 따끔거리고 아프지만 힘겹게 할 말을 이어갔다. 그에게 따귀를 맞더라도 감내할 각오가 되어 있었다. 이것은 어차피 거쳐 가야 할 하나의 과정이었다.

그는 침묵했다. 한참을 그렇게 있었다. 옆 테이블의 사람도 두 번이나 바뀌었다. 그도, 그녀도 얼음이 서서히 녹아내리는 잔을 보며 말없이 있었다.

"이유는……?"

이윽고 입을 연 그는 지독히도 낮은 목소리로 물었다. 우진의 어두운 눈빛은 차가운 서리처럼 냉랭했다. 단 한 번도 그녀에게 보여주지 않았던 낯선 눈빛이 동공을 찔러왔다.

아프다. 송곳처럼 뾰족한 눈빛이 심장을 파고들었다.

"결혼…… 해요."

"하아……."

기가 막힌다는 듯 한숨을 내뱉은 그가 복잡한 눈빛으로 그녀를 바라보았다.

"이만 먼저 일어날게요."

더는 있기 힘들어 먼저 자리에서 일어났다. 그는 다행히도 붙잡지 않았다. 아니, 불행히도 잡지 않았다.

이렇게 쉬운 게 이별이라면 백 번이고 천 번이고 할 수 있을 것 같았다. 기이하게도 몸은 날아갈 듯 가벼웠고, 마음은 둥실 떠오르는 구름처럼 부풀어 올랐다.

"거기 서."

하지만 그때, 아찔할 만큼 낮은 목소리가 귓가를 스쳤다. 현서는 발걸음을 멈추고 돌아보았다.

"지금 가면 다시는 못 봐. 자신 있어?"

자신 따윈 없다. 그저 살아갈 뿐이다. 자신 있다고 한들 뭐가 달라질까. 영원히 남남이 되는 마당에.

"……네."

그가 대답을 원하는 듯해서 답을 들려주었다. 미련 갖지 않도록. 더 아프지 않도록. 원망해도 좋고, 평생 증오해도 괜찮다. 그를 버린 벌이라면 달게 받을 것이다.

커피숍을 걸어 나가는 현서의 발걸음은 점점 무거워지기 시작했다.

앞으로의 생애는 그를 잊기 위해 온 힘을 다해야 할지도 모른다.

커피숍을 나온 현서는 따가운 여름 햇살에, 손을 들어 이마를 가렸다. 가느다란 팔목에 걸린 붉은 팔찌가 아름답게 빛나고 있었다.

1.

다시 만난 너,
우연이든 필연이든

5년 뒤.

샤워를 마치고 출근 준비를 하는 현서에게 전화가 걸려왔다.

"네, 엄마."

–별일 없니? 꿈자리가 뒤숭숭해서 전화했다.

"일은 무슨. 지각이에요. 얼른 가봐야 해요."

–이혼하고, 그래, 혼자 늙어가니 좋아? 다 늙은 부모 걱정이나 시키는 불효막심한 딸 같으니라고.

"저 출근해야 해요."

–집에나 들러. 네 아버지 한숨 소리 때문에 방구들 내려앉겠다.

"알겠어요."

─끊어. 조심하고.

"네."

현서는 전화를 끊은 뒤 깊은 한숨을 내쉬었다.

엄마의 잔소리는 주기적으로 찾아왔다. 한 달에 한 번씩은 꼭 저러니 그때마다 현서는 죄인이 된 기분이었다.

묵직한 돌멩이가 가슴 한가운데 박혀 있는 것만 같았다. 어떻게 해야 이 돌멩이가 빠질까.

현서는 젖은 머리카락을 말리고 머리끈으로 질끈 묶었다.

그런데 거울을 바라보다 오늘따라 유난히 불안하게 날뛰는 신경이 거슬렸다. 예민해진 탓일까. 건드리면 터질 것 같은 팽팽한 긴장감이 전신을 감돌았다.

……이혼.

단 한 번도 이혼한 것을 후회한 적은 없었다. 오히려 결혼했던 저를 저주할 뿐이다. 결혼으로 잃어야 했던 것이 너무나도 소중한 것이었기에, 가슴에 초산을 부은 것처럼 쓰라렸다.

인제 와서 후회한들 무슨 소용이 있겠는가.

심장이 타들어가는 고통에도 무감했었다. 그 당시에는 어떤 고통이 다가와도 그랬었다.

일종의 생존법이었는지도 모른다. 살기 위해서 그랬어야 했는지도.

시간이 흐르면 잊힌다고 믿었다. 그리고 그 말대로 그의 존재는 희미해져갔다. 그러니 그걸로 된 거다.

현서는 액세서리가 걸려 있는 장식대를 열고 오늘 의상에 어울리는 팔찌를 골랐다. 마침 실버에 루비가 박혀 있는 디자인이 눈에 들어왔다. 가는 팔목에 팔찌를 채우고 거울을 들여다보았다.

그리고 전신거울로 이리저리 비춰본 뒤 하나로 묶어 올린 머리카락을 풀어 내렸다. 비단결처럼 윤이 나는 풍성한 머리칼은 칠흑처럼 검었다. 블랙과 레드. 오묘한 조화처럼 팔찌의 루비가 더욱 선명하게 반짝였다.

만족스러운 미소를 지은 현서는 신장 앞으로 가서 까만색 스틸레토 힐을 꺼내 신었다. 오늘은 중요한 약속이 있는 만큼 다른 날보다 특별히 신경을 썼다.

현서가 바쁜 걸음으로 현관문을 열고 집을 나섰다. 집과 회사 간의 거리는 버스 한 정거장 거리밖에 되지 않아 출퇴근을 도보로 했다.

한여름의 중턱에 걸려 있는 날씨는 아침부터 뜨거운 열기를 쏟아냈다. 현서는 햇살을 피해 그늘진 곳을 찾아서 걸었다.

지하철 역세권에 놓인 회사는 그녀가 대학을 졸업하면서부터 다닌 곳이었다. 7년이란 시간 동안 회사와 함께 성장한 현서는 직장에 대한 애착이 남달랐다.

오직 일에만 매달려 살아왔다 해도 과언이 아닐 만큼 그녀는 회사밖에 몰랐다. 고스란히 젊은 시절을 헌신한 결과가 지금의 위치였다. 집과 회사를 오가는 일상의 반복이었지만 후회는 없었다. 그랬기에 그 어느 때보다 지금 생활에 만족했다.

회사에 도착한 현서는 로비 문을 열고 안으로 들어섰다. 이젠 눈 감고도 갈 수 있을 만큼 익숙한 회사 복도를 걸어서 그녀의 사무실로 향했다.

"굿모닝!"

"안녕하세요, 실장님."

늘 20분 일찍 출근하는 그녀 때문에 디자인실 직원들도 항상 일찍 출근했다.

"오늘 왠지 센치해 보이십니다."

박정우 팀장이 다가와서 농담을 걸었다. 평상시 눈치가 빠른 박 팀장의 눈에도 그녀의 불편한 심기가 보이는 모양이었다.

"그래? 평상시와 똑같은데, 왜 그럴까. 혹시, 박 팀장 제안서 다 못 한 거 아니야?"

현서가 눈을 가늘게 뜨고 쳐다보자 박 팀장은 너털웃음을 터트리며 얼른 꼬리를 빼고 자리를 벗어났다.

현서는 오늘 제안서를 들고 성진 어패럴 디자인 팀장을 만나기로 약속이 되어 있었지만, 박 팀장이 서류를 제시간 안에 맞추지 못하면 그 제안서는 들고 가나 마나였다.

지금은 자체 브랜드를 국내 백화점에 오픈해야 하는 중요한 시점이기에 현서의 인상이 그 어느 때보다도 싸늘해졌다.

현서는 일단 직원들이 있는 사무실을 지나 안쪽에 나 있는 그녀의 개인 사무실로 들어갔다.

현서는 오늘 브리핑할 자료를 검토하고, 곧이어 박 팀장이 가지고 온 제안서도 꼼꼼히 살펴보았다. 그리고 가장 중요한 성진 어패럴의 디자인 팀장의 성향에 대해서 파악한 자료도 함께 검토했다.

해외유학파로 알려진 최유경 팀장은 성진 어패럴에 스카우트된 지 1년이 채 되지 않은 상태였고, 그녀에 대한 자료는 그다지 많지가 않았다. 단지 그녀는 독신이고, 자신의 브랜드에 대한 자부심이 상당하다고 했다. 현서는 팔목에 흘러내리는 루비 팔찌를 위로 올리며 키보드를 두드렸다.

성진 어패럴의 디자인이 최근 시즌에 어떻게 바뀌고 있는지 박 팀장이 조사한 자료보다는 좀 더 핫한 자료가 필요했다.

시간이 촉박했다.

현서는 시계를 쳐다보고서는 서류들을 가방에 챙겨 넣기 시작했다. 첫술에 배가 부를 순 없었다. 오늘은 최대한 좋은 이미지를 심어주고 오는 것으로 하자고 마음을 먹었다.

성진 어패럴 본사 빌딩에 들어선 현서는 신분증을 맡기고 디자인실이 있는 곳으로 향했다.

엘리베이터 입구에 선 그녀가 10층 디자인실을 입속으로 되뇌며 제발 성공적인 미팅이 될 수 있기를 빌었다.

뿐만 아니라 마치 행운을 가져다주는 팔찌인 양 루비 팔찌에 입술을 살짝 갖다 댔다. 한결 마음이 놓인 현서는 심호흡하며 차분히 마음을 다독였다.

지문 하나 찍히지 않은 엘리베이터의 은색 문을 바라보던 현서는 뒤로 시커먼 그림자가 드리워지는 것을 보고 한 걸음 뒤로 물러서며 옆으로 비켜섰다. 그러곤 차분하게 시선을 내리뜨며 옆에 서 있는 남자의 모습을 조심스럽게 살폈다.

먼저 고급스러운 맞춤화가 눈에 들어왔다. 그 위로 짙은 그레이 슈트가 적당한 핏으로 몸을 흐르듯 감싸고 있었다. 손에 든 브리프케이스에도 명품 로고가 눈에 띄지 않게 새겨진 것이 보였다. 고급스러운 슈트와 맞춤화. 일반 평사원은 아닌 모양이었다. 직장인의 월급으로는 저 구두 한 켤레도 사기 어려울 것이다.

말없이 서 있는 남자가 뿜어내는 위압감은 어마어마했다. 긴장한 현서는 짧게 숨을 내뱉으며 앞을 바라보았다. 그런데 얼굴 위가 간질거렸다. 옆에 선 남자가 그녀의 얼굴을 뚫어지게 바라보는 것이 느껴졌다.

이 남자, 뭐 하자는 거야.

좀처럼 거두어지지 않는 시선 때문에 현서는 발끈했다. 도대체 어떻게 생겨 먹은 얼굴인가 싶어 남자의 얼굴을 향해 시선을 돌렸다.

남자의 짙은 눈이 가늘게 휘어지며 대담하게 응시해왔다.

설마……?

아니야, 그럴 리가 없어. 아니야.

바짝 굳어버린 현서는 떨리는 눈동자로 그를 다시 쳐다보았다. 그는 기다렸다는 듯 시선을 잡아챘다. 그녀는 머릿속이 하얗게 바래졌다. 짙은 눈을 빛내며 호기롭게 감겨드는 것은 분명 그였다. 꿈속에서라도 보고 싶어 애타게 찾던 얼굴이 눈앞에 있었다.

단정하면서도 날카로운 턱 선, 깊고도 서늘한 눈빛. 그 모든 것이 그대로였다. 5년의 세월을 고스란히 뛰어넘어 그가 거짓말처럼 나타났다.

권우진!

"……이현서 씨, 오랜만입니다."

단호하면서도 낮은 목소리가 울려 퍼졌다. 빈혈과도 같은 어지러움이 몰려왔다. 눈을 꾹 감았다가 다시 떴다.

이 사람이 정말 권우진이 맞는 걸까. 울컥 눈시울이 뜨거워졌다.

"5년 만인가요."

무감한 눈빛이 그녀를 훑었다.

"……오랜만이에요."

현서는 떨리는 목소리로 간신히 인사를 건넸다. 눈물이 왈칵 쏟아지는 기분에 숨을 삼켰다.

아니다. 그는 5년 전의 그가 아니었다. 온몸에 소름이 돋을 만큼 차가운 음성, 서릿발 같은 차고 날카로운 눈빛. 그는 전혀 다른 사람이 되어 있었다.

이제 낯설어져버린 그를 어떤 시선으로 보아야 할지 알 수 없었다. 혼란스러웠다. 저가 떠났으면서도 마치 이별을 당한 것 같은 억울한 감정에 눈물부터 쏟아지려 했다.

5년이라는 짧지 않은 시간 동안 너무나도 변해버린 그를 정말 권우진이라고 믿어야 하는 건지 그것조차도 확신할 수 없었다. 모든 것이 뒤죽박죽이었다. 도무지 감당하기 힘든 감정에 이대로 사라지고 싶었다.

그때 엘리베이터가 도착하고 그가 먼저 안으로 들어섰다.

"안 탈 겁니까."

현서는 흠칫하며 허둥지둥 엘리베이터에 올랐다. 명치에 유리 조각이 박힌 것처럼 따끔거렸다.

침착하자. 제발, 제발.

고개를 숙인 채 구두코만 바라보던 현서는 팔목에서 반짝거리는 루비 팔찌를 보았다. 엘리베이터 안의 조명을 받아 붉은빛이 아름답게 부서졌다.

그 순간 현서는 한 가지 사실을 떠올리며 얼굴이 하얗게 질려 갔다. 하필이면 그에게서 받은 팔찌였다. 그가 눈치채지 못하길 바라며 불규칙하게 뛰어대는 가슴을 내리눌렀다.

엘리베이터의 두 평 남짓한 공간. 숨이 막혀왔다. 오직 어깨에 메고 있는 가방끈을 지지대 삼아 꽉 붙잡고 버텨냈다. 엘리베이터 벽에 비스듬히 기댄 채 여유롭게 서 있는 그가 의식되어 견딜 수가 없었다.

현서는 고개를 들어 엘리베이터의 숫자판을 바라보았다. 10층을 향해 가쁘게 올라가는 엘리베이터가 너무나도 더디게 느껴졌다.

엘리베이터 숫자판에 빨간 불이 들어와 있는 것은 10층뿐이었다. 그의 목적지도 10층인 걸까. 어서 이 자리를 벗어나고 싶었다. 느닷없는 재회가 그녀에겐 부담스럽고 견디기 힘들었다.

"그 팔찌, 아직도 가지고 있군요."

낮고도 묵직한 소리가 엘리베이터 안에 울려 퍼졌다.

현서의 두 눈이 사정없이 흔들렸다. 역시나 그는 기억하고 있었다. 그녀를 바라보는 우진의 눈동자는 스산했고, 또 공허했다. 따스한 온기가 넘쳐흐르던 눈빛의 그는 없었다. 그가 변한 것이 모두 자신 탓인 것 같아 그녀는 가슴이 시큰거렸다.

현서가 그의 시선을 피해 고개를 돌렸다. 지금 와서 후회한들 달라질 건 아무것도 없었다. 드디어 엘리베이터가 10층에 섰다. 현서는 고개를 숙이며 인사를 건넨 뒤 먼저 내렸다. 그리고 뒤도 돌아보지 않고 앞으로 곧장 걸어갔다.

처음 와보는 건물이면서도 무작정 걸었다. 그의 시선에서 놓여나고 싶었다.

디자인실, 그곳으로 가야 한다. 그런데 도대체 어디 있는 거야.

현서는 걸음을 멈추고 복도를 두리번거렸다. 그가 오기 전에 빨리 몸을 숨기고 싶었다.

뚜벅뚜벅.

발소리가 점점 가까워졌다. 덩달아 심장박동도 빨라졌다. 현서는 저만치 보이는 안내 표시를 보며 그곳으로 향했다.

"앗!"

허둥거리며 정신없이 걷던 현서는 발목을 삐끗하는 바람에 비틀거리며 벽을 짚었지만, 넘어지는 불상사를 막진 못했다. 바닥에 주저앉은 현서는 아픈 건 둘째 치고, 뒤따라오는 그에게 망신스러운 모습을 보인 것 같아 얼른 자리에서 몸을 일으키며 옷을 바로 잡고 가방을 고쳐 멨다.

어깨 너머로 숨을 내쉬며 앞으로 한 걸음 내딛던 현서는 머리털이 바짝 설 만큼 끔찍한 통증에 손으로 입을 틀어막았다.

순식간에 식은땀이 주르륵 등골을 타고 흘러내렸다. 현서는 어서 그가 지나가기만을 기다리며 벽을 짚고 간신히 서 있었다.

오늘 박 팀장과 함께 오지 않은 것이 그렇게 후회될 수가 없다. 자칫하다간 디자인 팀장과의 미팅도 틀어질 것 같아 걱정되었다.

"어디 다치셨습니까."

그녀의 바람대로 그냥 지나칠 생각은 없는 모양이었다. 그는 성큼 다가와서 나직한 소리로 말했다.

"아, 아니에요."

현서는 이마에 흐르는 식은땀을 손등으로 닦아냈다.

"어디 봐요."

그가 바닥에 한쪽 무릎을 꿇으며 현서의 왼쪽 발목을 잡았다.

"됐어요, 괜찮아요. 그만두세요."

현서는 몸을 뒤로 물리려 했지만, 단단한 손은 발목을 놓아주질 않았다. 그가 손으로 발목 부위를 꾹 누르자 현서의 입에서는 비명이 튀어나왔다.

"아앗!"

그가 고개를 들어 쳐다보았다.

"이렇게 높은 구두를 신고 다니니 이런 사고가 생기는 겁니다. 내 팔을 잡아요. 병원으로 가야겠네요."

그가 몸을 일으킨 뒤 무표정한 얼굴로 바라보며 팔을 내밀었다. 현서는 고개를 저으며 팔을 밀어냈다.

"괜찮아요. 지금 약속이 있어요. 고맙습니다. 신경 써주셔서."

거절에 기분이 나빠진 모양인지 그가 눈을 가늘게 뜨고 쳐다보았다.

"다른 마음은 추호도 없습니다만……."

냉기가 가득한 음성이었다.

"미안합니다. 그런 뜻이 아니라……."

"어디로 가려던 참이었죠?"

그가 다시 물어왔다. 현서는 손을 들어 문을 가리켰다.

"디자인실 팀장님과 약속이 있어요. 5분 전이네요. 어서 가봐야 해요."

"날 잡아요. 데려다줄 테니."

오늘 미팅 약속을 어기게 되면 이곳과의 거래는 두 번 다시 할 수 없게 된다. 목적지가 코앞인데 기회를 이렇게 저버릴 순 없었다.

현서는 망설인 끝에 손을 내밀어 그의 팔을 붙잡았다. 쩔뚝이며 걷는 그녀와 보조를 맞추어 디자인실로 이끌던 그는 입구에 도착하자 서슴지 않고 디자인실 문을 열고 들어갔다.

직원들의 시선이 한꺼번에 쏠렸다. 현서는 눈을 질끈 감았다가 뜨며 어색한 미소를 지었다.

"안녕하세요. 전 이현서……."

"최 팀장 어디 갔습니까?"

그녀의 말이 채 끝나기도 전에 그의 목소리가 나직이 울렸다. 현서는 입을 다물고 그를 올려다보았다.

"안녕하세요, 이사님. 그런데 옆에 여자분은 누구세요?"

디자이너 중 한 명으로 보이는 여자가 눈웃음을 치며 다가왔고, 현서는 이사라는 말에 다시 우진을 멍하니 쳐다보았다.

"오늘 약속이 있어서 온 모양인데, 상담실로 안내해요."

우진은 그녀를 천천히 부축하며 디자인실 내부 미팅룸으로 데리고 갔다. 현서는 그녀에게 쏟아지는 디자인실 직원들의 시선에 몸 둘 바를 모르며 연신 고개를 숙이고 인사했다.

반투명 유리로 된 미팅룸으로 들어선 그는 의자를 빼서 그녀를 앉힌 뒤 맞은편에 앉았다. 현서는 그가 왜 가지 않고 여기에 앉아 있는지 궁금했다. 직원들이 이사라고 하더니 정말 맞는 걸까.

그와 눈을 맞출 자신이 없던 현서는 팔찌를 바라보았다.

"……남편이 아무 말 안 합니까."

흠칫. 현서는 고개를 들어 눈을 맞추었다. 그의 시선이 팔찌에 닿아 있었다.

느릿한 어조. 새까만 눈동자는 어둡고 깊었다.

"……."

불행한 결혼생활, 그리고 이혼. 말해야 할까.

"하긴, 말 안 하면 모르겠죠. 전 애인이 줬다고 말할 리가 없을 테니."

지금에 와서 이혼했다고 말할 이유는 없었다. 이미 끝난 인연이고, 벌써 5년이나 지난 일이었다.

이 남자는 무슨 말이 하고 싶은 걸까. 오래전 헤어진 여자 앞에서 굳이 과거를 들먹이는 이유는 뭘까.

혹시 그도 자신과 마찬가지로 5년 전 헤어지던 그날에서 벗어나지 못하고 있는 건 아닐까.

그녀가 바늘 끝으로 가슴을 찔러대는 통증에 잠시 숨을 멈추었다.

"권 이사님, 어떻게 지금 이 자리에……."

최유경 팀장으로 보이는 여자가 다급하게 미팅룸으로 들어서며 우진에게 물어왔다. 우진은 눈을 접으며 특유의 웃음을 지어 보였다. 쌀쌀맞은 표정으로 있던 그의 얼굴이 180도 바뀌었다.

현서는 이제야 자신이 알던 옛날의 권우진 같아서 코끝이 찡해졌다. 하지만 그 웃음은 그녀를 향한 웃음이 아니었다. 감히 바랄 수도 없는 일이었다.

"최 팀장, 그럼 난 이만 일어납니다. 수고해요."

"아, 네, 이사님."

그가 자리에서 일어난 뒤 현서에게 명함 하나를 내밀었다.

"이현서 씨, 혹시 내 도움이 필요하면 연락해요."

현서는 그가 내미는 명함을 받아 들었다. 명함에는 정말 이사라는 직함이 찍혀 있었다.

그가 뒤도 돌아보지 않고 나간 뒤 공식적인 미팅이 시작되었다.

"안녕하세요, 성진 어패럴 최유경 팀장입니다. 그럼 제안서를 볼까요?"

"네, 뉴골든 주얼리 이현서 실장입니다. 제안서는 여기 있습니다."

현서는 가방에서 가지고 온 서류를 꺼내서 그녀 앞으로 내밀었다. 보지 않고서도 줄줄 외울 만큼 현서는 많은 준비를 했다.

"저희 뉴골든 주얼리는 창립 이래 자체 브랜드 제품을 생산하기 시작하면서 저가형 위주의 액세서리를 대중들에게 판매해왔었습니다. 하지만 점점 브랜드의 고급화를 지향하면서 의류업체의 고퀄리티에 맞춘 액세서리를 생산하고, 주문을 받아 제작하는 노하우도 비축을 해왔습니다. 지금 보시는 제안서에는 그동안 저희 회사에서 제작했던 액세서리의 종류와 거래했던 업체의 실적이 나와 있습니다."

"예전에 나인 어패럴과도 거래를 했군요."

"네, 그렇습니다. 그쪽에서 원하는 제품을 맞춤형으로 제작했었습니다."

"우리는 의류 메이커를 내건 액세서리를 판매할 생각도 하고 있어요. 옷에 부착될 액세서리뿐만 아니라 귀걸이, 목걸이, 팔찌, 벨트 등도 의류 메이커를 달고 판매를 하는 거죠. 그만큼 품질에서만큼은 확실하게 보장이 되어야 합니다."

최 팀장은 현서 앞으로 몇 가지 액세서리 디자인이 그려진 종이를 내밀었다. 현서는 그것을 받아 들며 재빨리 눈으로 훑었다.

"이걸 보고 샘플을 만들어서 오세요. 그걸 보고 결정하도록 하죠. 우리가 샘플을 받는 곳은 뉴골든 주얼리뿐만 아니라 세 군데 업체가 더 있어요."

"네."

현서는 발목의 통증이 점점 심해지고 있었다. 이를 악물고 통증을 참아내고 있지만, 이마엔 식은땀이 송골송골 맺혔다.

최 팀장은 그런 현서의 모습에도 아랑곳하지 않고 할 말을 다한 뒤 그만 가보란 식으로 말했다.

"그럼, 한 달 뒤에 다시 보도록 하죠."

"네, 감사합니다. 최선을 다하겠습니다."

현서는 고개를 숙여 인사를 건네고 자리에서 일어났다. 다리의 통증은 점점 심해져왔다.

꿈자리가 사납다고 전화를 건 엄마의 목소리가 그제야 생각났다. 이런 꼴을 당하려고 그랬던 거였다.

현서는 다리를 절뚝거리며 사무실을 걸어 나왔다. 등 뒤로 최 팀장이란 여자의 카랑카랑한 목소리가 들려왔다.

"어떻게 권 이사님이랑 저 여자가 같이 왔다는 거지?"

"그러게요. 권 이사님 팔을 붙잡고 매달리다시피 해서 들어오는 거 있죠?"

"그래? 지금 권 이사님은 어디 계시지?"

"아마 사장실에 계시지 않을까요?"

현서는 권우진이 성진 어패럴의 이사가 될 수 있는 확률에 대해서 생각했다.

그녀와 만나던 시절 그는 디자인을 전공하는 고학생이었다. 그런데 어떻게 불과 5년 만에 이사라는 자리에 오를 수 있단 말인가. 믿기지 않았다.

현서는 엘리베이터를 타고 1층으로 내려갔다. 빌딩의 안내도가 붙어 있는 게시판 쪽으로 향했다. 발을 질질 끌다시피 걸어가는 그녀를 사람들이 힐끔거리며 쳐다봤지만, 그녀의 눈에는 아무것도 보이지 않았다. 오로지 저 게시판에 뭐가 쓰여 있는지, 그것이 중요했다. 그녀는 권우진의 이름을 되뇌며 게시판으로 다가갔다.

아크릴 게시판에 적혀 있는 것은 이 회사 설립자의 이름과 사장의 이름이었다.

설립자 권재용 회장, 현 사장 권도진.

권우진, 권도진……. 그랬구나.

현서는 웃음이 새어 나오는 것을 막을 수가 없었다.

팔에 덜렁거리며 빛나는 루비 팔찌가 눈에 아프게 박혀 들었다.

낡은 청바지에 물 빠진 티셔츠를 입고서도 늘 빛이 나던 남자. 친구의 창고에서 생활하면서도 늘 웃음을 잃지 않던 남자. 그 남자가 바로 권우진이었다. 그의 배면에는 재벌 2세라는 삶이 숨겨져 있었다.

그가 무슨 이유로 그런 생활을 했고, 왜 숨길 수밖에 없었는지 미치도록 궁금했지만, 이미 다 지난 과거였다.

공기 속에서 어지럽게 떠다니는 산소 입자가 모조리 빠져나가 버린 듯 가슴이 답답하고 숨이 가빠왔다.

파랗게 질린 현서는 신분증을 찾은 뒤 빌딩을 빠져나왔다. 도심은 뙤약볕의 열기를 받아 후끈거렸다. 눈앞에 아지랑이가 피어올랐다.

그래도 저만치 빌딩 앞에 줄 서 있는 택시를 보며 다행이라 생각했다. 하지만 그곳까지 가기가 까마득했다. 불과 10미터밖에 되지 않는 거리였지만 10리보다 멀어 보였다. 어떻게 저기까지 걸어가야 할지 암담했다.

에어컨의 찬 기운이 식자 머리 위로 뜨거운 열기가 닿았다. 마치 5년 전 그와 헤어지던 날처럼 태양이 뜨겁게 내리쬐고 있었다. 현서는 허공을 디디듯 한 발짝씩 걸음을 떼었다.

권우진의 회사, 이곳을 빨리 벗어나고 싶다는 생각으로 이를 악물고 걸었다. 마침내 모든 기운을 소진해버린 현서는 간신히 택시에 몸을 실을 수 있었다.

그런 그녀를 저 멀리 빌딩 입구에서 바라보는 뜨거운 시선이 있었다. 우진은 손톱이 손바닥을 파고들 만큼 힘껏 주먹을 쥐었다. 까마득히 오래전에 잊힌 사람이라 생각했었다. 하지만 그녀를 보는 순간, 지난 세월 동안 그녀를 단 일분일초도 잊어본 적 없단 사실을 깨달았다. 사랑했던 순간들이 뇌리를 스쳐가며 가슴을 세차게 두드렸다.

우리는 이렇게도 만나질 수 있는 사이였으나. 이럴 줄 알았다면 조금 일찍 돌아왔을 텐데. 우진은 등 뒤에 버티고 있는 거대한 성진 어패럴을 돌아보았다. 결국, 그 자신이 있어야 할 자리는 이 자리였는지도 모른다.

이미 눈앞에서 사라진 그녀가 떠난 자리를 뚫어지게 쳐다봤다. 눈시울이 뜨끈해져온다. 너덜거리는 심장은 고통을 호소하기 시작했다.

다시 그녀를 눈에 담고 보니 알겠다. 얼마나 사랑했는지, 얼마나 사랑하고 있는지.

그의 집무실이 있는 곳은 10층. 디자인실과 같은 층에 있었다. 집무실로 돌아온 우진은 자리에 앉아 업무를 시작했다. 하지만 몇 분 지나지 않아 의자에 털썩 기대었다.

그의 머릿속을 잠식하고 있는 여자 때문에 책상 앞에 산적해 있는 일 따위는 눈에 들어오질 않았다. 지끈거리는 심장이 아프다. 우진은 의자를 돌려 통유리로 된 창밖을 내다보았다. 5년 전 그날처럼 뜨겁게 내리쬐는 태양이 동공을 찔러왔다.

우진은 그녀와 헤어진 뒤 모든 것을 버리고 아버지에게 무릎을 꿇었다. 권 회장이 원하는 대로 경영에 뛰어들어 1년에 투자금액이 100억이 넘는 신규 사업을 과감하게 시도하고, 결국 성공해냄으로써 지금의 자리에 올 수 있었다.

그 일로 인해 성진 어패럴 이사로 들어온 지 1년이 채 되지 않았지만, 동종 업계에 그의 이름이 알려지기 시작했다.

이현서. 그녀를 잊기 위해 발버둥 친 산물이 바로 지금의 자리였다.

그리고 마치 예정된 수순처럼 그녀가 눈앞에 나타났다. 예전과 똑같이 아름다운 모습으로. 결혼한 지 5년이 됐다면 아이도 있을 텐데, 잡티 하나 없는 우윳빛 피부와 탐스러운 긴 머리카락은 그때나 지금이나 변함없었다.

크지도 작지도 않은 단아한 눈, 짙은 속눈썹 아래 감춰진 흑진 주처럼 반짝이는 동공과 새하얗다 못해 파랗게 보이기까지 하는

흰자위, 앙증맞은 입술, 그리고 늘씬하게 뻗은 다리와 가느다란 발목까지 모두 그대로였다.

한때 자신의 여자라 여기고 얼마나 행복해했었던가.

우진은 손을 들어 손바닥을 뒤집어 보았다. 그의 손안에 닿았던 감촉이 여전히 남아 있었다. 가느다란 발목을 잡는 순간 믿기지 않아 몇 번이고 확인해야 했다.

그녀는 여전히 무방비했고, 유혹적이었다. 제가 뭐 하는 줄도 모르며 사람의 마음을 잔뜩 뒤흔들어놓던 그런 표정을 짓고 있었다.

하지만 다른 남자의 아내가 된 그녀. 우진은 가슴속에서 치밀어 오르는 것을 억지로 눌렀다.

지난 5년 동안 뭘 했던 걸까. 헤어지던 그날, 그 자리에서 한 발짝도 나아가지 못한 채 살아왔었나.

우진은 주먹을 움켜쥔 채 입안 속살을 깨물었다.

그녀의 손에 채워진 붉은 팔찌는 어떻게 해석해야 하는 걸까. 몇 날 며칠 밤을 새우며 만든 팔찌였다. 디자인부터 세공까지 모두 직접 했었다. 현서의 가느다란 팔목에 채우기 위해서. 영원히 자신의 여자라는 징표를 남기기 위해.

액세서리 회사에 다니는 그녀답게 예쁜 액세서리를 보면 그냥 지나치는 법이 없었다. 한번은 현서와 백화점 명품관을 돌며 액세서리 유행을 파악하고 이것저것 구경하던 중이었다.

곁을 따라오던 현서가 보이질 않아 뒤를 돌아보니 그녀는 어느 매장 앞 진열대에서 떠날 줄 모르고 넋을 놓고 있었다. 우진은 살

그러니 현서 곁으로 다가가서 어깨에 팔을 둘렀다.

'뭘 그렇게 넋을 놓고 보고 있어?'
'어? 아, 아니에요. 가요.'

그제야 정신을 차린 현서는 자리를 떠나는 순간까지도 눈길을 떼지 못했었다. 우진은 그녀가 유심히 바라보던 팔찌를 눈에 담았다. 나중에 혼자라도 와서 사주고 싶어서였다.

우진은 그날 이후로 내내 그 팔찌가 마음에 걸려 사러 가려고 나서다가 문득 그가 직접 디자인한 팔찌를 만들어서 선물하는 게 더 의미가 있을 것 같다는 생각이 들었다.

우진은 곧바로 팔찌 디자인에 들어갔다. 현서 몰래 작업을 하기 위해선 그녀와 헤어진 밤에 만들어야만 했다. 그로 인해 밤을 지새우기 일쑤였지만 피곤한 줄도 모를 만큼 열정을 태웠다. 오직 그의 여자, 현서의 팔에 채워질 팔찌라는 생각에 그 어느 때보다 공을 들였다.

누굴 위해 이렇게 공을 들여 작업해본 적은 처음이었다. 현서가 기뻐할 얼굴을 떠올리는 것만으로도 힘이 났다. 이 팔찌가 가진 구속의 힘을 믿으며, 둘은 영원히 헤어지지 않을 것이라는 믿음으로 완성했었다.

오늘의 만남이 우연을 가장한 필연일까, 아니면 정말 우연일까.

하필이면 성진 어패럴에 나타난 이유는 뭘까.

만약, 그가 여기 이사인 것을 알고 찾아온 것이라면…….

지난날 그녀에게 **빠져** 허우적거리던 권우진을 떠올린다면 충분히 가능성 있는 이야기였다.

그리고 다른 남자의 아내가 되어서도 자신의 목적을 위해 수단을 가리지 않는 여자. 이현서라면 당연히 그러고도 남음이었다.

가난한 고학생을 버리고 택한 사람은 부유한 집의 남자였으니까.

우진은 한마디로 정의할 수 없는 복잡한 심경에 거칠게 머리카락을 쓸어 넘기고 재킷을 벗어 던졌다. 넥타이를 느슨하게 당긴 뒤 셔츠 단추를 두어 개 풀어 젖혔다. 숨이 막히고 가슴이 터질 것 같았다. 그녀에 대한 배신감과 애증 사이에서 피가 말랐다.

드르륵. 드르륵.

마호가니 책상 위에 올려진 휴대전화가 울려댔다. 정아현으로부터 걸려온 전화다.

우진은 본성을 누르는 듯 나직한 목소리로 전화를 받았다.

"……네, 권우진입니다."

－오늘 저녁에 어디에서 볼까요. 제가 그리로 갈까요?

매번 전화를 먼저 거는 것이 자존심 상한 모양인지 목소리엔 불만이 가득했다. 우진은 관자놀이를 누르며 말했다.

"아닙니다. 제가 집 앞으로 가죠."

－네, 기다릴게요.

쌀쌀맞은 목소리로 전화를 끊는다. 아버지가 소개한 대성기업의 외동딸, 정아현. 큰 이변이 없는 한 그녀와 결혼할 것이다. 정략적인 결혼이야 이 바닥에서 흔한 일이었다.

그렇기에 우진도, 그 여자도 당연하게 받아들이고 있었다. 그런데 과연 그렇게 될까. 모르겠다. 모든 것이 혼란스럽다. 삶의 우선순위가 흔들린다.

우진은 휴대전화를 거칠게 내려놓으며 창밖으로 시선을 돌렸다.

다리를 쩔뚝이며 걸어가는 현서의 모습이 눈에 아른거렸다. 가냘픈 모습은 남자의 보호본능을 유감없이 자극했다. 주위 남자들이 모두 안타까운 눈빛으로 그녀를 바라보던 모습도 떠올랐다. 한동안 그녀의 모습이 계속 괴롭혀댈 것이다. 더불어 끔찍하리만치 잔인했던 지난날의 기억들도.

저녁 7시. 사방은 어스름이 깔리고 있었다. 우진은 약속대로 아현의 집 앞으로 왔다. 미리 집 앞으로 나와 있던 아현은 그의 은색 외제차를 발견하곤 환한 미소를 지으며 차에 올랐다.

세련된 외모의 아현은 전형적인 재벌 3세의 모습이었다. 유학가서 적당히 즐기다 한국으로 돌아와서 조신한 척 집안에서 소개해주는 남자와 결혼하는 부류.

이미 우진이 알아본 바로는 그녀와 놀아났던 남자는 여러 명이었다. 이 바닥에서도 만난 남자가 몇 명 있었다. 하지만 우진은 그런 것보다 이쪽 업계에서 소문이 지저분한 나인 어패럴의 최현배와 친척뻘이라는 것이 마음에 걸렸다. 짧은 단발머리에 자그마한 아현은 그의 부친이 며느리로 삼고 싶어 하는 여자 중 하나였다.

우진은 무심한 얼굴로 앞만 보며 운전했다.

"어딜 가는 거예요?"

"원하는 대로."

"정말요?"

말없이 고개를 끄덕였다. 피곤하다. 쓸데없이 시간 낭비 하고 있는 기분이다. 어차피 해야만 하는 결혼이라면 이런 과정 없이 자고 일어나면 바로 결혼식장이었으면 좋겠다.

"……호텔 갈까요?"

아현은 당돌한 표정으로 그를 바라보며 입꼬리를 올렸다. 색기가 묻어나는 얼굴. 우진은 저도 모르게 피식 웃었다. 이럴 땐 뭐라고 대답해야 하나.

순간 기시감처럼 떠오르는 기억이 그의 심장을 후려치고 지나갔다. 핸들을 힘껏 움켜쥐었다.

절박하고 위태롭게 흔들리던 현서. 그녀가 그의 품에 무너지듯 안겼던 그날로 심장이 곤두박질쳤다.

잊는다. 잊을 것이다. 그녀가 뭐라고. 우진은 옆에 앉은 아현을 벌건 눈으로 바라보았다.

우진의 차는 가까운 호텔 주차장으로 들어섰다. 그악스럽게 밀려드는 추억을 뱉어내려는 발악이었다.

추억을 다른 추억으로 덧씌우면 달라지겠지. 우진은 말없이 호텔 룸 키를 받고 엘리베이터에 올랐다.

룸에 들어선 순간 아현은 그의 목에 팔을 감고 입술을 겹쳤다. 우진은 아현의 허리를 낚아채듯 끌어당기고 깊숙이 혀를 집어넣었다.

그녀의 작은 혀를 잡아채서 빨아대고 더욱 깊게 입속을 휘저었다. 마셔도, 마셔도 풀리지 않는 갈증처럼 갈급하게 아현의 입술을 탐했다. 그의 손에 벌어진 블라우스 사이로 손을 집어넣었다. 크고 단정한 손은 풍만한 가슴을 힘껏 움켜잡았다.

"으응. 우진 씨……."

아현의 손이 우진의 셔츠 단추를 풀고 그 안으로 파고들어 단단한 가슴을 쓰다듬었다. 날카로운 손톱으로 그의 유두를 긁어내리는 순간 그의 입에서도 나직한 신음이 새어 나왔다. 아현은 서서히 손을 내려 바지 버클을 풀려 했다.

"악!"

그 순간 우진은 아현의 손목을 확 낚아채며 뿌리쳤다.

"그만."

단호한 목소리가 울렸다.

당황한 아현은 벌게진 얼굴로 그를 쳐다보았다.

"안 되겠습니다. 미안합니다."

우진은 그대로 욕실로 향했다.

쾅!

소리 나게 문을 닫은 그는 세면대에서 찬물을 틀어 얼굴에 끼얹었다.

미친놈.

속에서는 자신을 향한 온갖 욕설이 쏟아져 나왔다.

욕실 세면대에 양손을 짚고서는 거울을 들여다보았다. 하마터면 현서의 이름이 튀어나올 뻔했다.

단 한 번의 마주침으로 이렇게 흔들릴 줄 몰랐다. 이런 자신에게서 지독한 패배감과 모멸감을 느꼈다.

그의 입술은 여전히 그녀의 작고 보드라운 입술을 기억했고, 손은 아담한 가슴을 기억했다. 그녀의 입에서 새어 나오던 관능적이며 수줍은 듯한 흐느낌을 아직도 기억하는 그는, 아현의 손이 바지 버클에 닿는 순간 차가운 물을 덮어쓴 것처럼 정신이 번쩍 들었다.

부들거리는 손을 보며 주먹을 쥐었다. 그녀의 촉감을 지워버리려는 듯 손톱이 손바닥에 파고들 만큼 힘껏 쥐었다.

그녀의 얼굴을 본 순간 저 깊숙이 파묻어두었던 촉감이, 느낌이, 감각이 들끓듯 솟아났다. 그럴 수만 있다면 깨끗이 지워버리고 싶었던 기억이 쓰나미처럼 밀려와 더러운 쓰레기 더미 속에 잔혹하게 내던져진 기분이었다. 미련하고 어리석은 자신에 대한 분노가 치솟았다.

이. 현. 서.

그녀는 그에게 치명적인 독이었다.

한참 후 욕실에서 나온 우진은 아현이 가고 없음을 알아챘다. 우진은 미니바에 마련된 얼음 잔에 위스키를 가득 따르고 단숨에 삼켰다. 그것으로 만족할 수 없는 우진은 얼음이 담긴 버킷을 들고 그 안에 위스키 병을 넣어 거실로 나왔다.

잔도 없이 병째로 술을 마신 뒤 다시 버킷에 꽂았다.

이런 식으로 술을 마신 것은 최근 들어 처음이다. 차갑고 독한 위스키가 식도를 따라 위장까지 순식간에 내려갔다. 우진의 깊고

검은 눈에 어린 감정은 한마디로 형용하기 어려울 만큼 복잡했다.

짙은 한숨을 내뱉은 뒤 시계를 들여다보던 우진은 탁자 위에 놓인 휴대전화를 들고 어딘가로 전화를 걸었다.

"아, 최 팀장, 미안해요. 퇴근했을 텐데 전화를 해서."

-아, 이사님. 괜찮습니다. 지금 회사에요.

"오늘 오후에 왔던 이현서 씨, 연락처 좀 알려줬으면 합니다."

-네에? 뉴골든 주얼리 실장 말이죠? 그런데 왜 이사님께서……

"그런 것까지 일일이 말해야 합니까."

-아, 아닙니다. 바로 문자로 보내드리겠습니다.

"고마워요. 수고해요."

전화를 끊은 뒤 휴대전화를 뚫어지게 바라보던 우진은 메시지 알림음이 뜨자 희미하게 미소를 지었다. 차갑게 반짝이는 눈빛과는 대조적인 미소였다.

2.

우린 사랑을 한 게

아니었다

현서는 아침 출근 전 액세서리가 들어 있는 장식대를 열다 저만치 던져진 채 놓여 있는 루비 팔찌를 보았다. 그녀가 그것을 가만히 손바닥 위에 올려놓았다. 반짝이는 실버에 알알이 박혀 있는 루비는 오묘한 빛을 띠고 있었다. 처음부터 이런 색이었을까.

　지금까지 그 팔찌를 보면서도 딱히 우진을 떠올리진 않았다. 무의식 속으로 끌어내려 묻어두었기 때문일지도 모른다.

　현서는 지금까지 애써 닫아두었던 과거의 기억들이 루비 속에 새겨져 있는 것만 같아 얼른 내려놓았다. 자칫 잘못하면 모든 것들이 우르르 쏟아질까 봐 두려워졌다.

　이내 마음의 빗장을 지르듯 장식대를 닫고 서둘러 옷매무새를 여미고 출근 준비를 마친 뒤 현관문을 나섰다. 양팔에는 목발이 들려 있었고, 왼발은 초록색의 깁스를 한 채였다.

현서는 아파트 주차장으로 내려와 오빠 현준을 기다렸다. 한참을 기다려도 오지 않는 오빠 때문에 초조해진 현서는 시계를 쳐다본 뒤 목을 길게 빼고서는 아파트 입구를 바라보았다.

평소 지각이란 걸 해본 적 없는 현서는 5분 내로 오빠가 오지 않으면 지각이란 사실을 깨닫고서는 그때부터 안절부절못하고 있었다.

여차하면 택시를 타고 가야 할 판인데, 불행히도 이곳은 택시가 잘 들어오지 않았다. 혹시나 오다가 교통사고라도 난 건 아닌지 은근슬쩍 걱정도 되는 것이 마음이 불안했다.

그녀가 다리를 다쳤다는 것을 알게 된 가족들은 의논 끝에 오빠인 현준이 현서를 출퇴근시켜주기로 합의를 봤고, 현서의 만류에도 불구하고 오빠는 꼬박꼬박 아파트 앞으로 찾아왔다. 서울지검에 다니는 현준은 눈코 뜰 새 없이 바쁜 와중에도 하나밖에 없는 여동생의 일인지라 기꺼이 기사 노릇을 했다.

현서는 가방을 뒤지며 휴대전화를 꺼내려던 찰나 빵빵거리는 클랙슨 소리에 고개를 들었다. 늦게 온 주제에 시끄럽게 빵빵거리는 오빠를 보며 현서는 눈을 흘겼다. 현준은 현서가 승용차에 오를 수 있도록 얼른 차에서 내려 그녀를 자리에 앉혔다.

"오빠, 지금 오면 어떡해. 늦겠어."

"내가 누구냐? 절대로 지각 안 해. 꽉 잡아."

현준은 있는 힘껏 속도를 내더니 눈 깜짝할 사이에 회사 입구에 도착했다. 그가 알아놓은 뒷길로 오니 정말 가까웠다. 집 뒤로 난 길은 비포장도로였지만 차가 다닐 만했다.

"와, 이 길은 언제 알아놨던 거야?"

"큰길은 막히니까 내가 머리 좀 썼지."

"길은 험해도 정말 빠르다. 다행히 지각은 면했네. 저녁에도 늦지 마. 오늘 병원 가는 날이야."

"그래, 조심하고. 어마마마 걱정이 태산이다. 하나밖에 없는 딸, 남편도 없이 혼자 살면서 아프면 큰일이라고."

"알았어."

현서는 오빠 현준을 향해 미소를 짓고서는 차에서 내렸다.

"데려다줘?"

"됐네요. 조심해서 가."

"그럼 저녁에 보자."

"응."

현서는 차가 떠나는 것을 본 뒤 현관 입구로 목발을 짚고 올라섰다. 이제 제법 익숙해졌지만, 여전히 서툴렀다.

"실장님! 조심, 조심하세요. 가방은 제가 들게요."

박 팀장이 언제 왔는지 현서를 보고서는 쪼르르 달려와서 가방부터 받아 들었다.

"고마워, 박 팀장."

"불편하겠어요. 병원에서는 뭐래요?"

"글쎄. 오늘 병원 가서 진찰하기로 했으니까 무슨 말이 있겠지."

"성진 어패럴에 가서 피해보상금이라도 받아 올까요?"

박 팀장의 농담에 현서는 살짝 눈을 흘겼다. 그날 일은 떠올리기만 해도 부끄럽고, 어딘가로 숨고 싶어졌다. 특히 성진 어패럴이란 말을 듣자마자 우진의 얼굴이 떠올라 가슴이 철렁 내려앉았다.

"쓸데없는 소리 말고 일이나 열심히 해. 거기서 말한 샘플 제작도 잘 살펴보고. 그거 제대로 못해내면 계약은 끝이라고."

"알겠습니다. 어서 엘리베이터 타야겠네요. 자, 조심조심. 잠시만요!"

박 팀장은 엘리베이터를 잡기 위해 소리를 지르며 뛰어갔다.

현서는 이마에 흐르는 땀을 닦아내며 엘리베이터에 올랐는데, 엘리베이터 안에는 사장이 타고 있었다.

"이 실장, 다리는 괜찮아?"

"네, 사장님."

사장은 서글서글한 외모의 잘생긴 중년 남성이다. 그는 일과 결혼했다고 생각하며 지금까지 혼자 사는 독신주의자였다. 개인적으로는 현서가 이혼했을 때 정신적으로 많은 힘이 되어준 고마운 사람이었다.

"조심해. 일도 좋지만 몸도 챙겨야지."

"네. 그런데 좀 창피하네요."

"뭘 우리 사이에."

디자인을 전공한 그가 회사를 차리고 이만큼 성장하기까지에는 그의 성실함과 근면함이 한몫했다. 현서는 사장을 롤모델 삼아

일을 해왔었기에 회사가 존속하는 한 아마 평생 그와 함께할 것이다.

"이 실장, 성진 어패럴, 너무 무리하는 거 아니야?"

"일단 최선을 다해봐야죠."

"하하, 역시 이 실장이야. 난 이 실장만 믿어."

굳이 성진 어패럴에 목매지 않아도 될 만큼 잘 돌아가는 회사였지만, 그래도 내심 거는 기대가 큰 모양이었다.

현서는 그쪽에서 요구한 기일까지 샘플을 제작한 뒤 그쪽 결정에 따를 생각이었다. 퀄리티는 자신했지만, 까다로운 유학파 최팀장의 눈을 통과할 수 있을지 걱정스러웠다. 그리고 솔직히 권우진이 있는 회사와 거래를 하고 싶지 않았다. 사심으로 일을 할 수 없다지만, 부담스러운 건 사실이었다.

현서는 출근한 뒤 외근을 나가기보다는 그동안 미뤄뒀던 서류들을 정리하고 액세서리의 소비자 동향을 파악하는 데 주력했다. 인터넷을 살펴보며 눈에 띄는 액세서리를 캡처해서 자료를 정리하고, 가격대도 파악했다.

겉으로 보기에는 아주 집중해서 평상시와 다를 바 없이 일하고 있는 것처럼 보였지만, 현서의 머릿속에서는 허섭스레기 같은 생각들로 점철되어 있었다.

권우진 이사.

가난한 고학생이었던 그가 실제로는 대기업의 자제였다?

하! 기가 막혔다. 그가 속인 이유가 뭘까. 무슨 이유로?

그냥 엔조이였나?

그가 말하던 사랑은 그런 것이었어?

모든 사람이 제대로 된 사랑을 할 수 있는 건 아니라 하더라도 결국 빈껍데기인 채로 그녀를 대해왔던 것이다.

설마……!

현서는 문득 떠오른 어떤 생각에 컴퓨터 파일을 뒤지기 시작했다. 그가 처음 고백해온 방법이 재미있으면서도 황당해서 우진으로부터 받은 팩스를 디지털카메라로 찍어 놓았던 것이 떠오른 것이다. 시간이 한참 흐른 뒤에 본다면 이것도 기억에 남는 예쁜 추억이 될 것 같단 생각에 두근거리는 마음으로 찍어뒀었다.

그녀는 평상시에 예쁜 액세서리는 사진을 찍어 그 느낌을 기록하거나 디자인을 구상할 때 참고하기 위해 파일로 저장해서 필요할 때마다 열어보곤 했다. 그때 그 팩스 사진도 함께 저장돼 있을 것이다.

"있을 텐데."

현서는 날짜 순서대로 파일을 정리해서 하나씩 열어보기 시작했다. 반지 사진과 목걸이 사진 사이에 그가 보낸 팩스를 찍어둔 사진이 있었다. 사진을 확대해보았다. 팩스 발신자 번호가 고스란히 나왔다. 현서는 서둘러 성진 어패럴의 홈페이지를 열어 회사소개에 나와 있는 전화번호와 팩스 번호를 유심히 쳐다본 뒤 사진 속의 팩스 발신 번호와 비교했다.

성진 어패럴 팩스의 국번과 종이에 찍힌 번호 세 자리가 같았다. 같은 회사의 팩스 번호임이 분명했다.

현서는 믿기지 않는다는 듯 다시 한 번 더 번호를 살펴본 뒤,

사진을 휴지통으로 옮겨 삭제해버렸다.

5년 전 그녀가 대리로 근무를 할 당시, 사장으로부터 호출을 받고서는 불려 갔었다.

사장실로 들어서자 사장은 테이블 위에 놓인 종이 한 장을 그녀에게 보여주면서 어떻게 된 것인지 설명을 하라고 했다. 현서는 사장이 내민 종이를 유심히 보다가 터져 나오려는 웃음을 참느라 혼쭐이 났다.

다름 아닌 우진이 보내온 팩스였다. 그가 아니면 이런 내용의 팩스를 보내올 사람이 없었다.

〈수신 : 이현서
우리가 늘 보던 곳에서 기다리겠습니다.
당신을 사랑합니다.〉

그리고 커다란 하트가 종이에 그려져 있었다.

회사에서 공무로 사용하는 팩스에 당당히 사랑 고백을 해온 남자를 어찌 사랑하지 않을 수 있겠는가. 다소 황당하긴 했지만, 현서는 우진의 고백에 가슴이 설레서 당장이라도 그에게 달려가고 싶었다.

'공적으로 사용하는 팩스에 이게 무슨 장난이야?'
'죄, 죄송합니다.'
'누구야?'

'그, 그게 친구가 장난친 거예요.'

'또 이런 장난 하면 이거 회사 게시판에 붙여놓을 거야.'

'다시는 이런 일 없도록 하겠습니다. 죄송합니다.'

우진은 회사 남자 직원이 행여나 그녀를 넘볼까 걱정된다며 미리 엄포를 놓겠다더니 이런 유치한 짓을 벌였었다.

우진은 분명 아는 형 회사에 잠시 들렀다가 몰래 팩스를 보냈다고 했었다. 그런데 아는 형은 친형이었고, 그 회사는 자기네 회사였던 것이다.

지금까지 죄책감과 그리움에 사로잡혀 지내왔던 지난 세월이 허무하게 느껴졌다.

그를 선택하기 위해 맞서고 겨루었던 힘겨운 일들이 왜 이리도 허탈하게 느껴지는지. 비실비실 웃음이 새어 나왔다.

진실이 결여된 사람이 말하는 사랑을 사랑이라 믿었던 자신이 어리석었다. 헤어진 후에 현서는 그가 가는 곳에 가지 않았고, 그의 이름조차 입에 담지 않았었다. 서로 모르는 사이로 지내자 해서, 다시는 보지 말자 해서 그렇게 했었다.

이혼한 뒤, 한 번쯤은 그를 찾아볼까 했었다. 하지만 그를 찾지 않았다. 그가 한 말에 순종하며 그를 불편하게 만들지 않겠다는 생각 때문이었다. 그것은 그녀만의 사랑의 고백이었다.

하지만 그는 헤어지는 그날까지 자신의 숨겨진 진실을 드러내지 않았다. 그 이유가 무엇이든 서로 속고 속이는 그런 관계에서 과연 진실한 사랑이 있을 수 있을까.

가슴에 싸한 바람이 불었다. 그러니까, 우리는 사랑을 한 게 아니었다.

우진은 플라타너스 가로수 아래 차를 세워놓고 그녀가 나오기를 기다렸다. 무슨 마음으로 여기까지 왔는지 그 자신도 알지 못했다. 다만 갑갑한 마음에 무작정 차를 몰고 그녀가 다니는 회사 앞으로 왔다.

새까만 선팅이 된 차창은 밖에서 안을 볼 수 없으니 그나마 다행이라 여기며, 그녀가 나오기를 눈이 빠지게 기다렸다. 퇴근 시간이 다가올수록 우진의 가슴은 빨리 뛰기 시작했다.

핸들 위에 놓은 손은 가만히 있지를 못하고 연신 핸들을 두드려댔다.

우진이 세워놓은 차 앞으로 SUV가 한 대 와서 서더니 비상등을 켠 뒤 운전석에서 남자가 내렸다. 짙은 색의 슈트를 입은 남자는 훤칠한 키에 제법 날카롭게 생긴 외모였고, 당당하며 자신감이 넘치는 스타일이었다. 우진은 무심한 눈빛으로 남자를 쳐다봤다.

한편, 퇴근 시간 10분 전, 병원 예약을 해놓은 상태여서 조금 일찍 나온 현서는 회사 로비 앞에서 현준을 기다렸다. 오빠를 기다리며 밖을 내다보니 회사 앞에는 고급 세단이 비상등을 켜놓은 채 서 있었고, 현준의 차는 보이지 않았다.

퇴근 시간이 다가오자 하나둘씩 직원들이 퇴근하기 시작했고, 현서는 오빠를 기다리며 엘리베이터에서 내리는 직원들과 인사를 나누었다.

"현서야."

그녀를 부르는 소리에 고개를 돌려 쳐다봤다.

"어? 지석 씨."

"저런, 다리를 다쳤다더니 많이 아팠겠다. 어서 가자."

현서는 지석을 보는 순간 가슴에 싸한 바람이 불었다.

"왜 지석 씨가 온 거야?"

"현준이 오늘 사건 터져서 도저히 시간을 낼 수 없다고 연락 왔어. 미리 연락하지 그랬어. 다리는 어쩌다 그런 거야."

전남편인 그가 안타까운 눈빛으로 깁스한 다리에 시선을 두었다.

"택시 타도 되는데."

"그건 당신 다리가 멀쩡할 때 이야기고. 자, 나도 바빠. 어서 가자."

"……."

현서는 지석의 부축을 받으며 승용차에 올랐다.

지석은 현준 오빠와 오래된 지기였다. 그래서 어릴 때부터 그녀와도 서로 잘 알고 지내왔었다. 그뿐만 아니라 그녀와 결혼했다가 6개월 만에 이혼한 사이였다. 둘만 아는 이유로 헤어졌지만, 그가 이렇게 아무렇지도 않은 얼굴로 다가올 때면 현서는 여전히 움찔했다.

지석의 행동은 누가 보더라도 이혼한 남편 같지 않았다. 현서의 둘도 없는 친구인 선영은 지석을 처음부터 탐탁지 않게 생각했다.

이혼 후 현서가 혼자가 되었을 때 지석이 계속 곁을 맴돌 것을 우려했었는데, 선영의 말대로 그런 것 같기도 했다. 스토커 기질이 다분한 사람이라며 단칼에 잘라내라고 했는데, 그러지 못한 게 지금에 와서 후회되었다.

사실 둘은 합의 이혼을 하면서 앞으로 원수처럼 지내지 말고 편한 친구처럼 지내자고 했었다. 그래서 더 날을 세우며 밀어내기가 어려웠던 건지도 모르겠다.

그는 병원이 어디인지 오빠에게서 들은 모양인지 곧장 병원으로 차를 몰았다. 바쁘다고 하더니 제법 운전이 거칠었다. 현서는 아무 말도 않고 그냥 양손을 꽉 움켜잡고 있었다.

"여기 내려주고 어서 가, 지석 씨."

"무슨 소리. 나 그러면 현준이한테 맞아 죽어."

지석은 현준을 핑계 삼아 이렇게 접근하고 있지만, 사실 집에서도 지석과 다시 합치기를 바라고 있었다.

"내가 말할게. 그냥 가."

"나 바빠. 이러면 더 시간 늦어진다?"

지석은 차에서 내린 뒤 재빨리 조수석으로 와서 문을 열었다.

"아무래도 내가 안고 가는 게 더 빠를 거 같다."

그녀의 오금 뒤로 팔을 넣고 등을 받치며 달랑 안아 들었다.

"괜찮은데."

"나 사심 없다. 바빠서 이러는 거야. 당신 목발 짚고 언제 저기까지 가냐?"

"……그래도."

"부끄러워? 당신 나한테 곧잘 업혔어. 몰라? 기억 안 나?"

지석은 사람 좋은 웃음을 지으며 그녀를 가볍게 안아 들고 병원으로 향했다. 현서는 가만히 그의 목에 팔을 두른 채 어색하게 입꼬리를 올렸다.

말이란 말하는 사람의 의도나 뉘앙스에 따라서 그 의미가 전혀 다르게 해석되기도 했다. 지석은 그런 면에서는 완벽했다. 전혀 사심이 없는 사람처럼 그녀를 대했고, 그 때문인지 현서의 날 선 신경도 조금은 누그러졌다. 하긴 5년의 세월이 그냥 흐르진 않았을 테니까.

우진은 현서를 태운 차를 뒤따라 병원의 주차장에 들어섰다.

회사 앞에서 그녀를 기다리던 우진은 현서가 그녀의 남편으로 보이는 남자의 차를 타고 가는 것을 보고 무작정 뒤따라온 것이다.

초록색의 깁스를 한 현서를 마치 깨어지기 쉬운 도자기를 다루듯 조심스럽게 부축하던 남자의 모습이 떠올랐다. 지금도 그녀를 안아 들고 병원으로 들어가고 있었다.

무엇을 확인하고 싶어서 여기까지 온 것일까. 남편의 품에 안긴 현서의 얼굴에는 웃음이 넘쳐났고, 가늘고 하얀 손은 남편의 목을 감고 있었다.

우진은 차창을 열고 담배를 꺼내 입에 물었다.

그래, 행복하게 잘 사니 된 거잖아. 뭘 원하는 거야, 도대체.

목구멍에서 쓴 물이 올라온다.

저를 버리고 간 여자의 행복을 빌어줄 만큼 속 넓은 놈이었었나. 글쎄. 피식, 웃음이 새어 나왔다. 어울리지 않는 짓거리를 하는 제 모습에 실소가 터져 나왔다.

우진은 차를 몰아 병원 주차장을 빠져나와 붉게 타는 노을을 향해 달렸다. 주홍빛의 거대한 불덩이가 그를 삼키고, 그는 맹렬하게 그 속으로 달려들었다.

날뛰는 감정을 억제하지 못하고 그것에 휘둘리는 짓은 10대 때 끝냈어야 한다. 지금의 그는 좀 더 냉철해질 필요가 있었다.

생각하고, 생각해야 한다.

한낮은 더웠지만 해가 진 밤에는 제법 서늘한 바람이 불었다. 우진은 차에서 내려 한강에 굽이쳐 흐르는 불빛들을 하염없이 바라보았다. 자동차의 소음과 사람들의 웅성거림도 까마득히 멀리서 들려오는 것처럼 그의 주변은 적막했다.

눈에 아프게 박혀버린 현서와 그 남자의 모습을 지우기 위해 안간힘을 썼다. 잔뜩 뒤틀려버린 우진은 지금까지와는 비교도 되지 않을 만큼 거센 감정의 물결 속에 허우적댔다.

먹물처럼 거멓게 번져가는 불순한 생각이 그를 삼켰다.

남편이 있는 여자.

그 실체를 보고 나서도 우진은 믿기 싫었다. 아니, 인정하기 싫었다. 손끝을 타고 흐르는 강렬한 전율과도 같은 소유욕에 진저리쳤다.

멍청한 놈.

자신을 향한 질타가 끊임없이 일었다. 그녀에 대한 원망과 질투, 분노의 감정이 끓어오를수록 질타는 거세어졌다.

담배를 꺼내 입에 물었다. 뺨이 홀쭉해지도록 빨아들였다. 연기를 삼키는 순간 어지러운 기운에 땅이 일렁였다. 그러고 보니 오늘 온종일 아무것도 먹지 않았다는 것이 떠올랐다. 그녀를 만난 뒤로 생활의 리듬이 깨어지고 있었다.

밤하늘을 가르며 연기가 피어올랐다. 담배 끝에 타들어가는 주홍빛 불꽃이 반딧불처럼 반짝인다.

강바람이 불어왔다. 수분을 머금은 바람은 비릿한 향을 품고 있었다. 홀로 바람을 맞으며 그녀와 맞서 싸우는 기분이었다.

지이잉. 지이잉.

진동으로 돌려놓은 휴대전화가 주머니 속에서 끊임없이 울렸다. 우진은 휴대전화를 꺼내 통화 버튼을 눌렀다.

"여보세요."

지독히도 피곤한 목소리는 바람에 실려 공기 중에서 흩어졌다. 우진은 담배를 깊숙이 빨아들였다.

─저예요. 왜 연락 없어요? 제가 그렇게 가버렸는데 무슨 연락이라도 있어야 하는 거 아닌가요?

아현의 목소리가 유난히 느리고 불안정했다. 우진은 연기를 길게 내뿜었다.

술을 마시고 전화를 걸어 그에게 따지듯 말하고 있지만, 과연 이 여자에게 그럴 자격이 있을까. 그렇게 가버린 날, 다른 남자를 만나러 간 거 모를까 봐 이러는 걸까. 어디까지 속아 넘어가주는 척해야 하나. 우진의 입매가 비틀어졌다.

"그날은 미안합니다. 이 관계, 정리할 것도 없지만 끝내야겠습니다."

─그게 가능할까요? 권 회장님이나 우리 아빠가 아시면 그냥 안 둘 텐데.

한쪽 손으로 눈두덩을 문지르며 어질어질한 기운을 몰아내려 몸에 힘을 주었다. 그런데 이 여자, 쉽게 끊을 생각이 아닌 모양이다.

─여보세요? 우진 씨.

"네, 말해요."

─듣고 있어요? 당신 처음에 이렇진 않았는데 뭔가 변했어요. 혹시 여자가 생겼나요? 아니면 옛날 애인이 돌아왔다든지.

황금빛 물결이 굽이치는 한강은 좀 더 빠른 속도로 흐르고 있었다. 그의 마음도 초조하게 흘러갔다.

"지금 몹시 피곤하군요. 내일 다시 전화하겠습니다."

우진은 망설이지 않고 전화를 끊어버렸다.

내일이면 권 회장 앞으로 불려 갈지도 모르겠다. 조금 피곤하겠지만, 한 시간만 버티면 된다. 이로써 아현은 정리될 것이다.

손안에 꽉 움켜쥐고 있던 휴대전화를 내려다보던 우진은 천천히 액정을 그으며 0번을 눌렀다.

이현서, 그녀의 이름이 뜬다. 이제 초록색의 통화 버튼만 누르면 된다.

혹시나 그의 번호를 기억하고 있을까. 문득 드는 생각에 다시 조소를 지었다.

우진은 손에 쥐고 있던 휴대전화를 물끄러미 쳐다보며 입속으로 번호를 되뇌었다. 기가 막히게도 그녀의 휴대전화 번호는 우진이 기억하는 번호 그대로였다.

사실 우진의 휴대전화 번호도 예전 그대로였다. 행여나 그녀에게서 걸려올지도 모른다는 막연한 기대를 품고 있었던 걸까.

바람이 거세게 불어왔다. 갑자기 비라도 뿌릴 심산인지 낮게 가라앉은 하늘이 심상찮다. 뒤에서 부는 바람은 머리카락을 정신없이 흩뜨려놓았다.

그 순간 우진은 얼음처럼 굳어진 채 서 있었다.

잠재된 무의식 속에 깔린 이현서에 대한 지독한 갈망이 그도 모르는 사이 깊숙이 파고들어 부피를 늘려가고 있었다. 그 사실을 뒤늦게 깨달은 우진은 한참을 서 있었다.

언젠가는 터지고 말 것 같은 불안감. 착실하게 부피를 키워가던 그 괴물이 펑, 소리를 내며 터지는 날이 곧 머지않았다는 절박감. 이제는 한계였다. 그녀를 밀어낼 수도 지워낼 수도 없었다.

설마 다시 돌아오겠지란 생각으로 지난 세월을 버틸 수 있었던 것이다. 인정하기 싫지만, 그 막연한 기대감이 지금까지 버텨올 수 있었던 근간이었음이 확실했다.

사랑에 자만했고, 교만했었다. 너무 쉽게 그녀를 보내버렸다. 우진은 짙은 패망감에 몸서리쳤다.

죽을 각오로 붙들었어야 했다. 매몰차게 보내는 게 아니었다. 다른 남자의 아내가 된 뒤에도 돌아올지도 모른다는 자만이 숨어 있었던가.

보고서도 믿지 않을 만큼 우둔한 놈이면서 왜 그토록 쉽게 보냈었나. 후회하고 후회해도 돌이킬 수 없는데. 우진은 그가 서 있는 곳이 우르르 무너져내리는 착각에 바닥에 털썩 주저앉았다.

지독한 사랑에 함락당한 우진은 철저히 자신을 파헤치고 후벼 팠다.

자정이 넘어서야 오피스텔로 돌아온 우진은 샤워를 마친 뒤 위스키를 잔에 가득 따라 담고서는 서재로 들어왔다. 바퀴가 달린 회전의자에 앉아 두 다리를 창틀에 올리고 창밖으로 보이는 도심의 야경을 바라보았다.

한 모금씩 들이켜던 위스키가 어느새 바닥을 드러냈다. 알코올이 전부 그의 머리로 들어가버린 것인지 취기가 빨리 올랐다.

문득 붉은 팔찌가 떠올랐다.

우진은 책상 위에 크리스털 잔을 올려놓은 뒤, 휴대전화를 들었다.

"김 실장님, 사람에 대해서 알아봐주셨으면 합니다. 뉴골든 주얼리 이현서 실장입니다. 잘 부탁합니다. 최대한 빨리."

우진이 천천히 몸을 일으켰다.

왜, 팔찌가 있는 걸까. 알고 싶었다.

그의 내면에 뒤엉킨 생각들은 재정립되었고, 그는 단단한 이성으로 마음을 다잡았다. 단호한 눈빛에 어린 각오가 어느 때보다 굳건했다.

회사에 출근한 우진은 일정표를 들여다보며 깊은 생각에 잠겼다. 오늘은 공식적으로 그녀를 볼 수 있는 날이었다. 우진은 회사에 들어오길 잘했다는 생각을 처음으로 했다. 가슴 깊숙한 곳을 태우는 아픔이 휘돌았다. 보면 만지고 싶고, 가지고 싶을 것이다. 인내하고 참아내야 했다. 지금은 볼 수 있다는 것에 만족해야만 했다.

우진은 손에 들고 있던 서류를 내려놓고 자리에서 일어났다.

팔짱을 끼고 선 채 창밖을 내다보았다. 가끔 후두두 창을 때리며 떨어지는 빗방울이 유리창에 잘게 부서졌다. 이 비가 그치고 나면 성큼 가을이 다가올 것이다.

바람이 불고 굵은 비가 내리는 지금, 그녀가 이곳으로 오고 있다. 레인코트를 입고, 그녀를 닮은 앙증맞고 귀여운 우산을 쓰고서 올지도 모른다. 아니면 그녀의 남편이 데려다주는 승용차를 타고서 이마에 키스를 받으며 이곳에서 내릴지도 모른다.

우진은 그녀를 볼 수 있다는 기쁨과 설렘, 그리고 이와 극명하게 대비되는 질투심으로 희비가 엇갈렸다. 쓴 약을 삼킨 것처럼 입안이 썼다. 하지만 우진은 절대 흔들리지 않을 생각이었다.

그는 재차 시간을 확인한 뒤 재킷을 걸치며 사무실을 나섰다.

우진이 디자인실에 들어서자 모두 일어나서 인사를 해왔다. 우진은 가볍게 고개를 끄덕인 뒤 최 팀장을 찾았다. 최 팀장은 미리 기다리고 있었다는 듯 그에게 다가왔고, 면접 준비가 끝났다는 말을 해왔다.

오늘은 성진 어패럴에 액세서리를 제공할 업체를 최종적으로 선정하는 날이었고, 선정에 앞서 우진이 업체 담당자와 최종 면접을 보기로 되어 있었다. 최 팀장이 고른 세 곳의 업체는 이미 보고받은 상태였고, 그중에 현서가 다니는 회사가 포함되어 있다는 것도 알고 있었다.

"이사님, 심사 준비는 다 됐습니다. 바로 시작할까요?"

"네, 그렇게 하죠. 여기 적힌 순서대로 들어오라고 하세요."

우진은 최 팀장에게 쪽지를 내민 뒤 디자인실 옆에 마련된 회의실로 향했다. 회의실로 가기 전 미팅룸을 슬쩍 쳐다보니 세 명이 기다리고 있었다. 우진은 일대일 면접을 하기로 했다.

회의실에는 심사를 위한 자리가 마련되어 있었다. 우진은 긴 테이블 위에 놓인 서류와 작품들을 훑어보았다. 뉴골든 주얼리의 작품 앞에서 발걸음을 멈추었다.

그녀가 다니는 회사였다. 우진의 사심이 들어가지 않더라도 그 작품은 셋 중에서 가장 우수해 보였다. 똑같은 디자인이지만 그 재료를 무엇으로 쓰느냐에 따라 액세서리의 가치가 확연하게 달라졌다.

예나 지금이나 액세서리에 대한 그녀의 열정은 여전했다. 우진은 희미한 미소를 지으며 준비된 자리로 가서 앉았다.

최 팀장이 안으로 면접자를 한 명씩 들여보냈고, 우진은 각 업체 담당자를 개별 면접하며 제품을 살펴보았다. 공정하게 심사하기 위해 나름대로 최선을 다했다. 이제 마지막으로 뉴골든 주얼리만 남았다. 우진은 출입문 쪽으로 시선을 두며 그녀가 들어오기를 기다렸다. 어떤 모습으로 들어올지 기대된다.

우진은 손에 흐르는 땀을 바지에 문지르며 얕은 한숨을 내쉬었다.

똑. 똑.

두 번의 노크 소리와 함께 문이 열렸다. 시선을 내리뜬 현서는 조심스럽게 문을 닫은 뒤 정면으로 서서 인사를 해왔다. 그녀의 손에는 다른 담당자와는 달리 네모난 상자가 들려 있었다. 우진은 그 상자에 시선을 두다가 천천히 얼굴로 옮겼다. 둘의 시선이 얽혀들었다.

"안녕하십니까. 뉴골든 주얼리 이현서입니다."

정중하게 고개를 숙이며 인사를 건네는 그녀는 약간의 동요조차도 보이질 않았다. 뜻밖이었다.

"어서 와요. 내가 누군지는 잘 알 테고."

"……."

그녀는 이곳에 무엇을 하러 왔는지를 잊지 않은 듯 사무적인 표정으로 일관했다.

"착석하시죠."

"네."

자리에 앉은 현서는 시종일관 차분했다. 우진은 현서의 발목을 살폈다.

"발목은 다 나은 모양입니다. 비가 오는데 남편이 데려다줬나요?"

"……네."

그가 무안하리만치 냉정하게 말하는 현서를 보며, 우진은 그녀가 언제까지 그 태도를 유지하는지 지켜보고 싶어졌다.

"네, 좋습니다. 긴장을 따로 풀 필요는 없어 보이네요. 그럼 뉴골든 주얼리에서 만든 제품이 타사와 구별되는 점이 뭐라고 생각하십니까."

"저희가 만든 제품은 원석의 색깔이나 모양, 크기도 균일합니다. 크리스털의 경우 스와로브스키를 사용해서 빛과 광택의 아름다움을 차별화시켰습니다. 같은 크리스털이라 하더라도 산화납의 함유량에 따라 스펙트럼은 물론 빛과 광택이 달라질 수 있으니까요."

현서의 답변에 샘플을 들고 유심히 살폈다.

"확실히 광택이나 빛이 좋습니다. 그런데 가격 차이가 크게 날 텐데 그 부분에 대해서는 어떻게 생각하는지 궁금하군요."

"물론 가격이 낮으면서 질 좋은 상품이라면 더할 나위가 없겠지만, 아쉽게도 그것은 어렵습니다. 소비자가 조금 더 부담을 안 더라도 제대로 된 제품을 가져갈 수 있도록 하는 것이 장기적으로 볼 때 유리하다는 판단입니다."

현서는 되도록 차분하게 말을 하려 했지만 떨리는 것은 어쩔 수 없었다. 잠깐 숨을 고르고 다시 말을 이었다. 그런 현서의 모습을 말없이 바라보던 우진은 다리를 바꿔 꼬며 느긋하게 기대어 앉았다.

"액세서리의 경우, 시간이 흘러도 변질되지 않고 매년 착용할 수 있다면 오히려 더 많은 사람이 찾을 것입니다."

"그렇다면 성진 어패럴에서 요구하는 디테일까지 잘 살려서 제작할 수 있는지요."

"네, 가능합니다. 저희 회사에서는 설립 당시부터 반지, 팔찌, 귀걸이, 목걸이, 브로치 등 각종 섬세하면서도 공정이 많이 들어가는 액세서리 위주로 제품을 생산해왔기 때문에 충분한 실력을 갖추고 있을 뿐만 아니라, 일본이나 중국에서도 반응이 상당히 좋습니다."

우진은 테이블 위에 팔꿈치를 대고서는 손에 깍지를 꼈다. 작은 입술로 노래하듯 말하는 그녀의 음성은 귓가를 파고들어 가슴을 간질여댔다. 그녀가 이렇게 눈앞에 있다는 사실이 실감 나질 않았다. 둘 사이의 거리는 불과 2미터도 되지 않는데, 도저히 닿을 수 없는 거리처럼 아득하게 느껴졌다.

그녀를 마주한 채 깊은 상념에 빠져든 우진의 눈동자에는 진한 아픔이 태풍의 잔해처럼 남아 있었다.

담배.

담배가 피우고 싶다. 입안이 바싹 말라오고 손에는 땀이 차오른다. 저 새까만 동공에 온전히 그를 담아내던 그날처럼 깊은 향기를 머금고 앉아 있는 그녀. 신기루처럼 아름답지만, 손에 닿을 수 없는 그녀였다.

둘 사이에 흐르는 침묵을 현서는 고른 호흡으로 견뎌냈다. 우진은 그녀가 자신보다 훨씬 더 이성적이라는데 손을 들었다.

지난 5년의 세월을 거슬러 올라가기 충분할 만큼의 침묵이 흘렀다.

"……행복합니까."

우진이 물었다.

"……!"

그녀의 얼굴이 살짝 일그러졌다.

날 버리고 간 뒤, 행복하게 살고 있다고 대답하기에는 차마 입이 떨어지지 않겠지.

"아이는 있습니까."

"……그런 사적인 이야기를 하기엔 적합한 자리가 아닌 것 같습니다."

차분하게 지금 뭐 하는 자리인지를 알려주는 그녀.

그럼 일과 관련된, 우진이 진짜 묻고 싶었던 질문을 던졌다.

"이곳은 무슨 이유로 지원했습니까."

질문에 당황하는 기색이 역력했다. 이 방에 들어와서 처음으로 보이는 동요였다.

"그게 무슨 말이죠? 무슨 이유로라니요. 저희 회사는……."

"회사 말고, 당신 생각 말입니다."

우진은 상투적인 대답을 하는 현서의 말을 단호하게 잘랐다.

기가 막힌다는 표정의 현서는 자세를 다잡으며 대답하기 시작했다. 묘하게 상대방을 자극하고 충동질하던 표정이 떠올랐다. 평소엔 잘 드러나지 않지만, 그녀가 당황하거나 화가 났을 경우엔 저런 표정을 지었었다.

우진은 한쪽 눈썹을 추켜세우며 유심히 그녀를 살폈다.

"제 생각을 물으신다니 대답하죠. 저는 회사를 위해 일을 하고, 월급을 받습니다. 회사의 발전을 위해 기회가 오면 언제든지 잡아야 한다고 생각합니다. 오늘 이 자리를 위해 많은 준비를 했습니다. 그것들을 설명할 기회를 주셨으면 좋겠습니다."

현서는 눈앞에 상자를 펼쳐 보였다. 그 안에는 형형색색의 아름다운 액세서리가 보기 좋게 놓여 있었다. 작고 가냘픈 손으로 그것들을 소중하게 쓰다듬는 동작에 우진은 미간을 찌푸렸다. 저 손가락이 그의 몸을 매만지며 더듬던 기억이 불쑥 튀어 올랐다.

"그래서 이 회사에 누가 있든 말든 상관없이 기회를 잡으러 온 거군요."

점점 목소리가 낮게 가라앉았다. 뻐근한 가슴의 통증에 우진의 얼굴은 저절로 일그러졌다.

"무슨 말이죠? 우진 씨가 있다는 것을 알면서도 이곳에 지원한 거 아니냐는 식으로 들리는데, 맞나요?"

파르르 떨며 발끈한다. 치켜 올라간 눈매가 앙칼진 성격을 고스란히 드러낸다. 그래, 저런 표정을 지을 때면 무조건 항복을 외치며 그녀를 간질이거나 끌어안았었다.

우진은 눈을 가늘게 뜨고 바라보았다.

"그럼, 아닙니까."

"아니에요. 몰랐어요. 그날 처음 알았어요."

그래, 그렇겠지. 당신은 거짓말을 할 줄 모르는 여자였으니까. 하지만 이젠 믿지 않아. 드러내봐, 네 속마음을.

"앞뒤가 맞지 않군요. 만약 알았다면 지원하지 않았을 거라는 말로 들리는데, 그렇다면 지금 내 앞에 이것을 들고 와서 면접을 보는 건 어떻게 해석해야 합니까."

"……!"

현서는 입술을 깨물며 그를 원망 어린 눈빛으로 바라보았다.

'진심을 털어놔, 이현서.'

"굳이 이 회사가 아니더라도 얼마든지 뉴골든 주얼리는 다른 의류회사의 납품을 따낼 수 있을 만큼 충분한 실력을 갖추고 있습니다. 그런데 이런 불편한 관계를 감수하면서까지 참여할 이유가 있습니까."

"더 이상 면담은 필요 없을 것 같군요."

현서는 덜덜 떨리는 손으로 액세서리가 담긴 상자의 뚜껑을 닫으며 챙겨 들었다. 현서의 상처받은 눈빛을 본 우진은 팔목을 움켜잡으며 끌어당겼다.

'알아야겠어, 이유를.'

"여기서 나가면 곧장 오른쪽 복도 끝으로 와요. 그곳에 내 사무실이 있으니까."

"놔요. 더는 할 이야기 없어요."

현서는 눈망울을 숨기며 고개를 돌렸다.

떨리는 입술과 촉촉이 젖어드는 눈가를 보지 못할 거라 생각하는 건 아니겠지, 이현서.

왜 그렇게 무너질 것 같은 얼굴로 나를 보는 거야.

행복한 당신이 보일 얼굴은 아니잖아, 뭐야.

우진은 바스러질 것 같은 그녀의 어깨를 붙잡고 품에 끌어안고 싶은 충동을 억눌러야만 했다.

"당신은 그런지 몰라도, 나는 아닙니다. 대화를 나눠야겠으니

따라와요. 불이익당하지 않으려면."

낮게 잠긴 목소리로 말한 우진은 팔을 놓아주며 회의실 문을 열고 나가버렸다. 현서는 망연자실한 표정으로 회의실 문을 바라보았다.

지나치게 노골적으로 그녀를 몰아붙였지만, 틀린 말은 하나도 없었다. 그는 아주 냉철하고 이성적인 남자였다. 그 사실을 새삼 깨달은 현서는 어떻게 할지 망설였다.

"이현서 씨? 왜 그러고 있는 거죠?"

최 팀장이 회의실로 들어서며 멍하니 서 있는 그녀에게 물었다.

"아, 아닙니다."

"결과는 내일 통보가 갈 겁니다. 이만 가시죠."

"네."

"그런데 권우진 이사님과는 어떤 사이죠? 두 분이 아는 사이 같던데, 아닌가요?"

적의가 담긴 눈동자를 보며 현서는 마음을 다잡았다.

"네, 오래전에 잠깐 알고 지냈습니다. 문제가 되나요?"

"뭐, 문제랄 건 없지만, 심사에 공정치 못할까 봐 하는 소리예요. 노파심, 그런 거죠. 아무튼, 뉴골든 주얼리와 같이 참여한 업체는 갑자기 복병을 만난 셈이네요. 재수 없게 말이죠."

재수 없게? 현서는 최 팀장을 향해 피식 웃었다.

"실력으로 공정하게 판단하시리라 믿습니다."

"그건 내가 아니라 권 이사님한테 해야 할 소리 아닌가요? 개

별 면담 때 무슨 소릴 했을지 그건 알 수가 없잖아요. 아니에요? 이쪽 바닥이 좁다는 건 다 알 테고. 이현서 씨가 잘 처신하길 바라요."

"이 바닥 좁은 건 저한테만 해당하는 건 아니죠. 최 팀장도 마찬가지 아닌가요? 너무 심한 갑질은 좋지 않잖아요. 권우진 이사님과 제가 어떤 사이인 줄 알지도 못하면서 너무 막 하시네요. 아, 그리고 최 팀장님의 의견을 무시하는 회사라면 다시 생각해보시는 게 낫겠네요. 유학까지 다녀오셨잖아요."

"뭐라고요? 이봐요, 이현서 씨."

"네."

현서는 최유경을 똑바로 바라보았다. 부들부들 떨고 있는 최유경은 눈을 치켜뜨고 노려보았다.

"당신, 그러고도 이 계약이 될 거라 생각하는 거야?"

"그건 잘 모르겠습니다. 이만 가보겠습니다."

현서는 그대로 회의실을 빠져나왔다. 갑과 을의 관계만 아니라면 속이 시원하도록 쏘아붙였을 것이다. 그리고 이왕 이렇게 된 거 권우진도 만나보자 싶어 그가 말한 사무실로 향했다.

우진은 자신의 사무실로 들어온 뒤 비서로부터 봉투를 받았다.

"이사님, 김 실장님이 이사님께 곧바로 전해드리라고 한 서류입니다. 밀봉된 상태 그대로입니다."

"고마워. 지금 뉴골든 주얼리 실장이 이곳으로 올 거야. 내 방으로 모시고 와."

"알겠습니다."

우진은 서류를 들고 집무실로 들어왔다. 그의 손에 들린 것은 김 실장에게 부탁한 현서에 대한 신상자료였다. 우진은 현서가 오기 전에 얼른 그것을 서랍 안에 넣었다.

똑. 똑.

노크 소리가 들리고 현서가 들어왔다. 우진은 책상을 떠나 소파 쪽으로 걸어가며 그녀에게 자리를 권했다.

"앉아요."

현서는 원망 어린 눈빛으로 우진을 바라보며 자리에 앉았다.

여유로운 걸음걸이로 다가오는 그는 클래식한 투 버튼의 그레이 슈트를 입고 있었다. 어깨에서부터 다리까지 흐르는 듯 제대로 잡힌 실루엣은 그의 균형 잡힌 몸매를 더욱 돋보이게 했다. 5년 전 그가 입고 다니던 캐주얼한 차림새와는 판이한 모습이었다. 현서는 낯선 그의 모습을 뚫어지게 바라보았다.

"우린 이렇게 만나야만 하는 인연인가 봅니다."

우진은 솔직한 제 마음을 말했다.

"……!"

"이제 앞으로 종종 봐야 할 것 같군요. 뉴골든 주얼리와 계약을 하도록 하죠."

"최 팀장이 그러더군요. 권 이사님과는 어떤 사이냐고. 이번에 참여한 타 업체는 참 재수가 없다고. 그리고 이 바닥 좁은 줄 아느냐고. 마치 몸 로비라도 한 것처럼 말하더군요."

우진은 딱딱한 표정으로 말하는 현서를 보며 피식 웃었다.

"그런 소리는 한 귀로 듣고 한 귀로 흘리는 편이 나을 것 같군요."

"네, 그런 소리 듣고도 떨어졌다면 억울했을 텐데, 됐다고 하니 다행이네요."

최 팀장에게 모욕을 당한 모양인데, 현서의 얼굴이 분노로 붉게 물들어 있었다. 자존심에 상처를 입었을 테지. 더군다나 앞에 앉아 있는 자신도 계속 몰아붙이고 있으니 그 마음이 어떨지 짐작이 가고도 남았다. 하지만 지금은 그녀가 솔직해질 때였다.

"그럼 이제 가도 되나요?"

"조건이 있습니다. 앞으로 성진 어패럴과 일할 담당자는 이현서 실장이어야 한다는 조건입니다. 다른 누구도 아닌 당신이 이 일을 맡아서 해야 합니다."

'이제부터 당신에 대해 제대로 알아볼 생각이니까.'

"앞으로 잘해봅시다, 이 실장님."

우진이 손을 내밀었다. 현서는 그 손을 노려보며 입을 앙다물었다. 그러자 왼쪽 뺨의 보조개가 여실히 드러났다.

"악수 정도는 할 수 있지 않습니까."

우진의 말에 현서는 보란 듯이 손을 내밀며 악수를 해왔다. 작고 보드라운 손바닥이 우진의 단단한 손바닥에 닿는 순간 말로 표현할 수 없는 전율이 일었다.

"잘 부탁합니다, 이현서 씨."

우진의 음성이 낮게 떨려왔다.

이 전율이 사라지지 않는 한 우진은 그녀를 잊을 수도, 지울 수도 없을 것이다. 심장이 전력으로 질주한 듯 미친 듯이 뛰어댔다.

택시를 타고 회사로 돌아가는 현서의 두 눈은 차창 밖을 향해 있었다. 그와 악수를 하는 순간 지그시 누르는 악력이 느껴졌다. 속살이 닿은 듯 화끈거리고 떨려왔다. 손바닥에 닿는 감촉은 예전 그대로였다. 뜨겁고 부드럽고 단단한 손. 단정한 손끝으로 손을 깊숙이 감싸 쥔 채 한참을 있던 그. 애타게 그리던 체온에 울컥 눈시울이 뜨거워졌다.

단단하면서도 매끄러운 턱 선을 어루만지며 품에 안기고 싶었다. 하지만 무슨 자격으로 그런단 말인가.

이미 자격을 잃은 현서는 속으로 아픔을 삭였다.

아직도 그녀가 결혼해서 사는 줄 아는 그는 폭주할 것 같은 아슬아슬한 감정을 꾹 누른 채 견디는 모습이었다. 그 감정이 분노이든 애증이든 무엇이든 그녀가 할 수 있는 건 아무것도 없었다. 조용히 그의 눈앞에서 사라져주는 것이 할 일이었다.

3.

과거의 편린들

현서는 처음 뉴골든 주얼리에 입사를 하고, 주말에나 퇴근 후에는 대부분 시장조사를 하며 디자인에 대한 감각을 익혔다. 그날은 퇴근 후에 홍대 앞으로 향했다. 간혹가다가 대학생이 직접 제작해서 파는 액세서리 중에서 백화점에 나가는 브랜드 제품보다 감각적이고 뛰어난 것이 있었다. 그런 게 있을까 하는 마음에 유심히 주위를 살폈다.

현서는 심플한 아이템을 찾고 있었는데, 이 매대 위에 올려진 액세서리가 다 그랬다. 심플하면서도 세련된 느낌이었다. 과감하면서도 단순한 디자인은 아무나 쉽게 흉내 낼 수 있는 게 아니었다. 도저히 발길이 떨어지지 않아 계속 그 가게 앞에 머물렀다. 그런 그녀를 신기하게 쳐다보는 남자가 있는 줄은 전혀 모른 채 푹 빠져 있었다.

그 남자, 우진은 집을 나와서 친구 작업실에서 먹고 자고 할 때였다. 그가 디자인한 액세서리를 친구와 함께 만들어서 홍대 앞에 내다 팔며 생활비를 벌었다. 선배가 홍대 앞에서 가게를 하는데, 그 앞에 판을 벌이고 액세서리를 팔았다. 그런데 한 여자가 그가 디자인한 액세서리를 유심히 쳐다보고 있었다.

그 눈빛이 어찌나 진지한지 그도 여자를 주의 깊게 쳐다봤다.

그녀는 내추럴한 실버 컬러로 만들어진, 물결무늬의 뱅글 팔찌를 요리조리 살펴보고 있었다. 평소의 그는 살 테면 사고 말 테면 말라는 주의였기에 여자가 물건을 샅샅이 살펴봐도 그러려니 했다. 그런데 벌써 한 시간째다. 작고 하얀 손으로 들었다 났다를 반복하며 앞뒤로 뒤집어보고, 저 멀리 떨어져서 바라보기도 하며 대단한 물건이라도 되는 양 살펴보고 있었다.

우진은 내내 고개를 숙인 채 매대 위에 시선을 고정하고 있는 여자의 얼굴이 궁금했다. 혹시나 슬쩍하려는 것일까. 우진은 팔짱을 낀 채 유심히 살폈다.

여자가 드디어 고개를 들며 그를 바라보았다. 뭔가 할 말이 있는 듯했다. 그런데 우진은 여자와 두 눈이 맞닿는 순간 심장이 쿵 소리를 내며 내려앉았다. 보석처럼 반짝이는 눈동자에 흠뻑 빠져버렸다. 마치 낙뢰를 맞은 것처럼 강한 충격에 전신이 부르르 떨렸다.

"이거 얼마예요?"

그녀가 우진을 향해 물었다.

"……해요."

"뭐라고요? 그런데 혹시 직접 디자인하신 거예요?"

우진은 넋이 나간 듯 멍한 눈빛으로 그녀를 바라보며 고개를 끄덕였다.

"……네. 그냥 해요. 드릴게요."

"어머, 좋아라. 그래도 공짜로 가져갈 순 없어요. 힘들게 만드셨을 텐데. 저 이래 보여도 직장인이에요."

그녀는 지갑에서 만 원짜리 두 장을 꺼낸 뒤 매대 위에 살짝 올려놓고 자리를 떠났다. 그녀가 떠난 자리에는 은은한 향기가 감돌았다. 우진은 세차게 뛰는 심장에 손을 올렸다.

이름이라도 물어볼걸. 연락처라도 알아놓을걸. 언제 다시 오느냐고 물어보기라도 할걸.

그렇게 그녀를 보내놓고 후회를 했다. 행여나 또 들르진 않을까 싶어 그날은 늦게까지 가게를 닫지 못했다.

다음 날, 우진은 평소보다 빨리 문을 열었다. 직장인이라고 했으니 퇴근 시간쯤 열면 될 텐데도 혹시나 빨리 오기라도 하면 어쩌나 싶어서 서둘렀다.

화장실도 가지 않고 기다렸다. 지나다니는 사람 중에 행여나 그녀가 있을까 봐 유심히 살폈다.

오지 않을 수도 있는데.

우진은 무작정 여자를 기다리고 있는 자신이 한심해지려 했다. 그때 잔잔한 노래처럼 들려오는 목소리가 있었다.

"안녕하세요? 저 또 왔어요."

화사한 미소를 머금은 그녀였다. 그의 간절한 바람이 닿았던 걸까. 기적처럼 그녀가 서 있었다.

둘은 액세서리라는 공통 화제를 놓고 친해지기 시작했다.

일주일에 한 번씩 만나던 횟수가 세 번으로 바뀌었고, 얼마 가지 않아서 매일같이 만났다.

같이 커피를 마시고, 밥을 먹고, 때론 술도 마셨다. 개똥철학을 나누며 열띤 토론도 해보고, 미친 듯이 웃어도 보고, 신세 한탄도 하며 마음을 나누었다. 어딜 가든 손을 잡고 다녔다. 깍지를 끼고 힘차게 팔을 흔들기도 했다.

그리고 그녀 집 앞에서 키스를 나누었다. 밤이면 헤어지기 싫다고 집 앞 담벼락에 기대어 앉아 징징대는 그녀를 달래고 달래서 간신히 집에 들여보내기도 했다. 가슴 벅찬 감정에 하루하루가 새로웠다. 그녀를 사랑했고, 그의 인생은 풍요로워졌다. 세상을 다 가진 것처럼 마음이 넉넉해졌다.

그러던 어느 날, 우진은 이른 아침부터 울려대는 휴대전화 소리에 손을 뻗었다.

"여보세요."

잠이 덜 깬 목소리는 발음도 희미했다.

—저예요. 이현서.

그녀의 차분한 목소리를 듣는 순간 잠이 확 달아나고 정신이 번쩍 들었다. 우진은 침대에서 벌떡 몸을 일으키며 전화기를 귀에 바짝 갖다 댔다.

"응. 무슨 일 있어?"

–아니에요. 지금 거기 가도 될까요?

"그래, 와도 괜찮아. 그런데 현서야……."

무슨 일이냐고 물어보려 했는데, 다 듣지도 않고 그냥 끊어버린 그녀. 전화기를 멍하니 바라보던 우진은 그녀가 이곳으로 온다는 말을 떠올리고 침대에서 일어나 재빨리 샤워하고 실내 공기를 환기했다.

우진은 초조하면서도 두근거리는 심장 때문에 가만히 앉아 있을 수가 없었다. 시계를 보니 아침 6시 반밖에 되지 않았다. 이 시간에 그녀가 무슨 일로 온다는 것인지 감히 짐작조차 할 수가 없었다.

우진은 작업실을 둘러보며 과연 그녀가 이곳에 와도 될지를 나름 심각하게 고민하며 서성였다. 낮에 잠깐 와본 적은 있었지만, 이른 아침에 이렇게 갑작스럽게 오기는 처음이었다.

우진은 둘만 있는 공간에 있는 것을 자제했다. 키스에서 멈추지 않을지도 모른다는 생각 때문에 현서를 이곳에 잘 데려오지 않았다.

쿵, 쿵.

작업실의 철문을 두드리는 소리였다. 우진은 마치 제 심장을 두드린 것처럼 뛰어대는 가슴을 누르며 재빨리 문을 열었다.

그녀가 상기된 얼굴로 그를 쳐다보며 화사한 미소를 지었다. 우진은 가슴이 벅차올랐다. 마구 끌어안고 볼을 비벼대며 키스를 퍼붓고 싶은 심정이었다. 하지만 아직은 조심스러웠다.

우진은 태연한 척하며 현서를 안으로 이끌었다.

"어서 들어와. 그런데 무슨 일이야? 이 시간에."

"미안해요. 너무 일찍 찾아왔죠?"

"아니야."

우진은 재빠르게 말했다.

철컥.

철문이 닫히고, 둘 사이에 고요한 정적이 감돌았다. 그녀는 작업실을 가만히 둘러보았고, 우진은 그런 그녀를 유심히 쳐다봤다. 그녀는 몸에 딱 맞는 핑크색 트레이닝복을 입고 있었고 손에는 수영 가방처럼 보이는 것이 들려 있었다.

우진은 잠긴 목소리에 힘을 주며 말했다.

"수영 가던 길이었나 보네."

그의 물음에 현서는 말없이 고개를 끄덕였다.

우진은 난감했다. 손에 땀이 차기 시작하고 어떻게 해야 할지를 몰라 양손을 엉덩이에 문지르며 땀을 닦아냈다.

"앉아."

"네."

그녀는 그가 방금까지 누워서 자던 침대에 엉덩이를 살짝 걸치고 앉았다. 가방은 이미 바닥에 내려놓은 상태였다.

현서는 우진의 모습을 가만히 바라보았다. 너무 보고 싶어 눈을 뜨자마자 달려왔다. 이렇게 보니 살 것 같았다.

우진은 막 샤워를 마친 모양인지 새까만 머리카락이 촉촉이 젖어 있었다. 그가 뿜어대는 싱그러운 기운에 가슴이 미친 듯이 뛰어댔다.

우진은 가스버너가 놓인 곳으로 가서 주전자에 물을 끓이고 인스턴트커피 두 잔을 탔다.

"원두커피는 없어."

"괜찮아요. 아무거나 상관없어요."

현서는 그의 손에 들린 야영용 스테인리스 잔을 받아 들며 미소 지었다. 우진은 작업할 때 쓰는 의자를 가지고 와서 마주 보고 앉았다.

"갑자기 찾아오니까 조금 당황스럽다."

"그래요? 나 말고 찾아오는 여자 없죠?"

현서는 자신도 모르게 불쑥 튀어나온 말에 어디 쥐구멍이라도 있다면 그곳에 숨고 싶어졌다.

"없어. 네가 처음이야."

우진은 빙그레 미소 지으며 대답했다. 현서는 부끄러운 모양인지 얼굴을 붉히며 고개를 숙였다.

우진은 그런 그녀가 귀여워 심장이 간지럽다. 하나로 묶어 올린 머리와 가는 뺨으로 흘러내린 몇 가닥의 머리카락, 왼쪽 뺨에 깊게 파이는 볼우물. 모든 것이 사랑스럽다. 우진은 자신도 모르게 목울대를 꿀꺽 삼키며 그녀를 바라보았다.

"아침에 눈을 뜨는데, 충동적으로 우진 씨가 너무 보고 싶어서 참을 수가 없었어요."

그녀가 부끄러운 듯 눈을 내리뜨며 잔을 입가로 옮겼다.

그를 충동질하는 말.

참을 수 없게 마구 흔들어버리는 그녀.

자신이 무슨 소릴 하는지 알고나 있긴 하는 걸까. 우진의 눈동자가 짙게 일렁였다.

현서는 자리에서 일어나 유일하게 햇볕이 스며드는 창가로 걸어갔다. 창가에 잔을 내려놓고 대충 걸쳐져 있는 커튼을 단단히 여몄다. 우진은 그녀의 행동을 말없이 바라보다 곁으로 다가갔다.

우진은 이끌리듯 긴 팔을 뻗어 현서를 품에 가둔 채 창틀을 짚고 내려다보았다. 그의 어깨 정도밖에 오지 않는 그녀가 고요한 눈빛으로 그를 올려다본다.

창틀을 짚은 손에 힘을 바짝 주었다. 아니면 당장이라도 그녀를 향해 뻗어 나갈 것만 같았다.

하지만 영리한 여자는 그의 마음을 읽어버린다.

그리고 용기를 내어 먼저 허리를 감싸 안으며 품에 얼굴을 묻었다.

우진의 눈동자가 한차례 태풍을 만난 듯 거세게 흔들렸다. 점점 짙은 빛으로 변해가는 눈동자에는 망설임보다는 그녀를 안고 싶다는 욕망이 그득했다. 찌를 듯한 강렬한 눈빛은 현서의 마음을 송두리째 앗아버렸다.

발끝을 세워 그의 턱에 입술을 살짝 갖다 댔다. 상쾌한 스킨로션 향이 코끝을 간질였다. 새까만 눈동자가 한차례 일렁인다.

현서는 다시 발끝을 세워 그의 아랫입술을 제 입술로 감싸며 살짝 깨물었다.

이래도 안 넘어올래?

묻는다, 그에게. 말없이 일그러진 얼굴로 내려다보자 살짝 품에서 멀어진다.

우진은 창틀을 짚고 있던 손을 떼어내며 현서의 허리를 힘껏 끌어안았다. 숨이 닿고 은밀한 곳이 닿을 만큼 가까운 거리.

너, 그거 알아? 나를 얼마나 흔들고 있는지.

알아요, 내게 넘어와요.

눈으로 주고받는 대화, 서로의 마음이 흘러들었다.

이제 물리기 없기다.

네, 물리기 없기.

쿵쿵대는 심장 소리가 누구의 것인지 알 수 없다. 그녀가 이 시간에 이곳으로 온다고 할 때부터 우진은 어쩌면 이런 것을 기대했었는지도 모른다. 심장의 떨림이 그것을 미리 감지하고 있었다.

강렬한 눈의 마주침과 동시에 우진은 고개를 숙여 그녀의 입술을 삼켰다. 현서의 맑은 눈동자는 커튼이 드리워지듯 감겨왔고, 가느다란 팔은 그의 목을 휘감아왔다.

그녀의 입안으로 훅하고 뜨거운 입김이 파고들자 현서는 숨을 가까스로 내쉬며 그의 키스에 열렬히 호응했다. 입안 구석구석을 파헤치듯 하나도 남김없이 빨아 당기고 삼켰다. 현서는 목에 힘껏 매달린 채 격렬한 키스를 받았다.

발갛게 상기된 그녀의 볼을 감싸며 입술을 떼어낸 우진은 진득한 시선으로 바라보다 굵은 팔로 허리를 옭아매면서 그녀의 목덜미에 뜨거운 숨결을 내뱉었다.

너를 어쩔까. 미치겠다.

다시 입술이 포개어졌다. 부드럽고 촉촉한 입술이 그녀의 입술

을 남김없이 먹어치웠다. 뺨을 쓰다듬는 손길은 뜨거웠다. 녹아
내릴 것처럼 감미로웠다.

두려울 만큼 뜨겁고 단단한 그의 것이 그녀의 아랫배에 닿아왔
다. 현서는 아찔한 자극에 정신없이 그를 끌어안았다.

"이제부터 나랑만 연애하는 거야."

정수리에 입술을 비벼대며 짙은 한숨처럼 토해놓는 그의 말에
현서는 고개를 끄덕였다.

"넌 내 거야. 다른 놈 쳐다보면 안 돼. 이제부터 내 거야."

"우진 씨도, 내 거예요."

가슴팍에 얼굴을 묻고 웅얼대는 그녀.

사랑한다는 말보다 더 가슴 짠하고 더 노골적인 말.

"이현서."

잔뜩 쉰 목소리로 그녀를 부른다. 현서는 세상에서 가장 행복
한 여자가 된 기분이었다. 이 남자의 사랑을 얻은 것만으로도 더
할 수 없이 기뻤다.

현서는 이른 아침 눈을 뜨자마자 그가 미치도록 보고 싶었다.
누군가를 이토록 그리워하고 사랑하리라고는 생각지도 못했던
현서는 새벽 수영을 간다는 핑계를 대고 집을 나와 무작정 이곳으
로 달려왔다.

떨리는 눈으로 그를 마주 보았다. 말하지 않아도 서로 엉켜드
는 눈빛만으로도 마음이 통했다. 그도 그녀만큼 간절히 원하고 있
었다.

어느새 침대 위에 눕혀진 현서는 상의가 다 벗겨진 상태였다.

새까만 머리카락이 목덜미를 간질이고, 혀는 작은 유두를 찾아내어 정성껏 입맞춤하고 있었다. 그의 입속에 빨리는 기분은 말로 형용할 수 없는 자극이고, 생소한 경험이었다.

사랑하는 사람이 아니고서는 이처럼 친밀한 행위를 할 수가 있을까. 이렇게나 적나라하고 노골적인 행위인데. 현서는 그래서, 우진이라서 미치도록 좋았다. 그에게 저를 온전히 맡긴 채 눈을 감았다.

양팔로 상체를 지탱하고 서서히 고개를 든 그가 탁한 눈빛으로 가쁜 숨을 고르며 내려다보았다. 현서는 그의 탄탄한 가슴으로 손을 옮겨 조심스럽게 더듬거리다가 어깨를 지나 얼굴을 어루만지며 부드럽게 쓰다듬었다. 우진은 눈을 감고 그녀의 손길을 느끼듯 얼굴을 비벼댔다.

"현서……. 아름다워. 눈이 부시도록."

"안아줘요."

우진의 눈빛이 흥분으로 더욱 짙게 물들었다. 천천히 상체를 들고 현서의 다리 사이로 자리를 잡았다. 납작한 아랫배를 커다란 손으로 쓰다듬으며 바지 안으로 손을 밀어 넣기 시작했다. 현서는 부끄러움에 허벅지를 모으며 고개를 옆으로 돌렸다. 그는 현서를 달래듯 부드럽게 어루만지며 상체를 숙여 입술을 삼켰다.

트레이닝복 바지는 너무나도 손쉽게 벗겨졌다. 핑크빛의 보드라운 바지 아래 드러난 피부는 핑크빛보다 더 곱고 아름다웠다. 눈부실 정도로 새하얀 피부에 윤기가 흘러넘쳤다. 닿으면 미끄러질 것처럼 보드라운 살결에 우진은 넋을 놓았다.

늘씬한 두 다리가 수줍은 듯 허벅지를 모으고 비틀어댔다. 눈앞에서 자극적으로 움직이는 하얀 나신에 우진은 심장이 터질 것 같았다. 신음을 삼키며 마른 입술을 적셨다. 어서 저 하얀 허벅지에 입을 맞추고 싶어 애가 탔다. 손을 대면 그대로 손자국에 발갛게 물들어버리는 피부는 순결 그 자체였다.

어지럽게 흩어지는 숨결을 내쉬며 하얀 레이스 팬티 아래 거뭇하게 보이는 짙은 수풀 쪽으로 손을 움직였다. 떨리는 손끝은 차마 닿지 못해 몇 번이고 허공에서 멈칫거렸다.

"하흑!"

그의 손이 언덕에 닿는 순간 현서의 입에서 급한 숨이 토해져 나왔다. 달달 떨고 있는 그녀의 허벅지를 양손으로 움켜쥐며 천천히 벌렸다.

"못 참겠어."

아득할 만큼 짙어진 눈빛으로 바라보던 그는 고개를 숙여 그녀의 팬티 위로 얼굴을 묻었다. 정점을 혀로 비비며 입술로 물어댔다.

새하얀 몸을 붉게 물들이며 수줍음에 파르르 떨고 있는 현서를 보자 이렇게 누추하고 허름한 곳에서 처음을 보낼 수 없단 생각이 그를 붙잡았다. 참을 수 없는 욕정에 금방이라도 그녀 안으로 파고들고 싶었지만, 우진은 이를 악물고 고개를 들었다.

옆으로 몸을 눕히며 현서를 품에 힘껏 끌어안았다.

"하아, 사랑해."

"저도 사랑해요."

우진은 그녀의 고백에 심장이 뻥 터져버릴 것처럼 부풀어 올랐다. 그녀를 가슴에 포근히 감싸 안았다. 그도 그녀만큼이나 떨려왔다. 맞닿은 가슴처럼 서로의 마음이 닿아 있다는 사실이 경이롭기까지 했다.

우진은 더없이 소중한 것을 다루듯 머리를 쓰다듬고 이마에 입술을 맞추었다.

"심장 뛰는 소리 들려? 내가 얼마나 사랑하는지 말 안 해도 알겠지? 이제 나만 보는 거야. 나도 너만 볼게. 사랑해. 우리 천천히 해도 늦지 않아. 지금은 이렇게 있자."

감당할 수 없을 만큼 치솟는 소유욕 때문에 그녀를 이런 곳에서 안을 수는 없었다. 우진은 가만히 그녀의 등을 다독이며 해가 높이 솟을 때까지 그렇게 있었다.

그날 이후 우진은 현서와 함께 여행을 갈 계획을 세웠다. 다만 단둘이 가는 것보다는 친한 친구와 같이 가는 것도 괜찮을 것 같단 생각에 차근차근 준비를 시작했다.

형 도진에게 연락해서 별장을 쓰기로 했다. 물론 잔소리를 엄청나게 들었지만, 그로서는 이런 거 저런 거 따질 때가 아니었다. 그녀와 멋진 추억을 만들기 위해서였다.

여행 가기로 한 날은 아주 쾌청했고, 구름 한 점 없이 맑은 하늘이 펼쳐졌다. 현서는 선영과 함께 공항으로 출발했다. 제주도로 여행을 가기에 더없이 좋은 날씨였다. 우진도 친구 한 명과 함께 공항에서 현서를 기다리고 있었다.

"어서 와, 현서야."

"우진 씨, 이쪽은 내 친구 선영이."

"안녕하세요, 선영 씨."

"안녕하세요, 현서한테 말씀 많이 들었어요."

"여긴 같이 디자인하는 과 친구 차동훈입니다."

"야, 무슨 소개팅 분위기도 아니고. 어색하네. 어서 갑시다, 다들."

선영은 연신 떠들어대며 조잘거렸고, 현서는 그저 그 모습을 바라보며 미소 짓고 있었다. 우진은 내내 현서에게 눈길을 보내왔다. 현서는 민소매에 레이스가 달린 앙증맞은 티셔츠와 짧은 청바지를 입고 있었다. 그 모습이 마치 대학생처럼 발랄해 보여 우진은 옅은 미소를 지었다.

"오늘 너무 예뻐."

우진은 현서 곁에 다가와서 작은 소리로 귓가에 속삭였다.

현서는 심장이 튀어나올 것처럼 두근거렸다. 우진은 멍하니 서 있는 현서의 머리를 쓸어내리고 뺨을 쓰다듬었다. 그리고 현서의 어깨에 팔을 올리며 바다처럼 시원한 웃음을 터뜨렸다.

그는 어딜 가나 사람들에게 주목을 받았다. 그가 웃자 쳐다보는 사람들이 더욱 많아졌다.

우진은 탄탄한 근육을 유감없이 드러내는 민소매를 입고 실버로 된 목걸이를 하고 있었다. 그에게서 풍겨오는 남성적인 매력에 숨조차 제대로 쉴 수가 없었다.

둘이 은밀히 주고받는 시선을 눈치챈 선영은 될 수 있으면 둘이 같이 있도록 하려고 일부러 동훈이라는 남자에게 다가가서 말도 걸고, 서로 장난을 쳐댔다.

제주도 공항에 도착한 네 사람은 택시를 타고 별장으로 향했다.

도착한 별장은 호화롭고 아주 넓었다. 별장지기도 있어 조금 놀랐지만, 별장지기는 그들을 아주 반갑게 맞아주었다.

우진은 현서의 추궁에 아는 형의 별장이라고 말했다.

방은 각자 개인적으로 쓸 수 있도록 준비되어 있었고, 선영과 현서는 나란히 옆방을 쓰기로 했다.

"야, 여기 별천지 같아. 너무 좋다."

선영이 눈이 휘둥그레져서 소리쳤다.

"응, 아름다워."

화려한 장식들로 꾸며진 방을 둘러보며 발코니로 걸어갔다. 문을 열고 밖으로 나가자 실내와는 달리 뜨거운 열기가 훅 끼쳤다.

"어, 우진 씨."

"현서야."

그도 발코니에 나와 있었다. 발코니는 방 구분 없이 쭉 연결되어 있었다. 그가 성큼 다가와서 현서의 얼굴을 내려다보았다.

"힘들진 않아?"

"네."

후덥지근한 바람이 불어왔다. 땀으로 끈끈해진 얼굴에 머리카락이 달라붙었다.

그가 가만히 손을 뻗어 뺨 위에 붙은 머리카락을 귀 뒤로 넘겨주었다. 그의 손이 뺨에 닿는 순간 둘의 눈이 마주쳤고, 깊고도 그

읙한 눈빛이 잔잔하게 일렁였다.

"꿈만 같아. 이렇게 같이 있다는 게."

그는 들뜬 듯하면서도 한없이 가라앉은 목소리로 말했다. 현서
는 어찌할 줄을 모르며 고개를 떨구었다.

"나가서 시원한 거 마실까?"

대답 대신 고개를 끄덕였다.

"더우면 샤워하고 내려와. 기다릴게."

"네."

그는 뺨을 한 번 쓰다듬고서는 저쪽으로 사라졌다. 그가 돌아
서자마자 현서는 얼른 방으로 들어왔다. 쿵쿵거리는 심장이 멈출
생각을 하지 않았다. 거울 속에는 잔뜩 상기된 얼굴을 한 여자가
있었다. 현서는 얼른 샤워하고 시원한 옷으로 갈아입었다.

옷은 허벅지 위로 올라오는 짧은 반바지에 헐렁한 핑크빛 티셔
츠였는데, 티셔츠 길이가 제법 길어서 엉덩이를 가렸다. 하의실종
패션처럼 느껴져 망설여졌지만, 그가 기다릴 것 같아서 얼른 방을
나왔다.

1층으로 내려가자 우진과 동훈은 벌써 맥주를 마시고 있었다.
그 옆에 선영도 함께 맥주를 마시고 있었다.

세 사람의 시선이 모두 현서에게 향해오자 부끄러움에 얼굴이
화끈 달아올랐다.

"휴우. 끝내주는 몸매네."

"하긴, 현서는 다리가 참 예뻐."

옆에서 선영이 거들었다.

"자식, 그만 봐라. 닳는다."

우진이 동훈의 머리를 툭 치면서 장난스럽게 말했다. 하지만 우진의 시선이 곧장 현서의 다리 위로 날아왔다. 그는 다리를 말 없이 보고서는 이내 얼굴로 시선을 옮겨왔다. 짙게 반짝이는 눈동 자는 가슴이 두근거릴 만큼 매력적이었다. 시선을 놓지 않고 천천 히 맥주를 입가로 옮기며 단숨에 비워냈다.

"자식, 너나 그만 봐라. 현서 씨 얼굴에 구멍 나겠다."

"큭."

선영이 소리 내어 웃더니 아일랜드식 식당에서 걸어 나왔다.

순간 너무 놀란 현서는 헉, 하고 숨을 들이켰다.

"너! 너무 야하잖아."

현서가 선영의 팔을 재빨리 잡아당기며 귓가에 대고 속삭였다.

"뭐, 어때."

몸에 딱 달라붙는 민소매 티셔츠와 하얀색 핫팬츠는 보는 사람 이 민망할 만큼 야해 보였다. 선영에 비하면 현서는 아주 얌전한 편이었다.

"이럴 때 화끈하게 놀아보는 거야, 맹꽁아."

도발적인 모습으로 걸어가는 선영의 모습은 현서가 보아도 시 선을 잡아끌 만큼 매력적이었다. 선영은 그녀를 지나쳐 갔고, 동 훈이 그녀의 뒤를 따라갔다.

"이현서, 너 당장 올라가서 옷 갈아입어."

뒤이어 나온 우진이 그녀의 귀에 대고 낮게 읊조렸다. 상당히 기분이 상한 목소리였다.

"네에?"

"친구가 저러고 다닌다고 너까지 그럴 필요 없어. 어서 올라가."

"뭐야, 정말. 은근히 보수적인가 봐요."

그가 거칠게 머리카락을 쓸어 넘기며 한숨을 내쉬었다.

"이러면 내가 종일 어떻게 버텨. 돌아버리겠다."

그의 시선이 드러난 어깨와 봉긋 솟아오른 가슴으로 내려오는 것이 느껴졌다. 그의 눈빛이 평소와 다르게 느껴져 가슴이 묘하게 설레었다.

현서는 일부러 더 그를 자극하고 싶다는 생각이 들었다. 그녀는 제 마음속에 이렇게 야하고도 뻔뻔한 감정이 숨어 있으리라고는 생각지도 못했다.

그가 가슴이 들썩일 만큼 크게 숨을 내쉬자 그것이 그녀로 인한 것이란 생각에 기분이 더 묘해졌다.

현서는 숨이 가빠오고 입안이 바싹 말라왔다.

"맥주 마시고 싶어요."

"기다려 가져올게."

우진이 맥주와 안주를 가지고 왔다. 맞은편에 앉은 현서는 차가운 맥주를 손에 쥐었다.

"줘, 따줄게."

우진이 팔을 뻗어 현서가 쥐고 있던 맥주를 잡았다. 그 순간 장난기가 발동한 현서는 맥주를 빼앗기지 않으려고 힘을 주었다.

"지금 장난하는 거지?"

대답 대신 씩 웃었다.

그가 한쪽 눈썹을 위로 추켜올리며 맥주를 뺏기 위해 의자에서 일어나 다가왔다. 입꼬리를 위로 휘며 다가오는 그의 눈동자에도 장난기가 어렸다.

"제가 할게요. 싫어요. 저리 가세요."

현서는 맥주를 뒤로 숨기며 고개를 저었다. 그가 긴 팔을 뻗어 그녀의 몸을 감싸 안다시피 해서 뒤에 쥐고 있던 맥주를 양손으로 잡아챘다.

현서는 꼼짝없이 그의 품에 갇혀버렸다.

쿵쾅거리는 심장 소리가 그녀의 귀에 고스란히 들려왔다. 현서는 숨을 들이켜며 그의 체취를 맡았다. 현서의 심장도 그의 심장 박동에 맞추어 맹렬히 뛰기 시작했다.

그의 새까만 눈동자가 그녀에게 쏟아졌다. 현서는 입을 멍하니 벌린 채로 그를 바라보았다. 마치 홀린 기분이었다.

"하아…… 이현서, 넌 혼 좀 나야 해."

그가 갑자기 알 수 없는 소릴 하더니 맥주를 마구 흔들어댄 뒤, 그녀 앞에서 캔을 땄다. 그러자 맥주가 폭발하면서 사방으로 튀었다.

"앗, 차가워."

"하하, 맛이 어때. 시원해?"

"뭐예요?"

그는 10대 소년처럼 짓궂게 웃으며 그녀를 놀려댔다. 현서는 생전 처음 웃어보는 사람처럼 환하게 미소 지었다. 그의 눈동자

가득 그녀의 얼굴이 새겨지는 기분이었다.

어느 순간부터 그는 더 이상 웃고 있지 않았다. 꽂혀드는 시선에 웃음기는 없었다. 현서의 심장은 미친 듯이 뛰어댔고, 그를 마구 끌어안고 싶다는 생각뿐이었다. 그녀의 생각을 읽기라도 한 듯 그의 눈동자가 깊숙이 반짝였다. 그가 고개를 숙여 입술을 살짝 빨아 당겼다. 현서는 눈을 감고 그의 키스를 받았다.

"현서야! 이리 와봐. 별장 구경하자. 경치가 끝내줘."

밖에서 선영의 목소리가 들려왔다.

화들짝 놀란 현서는 그의 가슴을 밀쳐내며 주방을 뛰쳐나갔다.

"이현서, 두고 봐. 나를 이 꼴로 만들다니."

우진은 바지 위로 툭 불거져 나온 아래를 내려다보며 짙은 한숨을 내쉬었다.

그들은 점심 전에 일대를 둘러보기 위해 밖으로 나가 해안도로를 따라 천천히 드라이브했다.

뒷좌석에는 선영과 동훈이 앉았고, 운전석에는 우진이, 그 옆에는 현서가 앉았다. 시종일관 분위기는 화기애애했고, 모두 즐거워 보였다. 마음이 맞는 사람끼리 여행은 더없이 즐거웠다.

제주도의 에메랄드빛 바다는 남태평양의 이름 모를 섬처럼 아름다웠다. 잡지에서나 봤음 직한 바다에 넋을 놓아버렸다.

"……아! 예뻐."

차창을 열자 후텁지근한 바람이 훅 끼쳐왔다. 하지만 그래도 좋았다. 눈앞에 펼쳐진 절경은 아름답다는 말로 부족했다. 구불구불

한 해안을 따라 드라이브를 하던 우진은 천천히 차를 세웠다.

"원래 용담 해안도로는 야경이 아름답기로 유명해."

그가 고른 치아를 내보이며 미소 지었다. 그녀의 눈에는 그가 더 아름답고 눈부셨다. 그 어떤 것을 갖다 놔도 그를 이길 순 없을 것 같았다. 그와 함께 같은 바다를 바라보는 이 순간 너무 행복했다.

제주도 해안 드라이브를 마친 그들은 다시 별장으로 돌아왔다. 다들 허기가 졌는지 곧바로 식사를 했고, 오후에는 별장 수영장에서 수영을 하기로 했다.

"수영복 있어?"

우진이 물었다.

"물론이죠. 수영복 갖고 왔어요."

"흠, 좋아. 입고 와. 내가 검사를 할 테니까."

"무슨 검사요?"

"노출 수위 검사지."

현서는 정말 어이가 없어서 크게 웃음을 터트렸다. 그러자 그가 장난꾸러기처럼 씩 웃으며 그녀의 머리카락을 마구 헝클어트렸다.

"어서 입고 와. 기다릴 테니까."

그가 그녀의 등을 밀었고, 현서는 떠밀리다시피 발걸음을 옮겼다. 2층으로 올라간 현서는 선영이 벌써 수영복을 갈아입고 나오는 것을 보았다.

"벌써 입은 거야?"

"응. 어때?"

선영이 모델처럼 포즈를 잡았다.

"예뻐. 보기 좋아."

"그래? 수영장에서 보자. 난 친구 잘 둔 덕분에 이런 곳에도 와보고 완전 좋아 죽겠어. 그리고 우진 씨 엄청 멋지더라. 기지배, 복도 많아요. 잘해봐."

"뭐, 그저 그렇지."

"아무튼, 여기 있는 동안에는 미친 듯이 노는 거야. 그리고 너, 오늘 밤 제대로 역사를 이뤄봐. 난 동훈 씨 데리고 몰래 빠져줄 테니까."

"야아."

"내숭은. 남자는 여자 하기 나름이야. 뭐, 어때? 둘이 그렇게 좋아하는데."

선영은 현서의 어깨를 툭 치고서는 먼저 1층으로 내려갔다.

현서는 가방에서 수영복을 꺼냈다. 흰 바탕에 핑크 줄무늬가 들어간 비키니에 짧은 원피스가 한 벌로 된 수영복이었다. 아래에서 들려오는 웃음소리에 가만히 베란다로 다가갔다. 이미 세 사람은 풀에서 장난을 치며 환하게 웃고 있었다.

검사한다더니…….

풀에서 장난치는 모습을 보자 오기가 생겼다. 그녀는 브래지어와 팬티 차림보다 더 야하게 느껴지는 비키니를 보며 눈을 빛냈다.

거울 속에 비친 제 모습에 놀란 그녀는 입을 크게 벌렸다. 야해도 그렇게 야할 수가 없었다.

평소 크다는 생각을 해본 적 없었는데, 가슴 부위에 레이스가 달린 비키니를 입자 가슴이 더욱 풍만해 보였다. 납작한 배와 그 아래 옴폭 파인 배꼽, 손바닥만 한 삼각 팬츠, 훤히 드러난 허벅다리. 아예 엉덩이가 보일락 말락 했다. 그녀는 고개를 저으며 도저히 이렇게 입고 나갈 순 없다 생각하며 위에 덧입는 원피스를 손에 들었다.

아니, 안 입을 거야.

망설이다가 원피스를 내려놓고 테이블 위에 올려진 새까만 선글라스를 썼다.

현서는 조용히 내려가 선베드로 가서 앉았다. 그들은 아직 그녀가 내려온 줄 모르는 모양이었다. 그녀는 선글라스를 쓰고 마음껏 그를 훔쳐보았다.

구릿빛의 탄탄한 상체가 눈에 들어왔다. 물기를 머금은 피부는 햇빛 아래 더욱 싱그러웠다. 젊고 생동감 넘치는 그는 너무나도 매력적이었다. 눈을 뗄 수 없을 만큼 아름다웠다.

그는 날렵하게 바닥을 짚고 풀 위로 올라왔다. 그녀가 있는 곳으로 곧장 걸어오는 것을 보니, 들킨 모양이었다. 그가 다가올수록 현서의 심장은 온몸이 흔들릴 만큼 격렬하게 뛰기 시작했다. 단단한 가슴과 배, 그리고 반바지 아래 드러난 허벅지와 정강이, 또 어쩔 수 없이 시선이 가고야 마는 그의 불룩 솟은 남성이 눈에 들어왔다.

현서는 눈을 꾹 감아버렸다.

화르르 얼굴이 달아올랐다. 들썩이는 가슴이 그에게 보일 것만 같아 어디 쥐구멍에라도 숨고 싶어졌다.

"이현서……."

"……."

현서는 대답하지 않았다. 그리고 그를 보지도 않았다.

그의 몸에서 물이 뚝뚝 떨어졌다. 그가 서 있는 바닥에 물이 웅덩이처럼 고였다. 그녀는 점점 커지는 웅덩이에 시선을 뒀다.

"하아……. 이현서! 넌, 도대체가……."

그는 몹시 화가 난다는 듯 머리카락을 거칠게 쓸어 넘기더니 현서의 몸에 물방울을 튕겼다.

"아, 차가워."

그 순간 그가 움직임을 멈추었다. 그리고 한쪽 다리를 굽히고 앉아 그녀의 눈을 가리고 있던 선글라스를 벗겨냈다.

흑단처럼 매끄럽고 촉촉이 젖은 머리카락에서 물이 뚝뚝 떨어지고 있었다. 그의 얼굴을 따라 흐르는 물방울을 보며 눈길을 피했다.

"날 봐."

잔뜩 쉬어버린 것처럼 목이 꽉 잠긴 그는 짙은 눈을 빛내며 단단히 응시해왔다.

현서는 용기를 내어 그의 두 눈을 똑바로 보았다.

새까만 눈동자가 거칠게 일렁였다. 뭔가를 잔뜩 참아내는 것처럼 입술을 굳게 다물고 잡아먹을 것처럼 보고 있었다.

"화가 난다."

뜻밖의 반응에 목이 탔다. 혀끝으로 입술을 축였다. 그의 말이 무얼 의미하는지 모를 현서가 아니었다. 둘 사이에 흐르는 팽팽한 긴장감이 심장을 떨리게 했다.

……아!

그의 시선이 가슴으로, ……허벅지로, ……꼼지락거리고 있는 발가락으로 옮겨왔다. 눈길이 닿는 곳마다 살갗이 타들어갔다. 그의 눈빛만으로도 발갛게 물든 그녀는 양쪽 팔을 교차시켜 가슴을 가렸다.

"넌 혼 좀 나야 해."

그가 그녀를 달랑 안아 들고서는 풀장 쪽으로 성큼성큼 걸어가서 풀에 그녀를 던져버렸다.

풍덩.

그녀는 비명을 지르며 물속에서 허우적거렸다. 그는 곧바로 그녀 곁에 뛰어든 뒤, 뒤에서 그녀를 받쳐 올렸다.

"하아, 이현서."

뒤에서 단단히 안아 든 그는 현서의 목덜미에 입술을 갖다 댔다.

"하아. 여기서 도발하는 건 아니죠?"

"당장 내 방으로 가고 싶다."

짓궂게 반짝이는 눈동자에 웃음기가 역력했다.

그가 웃는 것만으로도 현서는 기뻤다.

"……예쁘단 말로는 부족해. 보기도 아까워. 그러니까 이렇게 입지 마, 다시는."

낮게 속삭이는 그의 음성에 그녀의 몸은 기쁨으로 떨려왔다.

짙게 반짝이는 눈동자에 한없는 애정이 묻어났다. 왈칵 눈물이 솟을 만큼 기뻤다.

서로 말없이 바라볼 때, 선영이 물보라를 일으키며 다가왔다.

"두 사람, 애정 행각이 너무 진해서 질투 나는데요?"

"동훈이 어떻습니까? 두 사람 잘 어울리는데요."

"우리는 들러리니까 저희 생각 마시고 두 분이 즐겁게 노세요. 전 지금 이대로도 좋아요."

선영은 유유히 수영하며 앞으로 나아갔다. 현서는 수영을 배운 탓에 제법 수영을 할 줄 알았다.

"나도 선영이 따라가야겠어요. 늑대 옆에 못 있겠어."

"뭐?"

그가 기가 막힌다는 듯 웃음을 터트렸다.

"얼마든지 도망가 봐."

"이래 보여도 저 수영 실력 수준급이에요."

"글쎄, 좋아 먼저 출발해. 내가 곧장 따라잡을걸."

"좋았어요."

현서는 평형을 하며 앞으로 나아갔다. 절반쯤 갔을 때 그가 자유형으로 따라오기 시작했다. 현서는 있는 힘껏 팔다리를 저으며 앞으로 나아갔다.

"아!"

금방 따라잡은 그가 현서의 허리를 껴안으며 물속으로 끌어당겼다.

둘은 물속에서 숨을 참으며 마주 보았다. 그가 현서의 입술에 입술을 대고 공기를 불어넣었다. 덕분에 현서는 한결 숨 쉬기가 편해졌다.

푸른 물속에 가라앉은 두 사람은 누가 먼저랄 것도 없이 서로를 끌어안으며 입술을 겹쳤다. 더는 참을 수 없어진 둘은 물 위로 솟구쳤다.

"하아, 하아."

"하아, 하하."

둘은 거친 호흡을 내쉬며 환하게 웃었다. 그가 긴 팔을 뻗어 그녀의 얼굴을 쓰다듬고 흘러내리는 물기를 닦아주었다.

그 손길에 애정이 듬뿍 묻어났다. 현서는 터질 것 같은 가슴을 누르며 손을 뻗어 그의 뺨 위로 흐르는 물기를 쓸어냈다. 어느새 주홍빛 노을이 두 사람 머리 위로 내려앉았다.

그렇게 시간이 흘러 세상이 고요하게 잠든 시간 현서는 문자를 받았다. 그가 1층에서 기다린다는 문자였다. 두근거리는 가슴을 누르고 조용히 방문을 열고 1층으로 내려갔다.

우진은 현서가 내려오자 그녀의 손을 잡고 어딘가로 이끌었다. 넓은 별장 어딘가에 둘만이 있을 수 있는 공간이 있는 모양이었다.

현서는 오늘 밤 그가 그녀를 가지려 한다는 것을 눈치챘다. 그건 그녀도 바라는 바였다. 그는 별장의 맨 끝 쪽 방문을 열었다. 안으로 빨려 들어가듯 당겨진 현서는 등 뒤로 문이 잠기는 소리를 들었다. 사이드 조명이 은은하게 켜져 있는 방은 넓은 침대와 작은 탁자가 놓여 있었다.

그의 손에 허리가 당겨졌다. 그는 이글거리는 눈동자에 욕망을 거침없이 드러내며 입술을 겹쳤다. 뜨거운 숨결과 함께 달콤한 입술이 그녀의 입술을 간질이며 자극했다.

현서가 살짝 혀를 내밀어 그의 입술을 핥아대자 그가 못 참겠다는 듯 고개를 옆으로 돌리며 깊숙이 혀를 입안으로 밀어 넣었다. 입안을 샅샅이 파헤치듯 맴돌던 혀는 다시 그녀의 혀를 옭아매며 힘껏 빨아 당겼다. 현서는 그의 목에 팔을 감고 매달렸다. 그가 입술을 떼어내며 축축한 혀로 귓바퀴를 핥고 빨아댔다. 온몸에 소름 같은 전율이 휘돌았다.

현서는 한껏 젖은 눈으로 그를 올려다보며 애원했다.

어서, 날 가져요.

보채지 마, 기다려.

그는 속삭이듯 귓가에 나직이 말한 뒤 현서의 티셔츠를 머리 위로 벗겨냈다. 눈부신 새하얀 브래지어가 드러나자 커다란 손으로 가슴을 움켜쥐었다. 엄지로 젖꼭지를 살짝 누르며 비벼대던 그는 등 뒤로 손을 돌려 브래지어 훅을 풀어버렸다. 탄력이 넘치는 가슴이 그의 손바닥 가득 들어찼다.

우진은 젖가슴을 움켜쥐고 주물러대며 현서의 표정을 살폈다.

손가락으로 유두를 비틀자 현서의 입에서 작은 신음이 터져 나왔다.

"아흑!"

그 신음을 신호로 우진은 현서의 가슴을 입안 가득 삼키며 빨아대기 시작했다. 짜릿한 전율이 발끝까지 흘렀다. 집요할 만큼 가슴을 빨아대며 이로 잘근거렸다. 유두를 빨아대는 소리가 귓가에 선명하게 들려왔다. 유두를 핥고 비벼대며 자극하자 현서의 신음은 더욱 짙어졌다.

"아흣!"

양쪽을 번갈아가며 빨아대는 그는 지칠 줄 모르고 가슴을 탐했다. 현서는 그의 새카만 머리카락 속에 손가락을 파묻으며 신음했다. 그는 가슴에서 얼굴을 떼어낸 뒤, 현서를 안아 들고 침대로 걸어갔다.

거친 호흡으로 들뜬 그는 가슴을 들썩였다. 이글거리는 눈동자엔 욕망이 가득했다. 현서는 그의 손길에 몸을 맡겼다. 우진이 그녀의 바지와 팬티를 벗겨내자 은은한 불빛 속에 새하얀 나신이 드러났다. 현서는 부끄러운 나머지 몸을 손으로 가리려 했지만, 그는 그녀의 손을 한 손으로 붙잡은 뒤 위로 올려붙였다.

"그대로 있어, 꼼짝 말고. 내 거야."

그는 재빨리 옷을 벗어 던졌다. 마지막 속옷까지 다 벗어 던진 그는 이미 팽팽하게 부풀어 오른 거대한 것을 드러낸 채 당당하게 다가왔다. 현서는 부끄러움에 고개를 옆으로 돌렸다.

그가 그녀의 몸 위로 몸을 겹치며 무게를 실어왔다. 침대가 출렁이며 그의 무게를 고스란히 받아냈다.

"현서야, 날 봐."

이글거리는 눈동자가 그녀의 얼굴을 샅샅이 훑었다. 현서는 손을 뻗어 그의 얼굴을 어루만지며 입술을 더듬었다.

손바닥에 입술을 대며 뜨거운 숨결을 내뿜었다.

"도저히 못 참겠어. 아프더라도 참아."

"네."

그는 가슴을 다시 힘껏 빨아 당겼다. 입안에서 혀로 비벼대고 입술로 쪽쪽 빨아 당기는 통에 현서는 가느다란 숨을 내쉬며 허리를 들썩였다. 서서히 그의 손이 아랫배를 지나 보드라운 수풀 쪽으로 옮겨왔다.

"아아……."

현서는 허벅지에 힘을 주어 다리를 모았다.

"힘 빼, 현서야."

그는 잔뜩 가라앉은 목소리로 말했다.

단단한 손으로 허벅지를 벌리며 그 사이에 자리를 잡은 우진은 감히 상상할 수도 없는 곳에 입술을 갖다 댔다.

"아흑, 거, 거긴. 싫어요."

"괜찮아. 하아. 괜찮아질 거야. 느껴, 현서야."

흥분을 억누르는 기색이 역력한 목소리로 말하며 다시 고개를 숙였다. 뜨겁고 기다란 혀가 여린 꽃잎을 파헤치듯 스치고 지나갔다. 생경한 느낌에 현서는 비명을 질렀다.

"쉿! 괜찮아."

다시 속삭이는 그는 입술로 꽃잎으로 베어 물듯 지그시 눌렀다. 사타구니 사이에 그의 얼굴이 자리를 잡고 노골적인 자세로 그녀의 은밀한 부위를 혀로 핥아대고 빨아대며 끔찍할 만큼 짜릿한 자극을 주었다.

현서는 참을 수 없는 쾌감에 허리를 비틀었다. 그는 절대로 그냥 놓아주지 않을 것처럼 집요하게 꽃잎을 파헤쳤다. 혀가 여린 꽃잎 사이를 비벼대고 뭉근히 눌러대자 클리토리스가 통통하게 부풀어 오르며 모습을 드러냈다.

"아흣……!"

녹아내릴 것 같은 전율과 쾌감이 전신을 감돌았다.

"미칠 것 같아. 좋아, 너무 예뻐."

그는 수치심을 주기로 작정한 모양인지 아래에서 끊임없이 속삭였다. 혀가 안을 휘저어대고 비벼댔다. 질척한 소리가 방 안 가득 넘쳐났다. 도저히 그와 그녀가 만들어내는 소리 같지가 않았다. 현서는 아득히 멀어지는 의식 속에서도 그가 주는 쾌감에 헐떡이며 끝까지 감각을 놓치지 않으려 했다.

"하흑! 아아아!"

현서는 도리질을 치며 허리를 튕겨 올렸다.

그는 상체를 올리며 다시 그녀의 입술 사이로 혀를 밀어 넣었다.

세차게 혀를 빨아들이고 감아올렸다. 손은 가슴을 세게 움켜쥐고 비틀며 힘을 주었다. 다시 고개를 숙여 유두를 삼키고 빨아대며 베어 물었다.

"으응……."

이미 애액이 흠뻑 흘러내린 아래는 그의 손길이 닿자마자 주르륵 애액을 흘리며 그를 애원했다. 손가락 하나가 깊숙이 파고들자 현서는 몸을 비틀며 그를 힘껏 끌어안았다.

"좁아, 너무."

"아흑!"

"이대로는 들어가기 쉽지 않아. 현서야, 힘 빼봐."

우진은 관자놀이에 땀을 흘리며 열심히 그녀를 애무했다. 현서는 벌벌 떨리는 허벅지를 방만하게 벌린 채로 그를 올려다보았다. 우진은 콘돔을 그의 것에 씌운 뒤 다시 그녀에게 몸을 겹쳤다.

"아프더라도 참아. 들어갈 거야."

현서는 고개를 끄덕였다.

그가 뭉근히 비벼대다 서서히 안으로 파고들었다. 생살이 밀려가며 찢어질 듯한 압박감에 미간을 찌푸렸다. 그는 낮게 쉰 목소리로 그녀를 불렀다.

"현서야, 사랑해. 사랑해."

그의 사랑 고백에 현서의 눈가가 촉촉이 젖어들었다. 어서 그와 하나가 되고 싶다는 절박한 감정이 넘실거렸다.

"어서요."

현서는 용기를 내어 그를 재촉했다.

우진은 그녀 안으로 쑥 밀고 들어왔다.

"아악!"

현서는 묵직한 통증이 소릴 질렀다. 생살이 찢어지는 느낌과 함께 불같이 뜨거운 것이 계속 밀려들어왔다. 겁이 날 만큼 컸다.

"아흑!"

"하아…… 현서야……."

그의 미간도 잔뜩 일그러져 있었다. 그는 현서의 눈가에 흘러내리는 눈물을 입술로 닦아내며 다시 입을 맞추었다.

서서히 그가 움직이기 시작했다. 맞닿은 곳은 그가 움직일 때마다 아프고 쓰라렸다. 하지만 현서는 꾹 참아냈다.

사랑하는 사람을 받아내는 행위였다. 그와 하나가 되어 맞닿았다는 생각만으로도 충분히 견딜 수 있었다. 점점 그가 움직일수록 매끄러운 애액이 흘러나와 그가 한결 움직이기 수월해졌다.

현서는 그의 손길에 다시 몸을 내맡긴 채로 헐떡였다.

아프기도 하지만 그의 사랑을 받고 있다는 사실만으로도 현서는 견딜 만했다. 힘줄이 불거진 그의 얼굴을 보며 가만히 쓰다듬었다. 그는 속도를 올리기 시작했다.

"미안, 못 참겠어."

그는 점점 속도를 높이며 힘차게 허릿짓을 시작했다. 현서는 밑에서 흔들리며 알 수 없는 짜릿한 감각이 아랫배에서 저릿하게 번져나가는 것을 느꼈다. 붉게 충혈된 우진의 눈동자가 그녀에게 꽂혔다. 그는 무섭게 속도를 올리며 몰아붙였다.

계속되는 자극에 어느 순간 현서는 전신을 휘감는 전율에 눈앞이 새하얗게 변해버렸다. 귀가 먹먹하고 아무 소리도 들리지 않았다. 오로지 몸을 뒤흔들 만큼 강렬한 쾌감에 의식을 놓아버렸다. 그 순간 우진은 뜨거운 것을 뿜어대며 짙은 숨을 토해냈다.

탐욕으로 번들거리는 눈동자는 짙은 만족감이 배어나왔다. 우진은 현서의 몸 위에 몸을 내리며 힘껏 끌어안았다.

완벽하게 그의 여자가 되어버린 현서.

우진은 너무나도 사랑스러운 여자를 내려다보며 더없이 소중한 것을 보듬듯 가슴에 품었다.

제주도 여행을 다녀온 이후로 둘의 사랑은 점점 깊어져갔다.
우진은 현서와 깊은 관계가 이어질수록 더는 이렇게 살 수 없다는
생각을 하게 되었다.

이제 한 여자를 책임지기 위해서 어떻게 해야 할지를 진지하게
고민하기 시작했다. 그는 자신이 생각했던 것보다 훨씬 더 빨리
이 생활을 청산해야 할지 모른다고 생각하며 현서를 위해서라면
기꺼이 그렇게 해야 한다고 여겼다.

품에 안겨 있는 현서를 보며 부드러운 미소를 머금었다. 가슴
벅차도록 뻐근해져 오는 감동.

내 여자. 내 거다, 이현서.

가냘픈 어깨와 등을 쓰다듬고 귓불을 지나 뺨을 쓸어내렸다.
긴 속눈썹에 감싸인 눈매가 파르르 떨린다.

더 재우고 싶지만, 이미 그의 분신은 아우성이다. 손을 내려 현
서의 다리 사이로 밀어 넣었다. 그의 손길에 반응을 보이며 몸을
활짝 여는 현서. 사랑스럽다, 미치도록.

우진은 현서의 몸 위로 몸을 포갰다. 그녀와 하나가 되어 끝없
이 움직였다. 아득한 절정에 둘은 힘껏 끌어안으며 날아올랐다.

비가 내리는 거리는 질척했다. 지난 상념에서 벗어난 현서는
택시에서 내렸다.

사무실로 들어서는 현서를 보며 직원들이 우르르 몰려왔다. 오

늘 심사 결과가 어떻게 됐는지 궁금한 모양이었다. 하긴 저라도 그랬을 것이다. 하지만 그녀의 머릿속은 뒤죽박죽이었고 엉망진 창이었다.

현서는 억지로 웃음을 지으며 직원들에게 잘됐다고 말을 하려 했지만 마음은 여전히 불편했고, 과연 그와 계속 얼굴을 맞닥뜨리 고 일을 할 수 있을지 자신이 없었다.

눈치가 빠른 박 팀장이 다가와서 직원들을 물리며 그녀를 방으 로 이끌었다.

"들어가시죠. 얼굴이 안 좋아 보이십니다."

사무실 밖에서 직원들이 나누는 대화가 들려왔다.

"떨어진 모양이네. 성진 어패럴은 우리가 넘기에는 너무 높은 산인가."

"오늘 심사를 했는데 벌써 발표가 났겠어?"

"박 팀장이 따라 들어갔으니 뭔 말이 있겠지. 조용히 눈치나 보며 있자."

현서는 가방과 상자를 내려놓으며 박 팀장을 향해 말했다.

"성진 어패럴 관련 사업 계획서, 공문서 등 관련 서류 모두 내 게 넘겨."

"무슨 일 있어요? 잘됐구나, 그렇죠? 실장님께서 담당하시는 겁니까?"

"일단 정식으로 계약 체결하기 전까지는 아무 말 하지 마. 난 조용히 사장님 뵙고 올 테니까."

"알겠습니다. 역시 실장님 대단하십니까. 그냥 가셔서 미모로

한 방에 누르고 오셨죠?"

"쓸데없는 소리 하지 마."

"에이, 왜 이러세요. 솔직히 실장님 미인인 건 다 안다고요."

"그런다고 일이 줄어들진 않으니까 가서 빨리 일해."

"넵!"

박 팀장이 사람 좋아 보이는 웃음을 지으며 방을 나갔다.

현서는 지친 몸을 의자에 앉히며 책상 앞에 놓인 스케줄러를 무심코 쳐다보았다.

아! 잊고 있었다.

오늘 저녁 약속을 깜빡하고 있었다. 다리를 다치는 바람에 그동안 차를 태워준 오빠 현준과 지석에게 저녁을 대접하기로 했었다. 오빠는 새언니와 함께 나오기로 했고, 지석도 잠깐 시간을 내서 들른다고 했었다.

그녀가 장소를 미리 예약하고 연락을 하기로 했는데, 온통 정신이 딴 곳에 가 있어서 까마득히 잊고 있었다. 결국, 서울중앙지검과 가까운 강남에 있는 백화점의 레스토랑으로 예약을 잡고 모두에게 문자를 보냈다.

겨우 한숨을 돌린 현서는 힘이 다 빠져버린 사람처럼 책상에 얼굴을 기대며 축 늘어져버렸다.

"피곤해."

혼잣말로 중얼댔다.

우진을 만난 시간은 한 시간도 채 되지 않는데 이렇게 파김치가 되어 늘어져버렸다. 과연 감당할 수 있을까. 앞으로 얼마나 만나게 될지, 몇 번이나 부딪쳐야 할지 모르는데 견딜 수나 있을까.

현서는 가지를 치고 뻗어가는 생각을 접고서는 단호해진 눈빛으로 서류를 챙겨 들었다. 사장에게 보고하고, 결정은 그에게 맡겨야 한다.

현서는 보고 서류를 들고 사장실로 향했다. 공과 사는 반드시 구분돼야 한다. 사적인 감정으로 일을 망칠 순 없었다.

해쓱해진 얼굴로 현서는 약속 장소에 도착했다. 그러고 보니 약속 장소는 지나치게 로맨틱했다. 연인들이 스테이크를 썰고 차를 마시면서 사랑을 속삭이기에 아주 적합한 장소였다.

은은하게 흐르는 클래식과 새하얀 테이블보, 크리스털 화병에 꽂혀 있는 장미, 그 모든 것이 가슴 설레게 할 만큼 사랑스러웠다.

현서는 웨이터의 안내에 따라 예약석으로 향했다.

"현서야."

지석이 한 손을 들어 그녀를 알은체해왔다. 이미 오빠 내외와 조카 여울도 와 있었다. 조카는 유아용 의자에 앉아서 공갈 젖꼭지를 빨고 있었다. 여울은 현서를 알아보더니 팔을 뻗으며 소리를 쳤다.

"까아, 마맘, 어마."

현서는 얼른 조카를 안아 올렸다.

"어휴, 우리 여울이 잘 있었어?"

이제 돌이 지난 여울은 유난히 현서를 따랐다. 현서가 여울을 안고 있는 모습을 보니 엄마라고 해도 믿을 만큼 능숙했다.

"우리는 아예 안중에도 없구나."

오빠 현준이 핀잔을 주자 현서는 그제야 인사를 하며 여울을 유아용 의자에 앉혔다.

"다들 잘 지내셨어요?"

"아가씨가 여울이 좀 키워줘요. 얘는 고모를 어쩜 그렇게 좋아하는지."

"그럴까요?"

현서는 새언니의 농담을 받아치며 다시 여울에게 시선을 돌렸다. 저도 모르게 손이 뻗어 나간 현서는 여울을 당겨 앉히며 뺨을 비비고 뽀뽀를 해댔다.

"여울아, 고모랑 살자. 응?"

"어마, 엄마, 까르르."

여울은 엄마란 소리를 하며 웃어댔다.

그런 현서를 바라보는 지석의 시선은 어딘가 모르게 불편해 보였다. 현준은 지석의 눈빛을 알아채고서는 깊은 생각에 잠긴 시선으로 현서를 바라보았다.

현서는 여울을 혼자 보다시피 하며 식사를 하는 둥 마는 둥 했다.

"왜 그렇게 못 먹어?"

지석이 현서의 접시를 보며 말했다.

"응, 속이 더부룩해서. 괜찮아. 지석 씨는 입에 맞아?"

"괜찮네. 누가 사는 건데, 당연히 맛있지."

"그럼 다음에 네가 사는 거냐?"

현준이 두 사람의 대화에 끼어들었다.

"뭐, 현서가 먹는다면 언제든지."

지석이 웃음 가득한 얼굴로 대꾸했다.

말은 저렇게 해도 지석의 속마음은 그렇지 않을 것이다. 현서는 그와 합의 이혼을 했지만, 그 속사정은 오빠나 다른 누구도 알지 못했다.

현서는 지석의 시선을 피하며 다시 여울에게 관심을 돌렸다.

"언니, 여울이 우유 먹여야겠네요. 제가 먹일 테니까 주세요."

"여기 있어요, 아가씨. 그럼 저 백화점 나온 김에 잠깐만 다녀올게요. 이이 셔츠를 바꿔야 하는데, 같이 갔다 올게요."

"네, 다녀오세요. 벌써 잠이 오나 봐요. 여울이 우유 먹으면 잘 것 같아요."

오빠 내외가 자리를 일어나자 현서는 여울을 안아 들었다. 여울은 자리에서 일어나는 엄마를 보며 손을 흔들고 '빠빠'라고 소리를 내며 웃었다.

현서는 여울을 안아 들고 우유를 먹이기 시작했다.

지석은 찻잔을 입가로 옮기면서 그런 현서의 모습을 말없이 바라보았다. 그러다가 불쑥 물었다.

"만나는 남자 없어?"

갑작스러운 질문에 현서는 얼굴을 굳혔다.

"때가 되면 생기겠지."

현서는 지석과 그런 이야기를 나누는 것 자체가 싫어 가만히 고개를 숙인 채 우유 먹이는 것에 집중했다.

"아직도 그 사람 생각하고 있어?"

당혹스러운 질문에 현서는 아무런 대꾸도 하지 않고 여울에게서 시선을 떼지 않았다.

무슨 말을 한단 말인가. 그가 물어볼 말이 아니었다.

지석은 검은 눈을 반짝이며 그녀를 바라보았다. 잠이 든 아기와 천사 같은 그녀의 모습에서 시선을 뗄 수가 없었다.

우유를 먹다 결국 잠이 든 여울을 보자 현서의 얼굴에는 저절로 미소가 피어올랐다.

"천사 같아, 자는 아기 얼굴은."

"……."

"어쩜 이렇게 순한지. 여울이 볼 때마다 마음이 짠한 거 있지. 이렇게 어린애가 자라서 세상을 알아가고 커 나가야 한다는 게 서글프기도 해."

"한때야."

냉소적인 목소리로 내뱉는 그. 현서는 지석이 그러는 이유를 알기에 입을 다물었다.

"네가 원하는 아기, 내가 줄 수 없으니 너를 놓아주었지만, 지금 생각해보면 입양이란 것도 있는데 굳이 이혼했어야 했나 그런 생각이 들더라고."

현서는 지석을 물끄러미 쳐다봤다. 결혼 6개월 만에 이혼해놓고 지금에 와서 저런 소리를 한들 무슨 의미가 있을까.

"다 지난 일이야."

현서는 그 못지않게 쌀쌀맞은 목소리를 내뱉었다. 6개월밖에 못 살고 헤어질 거 왜 결혼했느냐고 멱살을 잡고 흔들고 싶었다. 억울하고 억울해서 미쳐버리는 줄 알았다. 우진과 그렇게 힘겹게 이별을 했는데, 그럴 거면 진작 말이라도 해주지. 그 사람 덜 괴롭게, 덜 슬프게.

그 원망에 지석을 미워했었다.

신혼여행을 갔을 때였다. 지석은 밤이면 호텔 룸을 나가서 들어오질 않았다. 처음엔 다른 여자가 있나 의심했다. 어쩌면 그에게 다른 여자가 있기를 바랐는지도 모른다. 그래서 이 결혼이 무효가 되었으면 좋겠다는 생각마저 들었다.

현서는 그와 밤을 보내는 것이 두려웠다. 우진을 잊지 못하는 그녀로서는 지석과 몸을 섞는다는 것이 끔찍이 싫었다. 처음부터 아예 잠자리하지 않는 그를 보며 다행이라 여겼다.

신혼여행 마지막 날, 그가 술을 잔뜩 마시고 돌아왔다. 그리고 그녀 앞에서 옷을 벗었다. 놀란 현서는 숨죽인 채 그를 보았다. 지석은 아무리 제 손으로 그것을 세우려 애를 써도 그것은 요지부동이었다. 이미 우진의 건강한 남성을 알고 있는 현서는 그것이 무얼 의미하는지 알아챘다.

"미안해. 나 이런 놈이야. 너를 속였어."

지석은 괴로운 얼굴로 울음을 토해놓았다. 현서는 그 어느 때보다도 마음이 차분해졌다.

"옷 입어. 그것 때문이라면 괴로워하지 마. 난 상관없으니까."

현서는 이 결혼에 대한 어떤 기대도 없었다. 지석에 대한 기대도 마찬가지였다.

지석은 자격지심인지 제 화를 참지 못했다. 괴롭히진 않았지만 가끔은 현서의 과거를 들먹이며 못살게 굴기도 했다. 그래도 현서는 묵묵히 견뎌냈다. 우진을 버린 벌이라 생각하고 그렇게 견뎌냈다.

지석은 6개월 뒤 이혼 서류를 들고 왔다. 결국 두 사람은 그의 신체에 대한 것은 비밀로 하기로 하고 합의 이혼 했다. 이혼 후에도 그의 집안과 현서의 집안 관계는 우호적인 상태로 계속 이어졌다. 어차피 처음부터 사업관계 때문에 억지로 한 결혼이었기에 그 관계는 이어진다니 집안에서도 그녀를 크게 나무라진 않았다.

현서는 지석과 애초부터 법적으로 부부였을 뿐, 사실적인 부부는 아니었다. 그 사실을 가족들은 전혀 모르고 있었고, 현준 오빠도 그 사실을 모르기 때문에 그녀가 지석과 끊임없이 재결합하기를 원했다. 그러나 하늘이 두 쪽 나도 그럴 일은 없을 것이다.

현서는 품 안에 잠든 여울을 가만히 내려다보며 이마에 입술을 맞추었다. 아기에게서 나는 살 내음이 마음을 차분하게 했다.

현서와 지석은 간간이 이야기를 주고받았다. 연인처럼 다정해 보이기도 하고, 갓난아기를 가진 신혼부부처럼 보이기도 하는 두 사람은 보는 이로 하여금 부러움을 자아내게 할 만큼 금실이 좋아 보였다.

한편, 부드러운 카펫을 밟고 레스토랑으로 걸어 들어오던 우진은 발걸음을 멈추었다. 그의 시선은 저만치 떨어진 창가 쪽 테이블을 향해 있었다. 정확히는 그 테이블에 앉아 있는 여자와 남자, 그리고 아기를 보고 있었다.

그들을 바라보는 우진의 눈빛이 짙게 내려앉았다. 살짝 위로 치켜 올라간 눈매가 그의 매력을 더욱 돋보이게 했지만, 긴 속눈썹 아래 감춰진 날카로운 눈빛은 잘 갈린 칼처럼 날이 서 있었다.

"이사님?"

김 실장이 발걸음을 멈춘 우진을 보며 살짝 그를 불렀다. 그러다 우진의 시선이 향한 곳을 그도 쳐다보았다.

아!

김 실장은 우진의 얼굴을 조심스럽게 살폈다. 그가 조사를 부탁했던 여자였다.

"들어갑시다."

지나치게 경직된 표정의 그를 보며 김 실장은 고개를 갸웃거렸다. 우진의 심기가 불편해 보이는 이유가 혹시나 그가 조사한 자료를 읽어보지 않은 것은 아닌가 하는 생각이 들었다.

우진은 어패럴 업계 주요 관계자들과의 정기 모임에 참석하던 중이었다. 함께 참석한 김 실장은 우진을 모임 장소로 안내를 했고, 우진은 그녀에게서 떨어지지 않는 시선을 간신히 돌려 자리를 벗어났다. 그의 불끈 움켜쥐어진 주먹이 부르르 떨리고 있었다.

아이가 있었다. 그녀에게.

사진처럼 눈에 박혀버린 모습이 망막을 떠돌았고, 우진은 모임에 있는 동안 다른 무엇도 생각할 수가 없었다. 우진은 아이를 안고 있던 현서의 모습에서 말할 수 없는 참담한 심정을 느꼈다. 직접 눈으로 본 충격은 상상 이상이었다. 심장 한쪽이 와르르 무너져내리는 기분이었다.

우진은 피가 바짝 마르는 것 같았다. 지독한 고문을 받은 듯 그의 이마에서는 식은땀이 흘러내렸다.

마치 쇼크 상태에 빠진 것처럼 얼굴이 하얗게 질린 우진은 잠시 양해를 구하고 레스토랑을 벗어나 바깥 홀로 나왔다. 백화점 영업시간이 끝난 10층의 로비는 고요할 만큼 조용했다.

우진은 이마에 흐르는 식은땀을 손수건으로 닦아내며 로비에 놓인 크림색의 카우치 소파에 앉았다. 김 실장은 우진의 뒤를 따라 나왔다.

"괜찮으십니까."

"아, 네."

"저, 혹시 이현서 씨 때문입니까."

"막상 눈으로 보니 당혹스럽네요."

우진은 쓸쓸한 미소를 지었다. 유일하게 그의 속내를 내보일 수 있는 사람이 김 실장이었다. 우진의 곁에서 그를 보필하는 최측근이었고, 우진과 현서 사이의 일을 알고 있었다.

"제가 드린 보고서는 보셨습니까."

"아니요, 아직 보지 못했습니다. 본다고 달라질 게 있을까요."

아이와 함께 있던 모습을 실제로 본 우진은 이미 전투력을 상실한 패잔병처럼 기력이 쇠진해버렸다. 조금은 정신을 차릴 시간이 필요했다.

"못 보셨군요. 지금 이현서 씨 혼자입니다. 결혼하고 6개월 만에 이혼했습니다. 자세한 이유는 모르나 합의 이혼으로 관계가 크게 나쁘진 않은 모양입니다."

"방금, 뭐라고 했습니까."

생각지도 못했던 사실에 우진의 얼굴이 딱딱하게 굳어졌다.

"이혼했습니다, 그것도 4년 전에."

김 실장이 허튼소리를 할 위인이 아니다. 그는 어떤 경우에도 농담이라는 걸 하지 않는다. 우진은 들끓어대는 속을 누르고 다시 물었다.

"지금 제가 본 건 뭡니까."

차라리 낮게 가라앉은 목소리가 그의 심경을 대변했다.

"이현서 씨 조카입니다. 전남편과는 가끔 식사나 하는 정도며, 그것도 친오빠 내외와 함께 자리를 갖는 걸로 알고 있습니다."

"아이가 없단 말입니까."

우진의 얼굴이 잔뜩 일그러졌다.

"네, 혼자입니다. 곁에 다른 남자는 현재 없는 걸로 알고 있습니다."

우진의 가슴이 싸하게 내려앉았다. 가파른 숨을 고르며 머리카락을 쓸어 넘겼다.

'……비가 오는데 남편이 데려다줬나요?'

'네.'

뭐란 말인가. 그때 나누었던 대화는 뭐란 말인가. 마음을 처참하게 다치면서도 떨치지 못하고 또다시 기대하는 자신은 뭐란 말인가.

웃음이 튀어나왔다. 미친 듯 웃고 싶었다. 시뻘건 눈으로 허공을 노려보던 우진은 들썩이는 가슴을 누르며 김 실장을 똑바로 쳐다봤다.

그는 거짓말이 아니라는 듯 고개를 끄덕였다. 우진의 머릿속은 차갑게 식어갔다.

그녀가 그를 속였다. 또 속였다.

이혼했는데도 불구하고 유부녀인 척 그를 속였다. 귓속을 윙윙거리며 떠다니는 '이혼'이라는 단어가 어지럽게 휘몰아쳤다.

김 실장은 시계를 쳐다보며 우진에게 물었다.

"계속 이곳에 계실 생각이십니까. 그럼 전 안에 들어가 보겠습니다."

일부러 자리를 피하는 김 실장이었다.

"네, 부탁합니다."

김 실장이 자리를 뜨고, 우진은 혼자 남았다. 간간이 지나다니는 여자들이 우진을 힐끔댔지만, 우진의 눈에는 아무것도 보이질 않았다. 재빨리 회전하는 머릿속은 오로지 현서에 대한 것들로 가득했다.

묵묵히 대리석 바닥의 무늬를 바라보고 있던 우진은 뚝딱거리며 걸어오는 구둣발 소리에 천천히 고개를 들었다. 무심한 눈길이 서서히 검게 일렁이기 시작했다.

이현서, 그녀가 걸어오고 있었다.

이제는 아무것도 믿을 수 없다. 저 여자의 어떤 것도 믿을 수 없다. 처음부터 끝까지 전부다. 철저하게 그를 기만하고 속였다.

그의 마음이 어떤지 누구보다 잘 알면서도 그것을 교묘하게 비웃으며 그를 속였다.

너 뭐야, 이현서.

현서는 모두와 헤어지고 혼자 남았다. 그녀도 이제 집으로 갈 참이었다. 갑자기 사건이 터졌다는 연락을 받은 현준은 지검으로 들어가야 한다며 먼저 자리에서 일어났고, 지석은 새언니와 여울을 데려다주기 위해 같이 일어났다. 현서는 그들을 보낸 뒤 계산을 마치고 화장실을 다녀왔다. 그리고 화장실 앞에서 생산팀장과 한참을 통화했다. 제품 생산에 문제가 생긴 모양인데 그녀가 가서 해결해야 할 정도는 아닌 모양이었다. 다행히 통화만으로 수습할 수 있었다.

레스토랑 입구 쪽 엘리베이터로 걸어가던 현서는 그녀를 뚫어지게 바라보는 시선에 발걸음을 우뚝 멈추었다. 가슴이 철렁 내려앉았다.

권우진, 그가 왜 여기 있는 걸까.

그는 비릿한 미소를 머금고 그녀 쪽으로 다가왔다. 흔들림 없는 발걸음은 당당하면서도 거침없었다. 그녀를 향한 눈빛은 먹이를 노리는 맹수처럼 섬뜩했다.

현서는 뭔가 섣불리 말을 꺼내지도 못하고, 그저 위태로운 시선으로 바라보다가 얼른 엘리베이터 쪽으로 향했다. 어른스럽지 못한 태도였지만 그의 위협적인 눈빛이 그렇게 만들었다.

"조심해요. 그 다리로 또 넘어지면 곤란하니까."

나직한 목소리가 높은 천장까지 울렸다.

그녀를 걱정하는 말임이 분명했지만, 그의 눈빛은 거센 폭풍이 이는 것처럼 사나웠다. 그것을 모를 리 없는 그녀였다. 현서는 재빨리 내려가는 버튼을 눌러댔다.

"왜 혼잡니까. 남편과 아기는 어디 갔습니까?"

"……!"

"내가 마치 물어보면 안 될 걸 물은 것처럼 느껴집니다만."

그는 현서의 앞을 가로막으며 노골적인 시선으로 바라보았다. 현서는 그 시선에 뜨거운 물이 확 끼얹어지는 듯 얼굴로 피가 몰려왔다.

"가야 해요. 비켜주세요."

"……전화하세요. 갑자기 아는 사람을 만나서 늦는다고."

현서는 그의 말도 안 되는 소리에 싸늘하게 바라보며 소리쳤다.

"미쳤군요. 가야 해요, 비켜요."

"나를 위해선 한 시간도 내주기 어렵단 말이군."

마침 엘리베이터가 도착했고 문이 열렸다.

"타시죠."

그가 먼저 안으로 들어가고, 현서는 잔뜩 경계하며 올라탔다.

"보기 좋더군요, 세 사람."

잔뜩 억눌린 목소리였다.

"행복하겠습니다. 능력 있는 남편과 사랑스러운 아기까지."

현서는 눈두덩을 쓰다듬었다. 무슨 말을 어떻게 해야 할지 몰라 당혹스러웠다. 그의 눈을 맞추지 못한 채 서 있었다.

"이현서 씨, 난 지금 몹시 화가 나고 제정신이 아닙니다. 그러니까 당신은 나를 납득시켜야 할 겁니다. 내가 수긍할 수 있도록, 충분히."

우진의 눈이 위험하게 빛났다. 현서는 입안 속살을 깨물며 두려움을 버텨냈다. 우진의 존재가 강렬하고 무서운 속도로 파고들었다. 현서는 가슴이 내려앉는 것만 같았다. 상처받은 눈빛으로, 분노를 가득 담고 바라보는 그의 시선에서 어떻게든 놓여나고 싶었다.

그가 지금 무슨 말을 하는지 이성적으로 생각할 수 없을 만큼 당혹스러웠다. 현서는 떨리는 눈동자를 숨긴 채 엘리베이터 숫자가 바뀌는 것만 쳐다보았다. 엘리베이터가 서면 재빨리 도망칠 생각이었다.

덜컹.

갑자기 4층에서 멈췄다.

당황스러운 눈빛으로 그를 쳐다봤다. 그는 열림 버튼을 누른 뒤 강하게 그녀의 팔을 잡아 끌어당겼다. 순식간에 일어난 일이었다.

백화점 문이 닫힌 시간이었고, 엘리베이터가 선 곳에는 4F라는 초록색 불빛이 들어오는 안내판이 보였다. 셔터를 내린 매장 입구는 깜깜했다.

우진은 그녀를 다시 벽 쪽으로 밀어붙인 다음, 벽과 그 사이에 가둔 채로 내려다보았다.

"지금 뭐 하는 거예요? 놔요, 소리치겠어요."

"……넌! 도대체!"

우진은 격한 감정에 말을 잇지 못하고 쌕쌕거리며 그녀를 노려보았다.

"왜 이러는 거예요."

그는 정중함 따위는 던져버리고 나쁜 남자처럼 굴었다. 분명 존댓말로 그녀에게 예의를 다했던 그였다. 비록 진심은 아니었을망정 겉으로는 그랬었다. 그러던 그가 갑자기 돌변하자 두렵고 무서웠다.

"그래, 이런 너라도 미치도록 좋으니 어쩌겠어."

그는 손을 뻗어 현서의 흘러내린 앞 머리카락을 귀 뒤로 쓸어넘겼다. 사나운 눈빛과는 달리 손길은 무척이나 다정했다. 현서는 그 아득한 느낌에 눈을 감았다.

가슴 한 귀퉁이가 허물어져 내리는 걸 어쩔 수가 없었다. 현서는 촉촉이 젖은 눈을 뜨고 그를 바라보았다.

이대로는 견딜 수가 없어.

"……내게 와, 다시."

쿵. 쿵.

126

머릿속으로 심장이 옮겨진 것처럼 쿵쿵거려왔다.

"……무, 무슨……."

"이유가 있겠지, 네가 이러는 이유. 좋아, 다 좋으니까 내게
와."

내가 이러는 이유라니? 그는 무슨 말을 하는 걸까. 현서는 혹시
나 자신이 이혼했다는 것을 그가 알고 있을지도 모른다는 생각이
들었다. 아니야, 그럴 리가 없어. 아닐 거야.

어둠 속에서 형형히 빛나는 짙은 눈동자가 서서히 내려왔다. 입
술이 닿을 듯 말 듯 가까이 다가오던 그는 현서의 입술을 살짝 스
치듯 비벼대다 그녀가 밀어내기 전 순식간에 깊숙이 파고들었다.

현서는 그의 가슴을 힘껏 밀쳐냈지만 연약한 힘으로 그를 밀어
낼 순 없었다. 허리를 끌어안고 한 손으로 뒷목을 끌어당겨 입술
을 겹쳐오는 그는 끝까지 입을 다물고 있던 현서의 입술을 한껏
빨아 당기며 혀를 입안으로 밀어 넣기 시작했다.

현서는 그의 강인한 육체와 녹아내릴 듯 부드러운 입술의 촉감
에 점점 힘이 풀렸다. 그의 혀를 받아들이려 입을 벌리려는 순간
그의 품에서 거칠게 밀쳐졌다. 그에게 반응하며 입술을 열려 했던
자신이 창피스러웠다.

우진은 날카롭고 날 선 눈빛으로 그녀를 노려보았다. 부들부들
떨리는 손으로 현서의 어깨를 꽉 움켜잡았다.

내가 그렇게 싫었니? 날 속이고도 아무렇지 않았어?

원래 유리한 대로 거짓말이나 하는 그런 여자였어?

말해! 말해보라고!

우진의 눈자위가 벌게졌다.

나는 도대체 누구랑 사랑했던 걸까.

짙게 가라앉은 눈동자가 그녀를 삼킬 듯 응시했다.

그녀와 헤어진 뒤, 차마 그들의 추억이 어린 작업실을 버리지 못하고 돈이 생기자마자 그 작업실부터 매입했었다.

그녀와 하나가 되었던 침대에 고운 시트를 씌우고 먼지가 쌓이지 않도록 관리했다. 매년 봉숭아도 심었다. 서로의 새끼손가락에 봉숭아 물을 들이던 그 기억 때문에.

봉숭아꽃은 피고 졌지만, 둘만의 추억은 늘 그 자리에 있었다.

우진은 지금이라도 사실대로 말해주기를 바랐다.

하지만 끝내 입을 열지 않는 그녀는 결국 그의 시선을 외면했다.

끝까지!

흔들리는 동공, 꾹 참아내는 얼굴. 뭘 참아내는 거니. 뭘 더 지킬 게 있다고.

"……너, ……이현서 맞아?"

낮게 쉰 목소리로 물어왔다.

"나, 나는…….."

"거기 누구요?"

갑자기 비춰드는 플래시 불빛에 우진은 현서를 품 안으로 끌어당겼다.

"여기, 사람 있습니다. 곧 내려갈 겁니다. 플래시 좀 치워주십시오."

우진이 경비로 보이는 남자를 향해 단호한 목소리로 말했다.

"아, 여기 있으면 안 됩니다. 어서 내려가세요."

"알겠습니다."

경비는 플래시를 들고 계단으로 향했고, 이윽고 경비의 발소리가 멀어졌다. 경비가 사라진 뒤 우진은 현서를 품에서 떼어놓으며 한참을 바라보았다. 반듯한 눈매는 꺾이지 않을 단호함과 견고함으로 뭉쳐 있었다.

우진은 현서의 손을 단단히 거머쥐고 엘리베이터 앞으로 다가갔다. 당황한 현서는 그가 하는 대로 이끌려 갔다.

4층에서 엘리베이터가 서고 환한 불빛이 드러나자 그제야 제정신이 확 드는 듯했다.

엘리베이터 안에는 연인으로 보이는 사람이 타고 있었고, 4층에서 엘리베이터가 서자 놀란 눈으로 둘을 쳐다보았다. 현서는 부끄러운 듯 얼굴을 붉히며 우진의 손에서 손을 뺐다. 그리고 그에게서 저만치 떨어져 엘리베이터 모서리 쪽에 섰다.

우진은 어두운 눈빛으로 현서를 말없이 바라보았다. 환한 불빛에서 바라본 현서는 파리한 얼굴을 한 채 떨고 있었다. 가냘픈 어깨가 미세하게 떨리고 있었다.

제길!

갑작스러운 행동에 놀란 탓이리라. 심장이 욱신거린다.

그래, 오늘은 그냥 보내주지. 앞으로 얼마든지 시간은 있을 테니까.

현서는 지하 2층에서 그 남녀와 함께 내렸다. 우진은 뒤도 돌아보지 않고 걸어가는 현서를 향해 말했다.

"조심해서 가, 이현서."

잠시 멈칫하던 그녀의 발걸음이 다시 이어졌다.

서서히 엘리베이터 문이 닫혔다. 우진은 모임에서 마무리 인사는 하고 나와야 했기에 10층 버튼을 눌러 다시 올라갔다.

내려갈 때 보지 못했던 서울 야경이 한눈에 드러났다. 새까만 밤을 수놓은 수천 가지의 불빛이 어지럽게 엉켜들었다.

달콤한 향기가 계속 입안을 맴돈다. 그녀와의 키스가 남긴 잔해. 우진은 입술을 엄지로 문질렀다.

우진은 다시 레스토랑의 모임 장소로 들어갔다.

"권우진, 무슨 심각한 일 있어? 어딜 갔다 온 거야?"

대성그룹의 차남인 동철이 말을 걸어왔다. 동철은 우진과 어릴 때부터 집안끼리 알고 지낸 사이로 제법 친했다.

우진은 벌써 파장 분위기인 주변을 둘러본 뒤 건성으로 대답했다.

대부분 끼리끼리 모여서 술을 마시며 사담을 나누고 있었다.

"그냥, 갑갑해서 바람 좀 쐬고 왔다."

"이젠 슬 지겹지? 너 갑자기 사업한다고 할 때부터 알아봤어. 어째 오래간다 했다."

동철이 혼자서 넘겨짚고서는 그를 놀리는 모양새가 제법 심심한 듯했다. 우진은 피식 웃으며 동철에게 잔을 권했다.

"마셔."

"내가 너를 모르냐? 말해봐, 들어줄 때."

우진의 과거를 누구보다 잘 알고 있는 동철이었다.

동철은 위스키 잔의 얼음을 녹여내면서 우진을 유심히 쳐다보다가 슬쩍 떠보았다.

"너, 그 여자랑은 아예 연락도 안 하고 지내는 거야?"

"누구 말하는 거야. 내 짐작이 맞는다면 그냥 입 다물어라."

"자식, 까칠하긴."

우진의 사나운 눈빛을 읽은 동철은 얼른 꼬리를 내리며 술을 들이켰다. 그리고 뭔가 생각이 난 듯 아, 소리를 내며 우진의 팔을 잡았다.

"아, 너 그때 그 사건 기억나?"

우진은 무슨 말이냐는 듯 물끄러미 동철을 쳐다봤다.

"왜, 있잖아. 저기 보이는 K그룹의 장남 말이야. 도쿄 야쿠자와도 연결되어 있다는 소문이 돌아서 한때 시끄러웠잖아. 마약 사건 기억나지?"

"그게 6년도 더 된 이야기잖아."

우진은 그때의 일을 기억했다. 도쿄의 한 호텔에서 야쿠자와 거래를 하는 장면이 찍힌 사진이 돌았는데, 그 사진을 판독해본 결과 한국 K그룹의 장남이 그 자리에 앉아 있었던 것이었다. K그룹에서는 쉬쉬하며 이 문제를 조용히 덮으려 했지만, 당시 임용된 지 얼마 안 된 열혈 검사 양반이 일본과 공조수사를 벌이면서 모든 것이 만천하에 드러나게 되었고, 그 일로 인해 한때 시끄러웠었다.

"그래, 기억나지? 그런데 한동안 안 보이더니 요즘 설쳐대는 게 영 마음에 안 들어. 왜, 그때, 최현배가 조직폭력배를 동원해서 기소처분 때린 검사를 협박하고 폭행했다는 이야기도 있었잖아."

"그랬지."

우진은 서늘한 눈빛으로 최현배를 쳐다본 뒤 동철에게 말했다.

"가까이하지 마라. 소문이 안 좋아."

"그런 거 같더라고."

우진은 더 앉아 있을 생각이 없었다. 내내 머릿속을 잠식하고 있는 현서에 대한 생각 때문에 마음은 여전히 어수선했다. 모처럼 만난 동철에겐 미안했지만, 자리에서 일어나기로 하고 인사를 건넸다.

"미안하다. 먼저 일어나야 할 것 같다. 다음에 보자."

"벌써 가게? 그래, 다음에 술이나 사라."

동철의 얼굴엔 아쉬운 기색이 역력했다. 우진은 동철의 어깨를 한 번 두드린 뒤 그 자리에 모인 사람들에게도 인사를 하고 자리를 떠났다. 아직도 맞지 않는 옷을 입은 듯 이런 자리가 불편했다. 특히나 최현배처럼 질이 낮은 인간이 있을 때는 더욱 그러했다.

우진은 김 실장과 함께 레스토랑을 벗어났다.

그리고 김 실장에게 운전대를 맡긴 뒤, 승용차 뒷좌석에 몸을 깊게 묻고서는 눈을 감았다.

지금까지 그가 이뤄왔던 것들을 돌아보았다. 맹렬한 삶 속에는 항상 그녀가 녹아 있었다. 이토록 가까이 혼자인 채로 사는 그녀가 있었건만 그 사실을 모른 채 혼자 앓고 속 끓으며 보낸 시간이 자그마치 4년이었다.

미련한 외곬수답게 한곳에 빠지면 주위를 둘러보는 일 따윈 모른다. 그래서 그녀를 잊는 데 최선을 다했더니 결국 헛짓을 한 셈이었다.

그녀의 결혼식 날은 충격을 넘어 삶의 의욕을 완전히 잃은 날이었다. 처음에는 가지 않으려 했다. 하지만 거짓말 같은 이 상황이 도무지 믿어지지 않아 직접 눈으로 확인하고 싶어 망설임 끝에 집을 나섰다. 헐레벌떡 달려갔으나 도착했을 땐 식이 한창이었다.

주례사가 끝나고 돌아서서 하객들을 향해 인사를 하는 현서를 보는 순간 목구멍에서 억눌린 신음이 튀어나왔다. 버진 로드를 걸어 나오는 현서의 곁에는 다른 남자가 있었다.

이제 영원히 다른 남자의 아내가 되어 살겠다고 수많은 사람 앞에서 맹세를 한 두 사람. 우진은 믿기지 않는 현실이 눈앞에서 펼쳐지고 있다는 사실에 절망했다. 순백의 웨딩드레스를 입은 현서는 눈부시도록 아름다웠다.

수줍은 미소를 지으며 걸어 나오던 현서는 우진과 눈이 마주치는 순간 얼음처럼 굳어버렸다. 하지만 이내 얼굴을 풀고 입꼬리를 늘렸다. 어색한 미소, 촉촉이 젖어드는 눈자위, 경련하듯 파르르 떨어대는 입꼬리. 그래, 그걸로 된 거다. 마냥 행복하다고 웃고 있는 모습이었다면 더욱 비참했을 것이다.

하객들의 박수갈채가 이어지고 이들은 다시 사진 촬영을 하기 위해 앞으로 걸어갔다.

내 것이라 해놓고, 내 여자라 해놓고 그렇게 가버린 여자.

우진은 눈물을 삼키고 돌아섰다. 그녀가 없는 삶은 상상조차 해본 적이 없어서 앞으로 어떻게 살아야 할지 막막했다. 세상에 철저하게 혼자 버려진 기분. 갈가리 찢기는 가슴을 끌어안고 웨딩홀을 빠져나왔다.

그녀와의 추억이 담긴 창고, 누추하지만 그녀가 있었기에 지상낙원처럼 아름다웠던 곳이 지옥으로 변해버렸다. 더는 그곳에서 숨을 쉴 수가 없었다.

우진은 평생 그렇게 울어본 적 없을 만큼 눈물을 쏟아냈다. 다 쏟아내고 나니 그 자리에 독기가 들어찼다. 그리고 냉혈한이 되어 살아왔다, 그날 이후로.

그녀를 잃고 살아온 세월의 고통이 얼마나 잔인한지 알기에 다시는 그 고통을 겪을 자신이 없었다. 단 하루를 살더라도 그녀와 살고 싶었다.

비틀거리며 걸어가던 그녀의 위태로운 발걸음이 눈에 밟혔다. 그녀가 아픈 건 더 참기 어려운 고통임을 새삼 깨달았다.

이혼. 혼자라면 더는 망설이지 않을 것이다. 원래 자리였던 그의 옆으로 데려올 것이다. 이젠 행복해지고 싶다, 간절히.

다시 시작한다. 무슨 일이 있더라도 널 놓치지 않을 것이다.

어리석은 짓은 한 번이면 충분하니까.

4.

이젠 망설이지 않겠다

퇴근길에 복잡한 마음을 달래려 현서는 친구 선영의 가게로 향했다. 현서와 선영은 속에 꽁꽁 감춰둔 비밀까지 모두 털어놓을 만큼 둘도 없는 사이였다.

초등학교 3학년 때, 선영은 부모님이 돌아가시는 바람에 친척 집에 얹혀살게 되었고, 현서가 다니는 학교로 전학을 왔었다. 늘 혼자 있던 선영이 현서 눈에는 제 처지와 다를 바 없어 보여 그녀가 먼저 선영에게 다가갔다. 그때부터 둘은 서로 마음을 터놓을 수 있는 사이가 되었다.

대학을 갈 형편이 아니었던 선영은 실업계를 졸업하고 곧바로 생업전선에 뛰어들었다. 악착같이 돈을 모은 선영은 결국 학교 앞에 작은 분식점을 열었고, 지금까지도 운영을 하고 있었다.

가게 앞에서 떡볶이를 휘이 젓고 있던 선영은 현서를 보자 주걱을 흔들며 인사를 했다.

"오늘 일찍 퇴근했네. 일찍이라고 해봤자 제시간이지만."

"응."

"안에 들어가 있어. 학생들 나올 시간은 지났고, 지금은 좀 한가해."

현서는 가게 문을 열고 안으로 들어갔다. 기다란 테이블이 벽 쪽에 붙어 있고, 그 앞으로 작고 동그란 의자가 몇 개 놓여 있었다.

"손님이 이렇게 없어서 어떡해?"

"지금까지 바빴어. 아무리 한가해도 월급쟁이보다 나으니까 걱정은 붙들어 매셔."

"그럼 다행이지만."

선영은 앞치마를 벗으며 현서 옆에 앉았다. 비쩍 마른 몸매의 선영은 살이 찌지 않는 체질이었다. 아무리 그래도 늘 떡볶이니, 군만두니, 순대를 집어 먹는데도 그대로인 걸 보면 신기했다.

"표정이 왜 그렇게 어두워? 무슨 일 있어?"

선영이 예리한 눈빛으로 현서를 훑었다.

"귀신같기는."

"무슨 일이야. 말해, 사람 속 터지게 하지 말고."

"우진 씨 기억나?"

"헉! 기억나다마다. 네가 그 난리를 떨었는데 어떻게 몰라."

"그 사람이 사실은 가난한 고학생이 아니라 성진 어패럴 패밀리였어. 지금 그 회사 이사 자리에 앉아 있는 거 있지?"

"뭐? 그게 사실이야? 네가 어떻게 알아, 그걸."

"직접 회사에서 봤어. 거래를 처음 뚫는 곳이라서 사전 정보가 미흡하긴 했지만, 그가 재벌 2세일 줄 꿈에도 몰랐어."

"미친, 뭐, 그런 새끼가 다 있다니!"

선영은 열이 뻗친다는 듯 티셔츠를 펄럭이며 한숨을 내쉬었다.

"정말 몰랐어. 가난한 고학생인 줄만 알았지. 그래서 그 사람 버리고 갈 때 더 마음 아팠거든."

"왜 속였다니? 들어봤어?"

"아니."

"하긴 그걸 말할 놈 같았으면 벌써 말했겠지. 내가 또 저를 얼마나 좋게 봤었니."

"그런데 정말 멋져 보이더라."

"미친년."

선영이 툭 내뱉었다.

현서는 서글픈 눈빛으로 선영을 보았다.

"그런데 막상 보니까 왜 그렇게 떨리니. 심장이 미친 듯이 뛰어대는데 정신이 하나도 없더라고."

"잠깐! 기다려! 오늘 가게 일찍 닫고 너랑 술이나 푸자. 이런 이야기는 술이 들어가야 하거든."

그러곤 곧바로 가게 문을 닫고 떡볶이와 어묵탕을 안주로 해서 소주를 마시기 시작했다. 한 잔만 마시겠다던 현서는 한 잔이 두 잔 되고, 두 잔이 세 잔 되더니, 결국에는 한 병을 넘게 비워버렸다.

"서녕아, 나 수리 되는 거 가타."

"혀 꼬이냐?"

"우웅. 그 사아라은 나를 사아아랑 해을까아?"

"사랑이 밥 먹여줘? 집어치워 사랑 같은 건."

"헤헤. 나아쁘은 노옴."

"누구? 나쁜 놈이 한둘이어야지. 멀쩡한 여자 홀로 독방 쓰게 한 놈 말하니? 아니면 왕자면서 거지 짓 하고 다닌 놈을 말하니."

"가스음이 아파아. 서녕아. 그 사아라암은 나아 이호온한 거어 모르으거어드은."

"씨발, 엿 같네."

선영은 현서의 눈가에 흐르는 눈물을 닦아주며 낮게 뱉어냈다.

"그럴수록 네가 더 멋진 놈이랑 결혼해서 떵떵거리며 행복하게 살아야 하는데, 버리고 간 주제에 이혼까지 하고. 꼬라지가 이게 뭐냐!"

"그러어게에."

"까짓것, 인생 별거야? 그냥 말해버려, 속 시원하게. 그럼 혹시 알아? 우진 씨가 다시 너 붙잡고 늘어질지. 그럼 모른 척하고 앵기면 되는 거지. 재벌 집 아들에, 잘났겠다, 뭐, 망설일 이유 있어? 안 그래? ……뭐야, 지금까지 나 혼자 떠든 거야? 야! 이현서! 자냐? 자아?"

선영은 엎드린 채 자는 현서의 헝클어진 머리카락을 쓸어 넘기며 머리를 쓰다듬었다.

"어쩌냐, 너 마음 아파서. 아직도 우진 씨 못 잊고 있잖아."

선영은 혼잣말을 하며 소주를 들이켰다.

"제길, 내가 이번엔 제대로 나서야겠지. 그치?"

선영은 현서의 얼굴을 내려다보며 씩 웃었다.

선영은 가게 안에 있는 작은방으로 현서를 옮기고 둘은 좁은 요 위에 몸을 눕혔다. 그렇게 밤은 깊어갔다.

우진의 24시간은 현서를 중심으로 돌아가기 시작했다. 그는 눈을 뜨는 순간부터 잠자리에 들면서까지 현서를 떠올렸다.

김 실장이 가져온 자료를 본 뒤로 우진은 더욱 마음을 다잡았다. 몇 번씩 읽어봐도 그녀가 갑작스럽게 결혼했던 이유는 단 하나였다. 그의 짐작이 맞는다면 사업적으로 엮인 관계, 집안 간의 약속, 정략결혼일 것이다. 이혼한 이유는 알 수 없지만, 적어도 그 보고서를 통해 현서에 대해 이해할 수 있었다.

앞으로 헤쳐 나가야 할 길이 멀고도 험했지만, 우진은 잘 견딜 수 있을 것 같았다. 그랬기에 그 어느 때보다 열심히 일에 매달렸다.

똑. 똑.

노크 소리와 함께 형 도진이 들어왔다.

우진은 도진을 보며 피곤한 듯 마른세수를 하며 쳐다봤다.

"어쩐 일이야."

"정아현, 어쩌자고 그랬어?"

도진이 찾아온 이유는 역시나 그 여자 때문인 모양이다. 도진은 소파에 앉으며 다리를 꼬았다. 유난히 차가운 인상의 형은 같은 형제지간이지만 우진과 얼굴 생김새가 많이 다른 편이었다.

우진은 자리에서 일어나 도진이 앉은 소파 맞은편으로 가서 앉왔다.

"말 그대로 끝내기로 했어."

"아버지는 감당할 자신 있고?"

비딱하게 바라보며 묻는 모습을 보니 벌써 아버지가 움직이기 시작한 모양이었다.

"결혼은 내가 하는 거야. 정아현과는 아니야."

"자식, 똥인지 된장인지 먹어봐야 알지? 그 알짜배기 외동딸을 몰라보고 말이야."

"그럼 형이 하든지."

"미친놈."

"품위를 갖추지그래?"

"품위 같은 소리 하고 있네. 아버지 폭탄 투하하기 전에 처신 잘해."

"형 결혼 생활 행복하지 않은 거 다 알아. 그런데 나보고 그렇게 살라고?"

"내가 행복한지 안 한지 네가 어떻게 알아, 자식. 부부 사이는 아무도 모르는 거야, 당사자 빼고."

"요즘 형수님과 좋아진 모양이네, 표정을 보니."

"흐흠. 쓸데없는 소리 하지 말고 네가 먼저 회장님 만나보든지. 괜히 나한테 불똥 튀게 하지 말고."

"알았어. 그렇게."

"그나저나 누구야? 지난 4년 동안 살벌하게 날 세우고 다니더니 어째 지금은 몰랑몰랑한 것이 수상해."

"바쁘니까 나가줘."

"아, 네. 이사님."

돌아서 나가려던 도진이 미간을 찌푸린 채 우진을 한 번 더 쳐다보며 말했다.

"말랐다. 잘 챙겨 먹으면서 일해."

"응."

"간다. 수고해."

"……."

형이 나가고 난 뒤 우진은 다시 서류를 검토하며 일에 몰두했다. 분명 정아현 때문에 아버지한테 닦달을 당할 것이다. 시달리기 전에 일이라도 제대로 처리해놓자 싶었다.

급한 일을 끝낸 우진은 뻐근한 뒷목을 두드리며 기지개를 켰다. 벽에 걸린 시계를 보니 오후 4시가 넘어가고 있었다.

며칠 지났으니 연락을 해볼까.

책상 위에 올려진 휴대전화를 집어 들며 0번을 눌렀다.

신호음이 가고 현서의 차분한 목소리가 들려왔다.

—여보세요.

"권우진입니다."

—…….

"한번 봤으면 하는데, 내가 그리로 갈까요?"

—저는 볼 이유 없어요.

그렇게 나올 줄 알았다. 우진은 픽, 미소를 지었다.

"그럼, 당신 남편을 만나봐야겠습니다. 난 할 말이 많거든요."

―자, 잠깐만요. 여보세요?

없는 남편 만나러 간다니 당황스럽겠지. 이현서, 언제까지 속이고 있을래. 내 속이 재가 되면 그때 말할래?

"말하세요."

―만나요. 저도 할 이야기가 있어요.

"좋습니다. 어디서 볼까요."

―제가 그리로 갈게요. 회사 앞에 도착하면 전화할게요. 한 시간 안에 도착할 거예요.

"알겠습니다."

그래, 이렇게 다시 시작하는 거야, 이현서.

그녀를 볼 수 있다는 생각만으로도 벌써 마음이 급해진다. 아직 시간이 있는데도 조바심이 나서 미치겠다. 지금까지 보고 싶어서 어떻게 참았나 싶을 만큼 설레고 두근거렸다. 가슴 가득 벅차오르는 감정에 깊은숨을 내쉬었다.

시계를 들여다보며 빨리 시간이 가기를 기다리던 찰나 인터폰이 울렸다.

"네."

―이사님, 손님이 찾아오셨습니다. 강선영 씨라고 하는데, 꼭 만나 뵙고 싶다고 하십니다.

순간 우진의 머릿속에 떠오르는 얼굴이 있었다. 현서의 친한 친구였다.

"안으로 모셔."

―알겠습니다.

우진은 자리에서 일어났다. 지금 그녀가 찾아온 이유는 분명 현서 때문일 것이다.

문이 열리고 그녀가 들어왔다. 조금은 차분해진 모습이었지만, 제주도에서 봤던 그대로였다.

"안녕하세요, 권우진 씨."

"네, 오랜만입니다. 앉으시죠."

"와, 이렇게 좋은 곳에서 일하시네요. 그땐 왜 속였나 모르겠네."

선영이 혼잣말로 비아냥거리듯 말하자 우진이 씩 웃으며 선영을 바라보았다.

"그러게 말입니다. 좀 더 일찍 말했다면 뭔가 결과가 달라졌을까요."

선영은 우진의 말에 눈을 치켜뜨며 발끈했다.

"그걸 나한테 물어보면 어떡해요? 솔직하지 못했던 건 사실이잖아요."

"네, 그땐 사정이 있었습니다."

"핑계 없는 무덤 없다더니."

"네, 맞습니다. 그나저나 무슨 일로 오셨습니까."

"현서, 어쩌실 생각이세요?"

우진은 단도직입적으로 물어오는 선영을 보며 살짝 인상을 굳혔다.

"내 태도에 따라 결과가 달라진다는 말씀입니까."

"그렇겠죠. 현서가 당신을 아직도 사랑하니까요."

우진은 순간 입을 다물었다. 그녀가 찾아온 이유는 현서의 마음을 전해주기 위해서였다. 그리고 그에게 멈추지 말고 단단히 잡으라는 얘기를 해주기 위해서였다.

"고맙습니다."

"많이 힘들어해요. 당신 만나고 나서 현서 흔들리고 있어요. 그러니까 단단히 잡아요. 다시 속일 생각은 꿈에도 하지 말고 솔직하게 말하고 붙들어요."

"네, 오늘 만나기로 했습니다."

"저 만났다는 말은 하지 마세요. 현서 알면 난리 나요. 난 단지 둘이 안타까워서 도와주러 온 것뿐이에요. 나도 바빠서 얼른 가봐야 해요. 그럼 우진 씨만 믿어요."

"네, 연락드리겠습니다."

"그러든지 말든지. 그럼 저는 현서랑 마주치기 전에 빨리 도망갑니다."

부리나케 도망치듯 사무실을 빠져나가는 선영을 보며 우진은 고개를 저었다. 순간 뭔가 확 지나가버린 듯한 기분이었다. 원래부터 성격이 쾌활한 친구인 줄 알았지만, 그건 세월이 흘러도 변함이 없는 모양이었다.

우진은 현서의 마음을 확신하게 된 것만으로도 상당히 기뻤다. 이제 그녀 스스로 제 마음을 인정하는 것만 남은 셈이었다.

지이잉.

문자음이 울렸다. 현서로부터 온 문자였다.

[회사 앞이에요. 어디로 갈까요.]

우진은 다급한 마음에 전화를 걸었다. 신호음이 가고 현서의 목소리가 흘러나왔다.

－네.

짧막한 대답이었지만, 우진의 심장은 그 말 한마디에 세차게 뛰기 시작했다.

"바로 옆에 있는 M호텔 1층 커피숍으로 와요. 지금 바로 갈 테니까."

－알겠어요.

우진은 재킷을 걸치고 재빨리 사무실을 빠져나왔다. 선영 씨로부터 얻은 확신과 그가 품고 있던 희망이 더해졌다. 그것은 앞으로 우진을 움직이게 하는 원동력이 될 것이다.

커피숍으로 온 우진은 비교적 조용하고 한적한 장소를 찾아 안으로 들어갔다. 그녀보다 먼저 도착한 모양이었다. 우진은 자리를 잡고 앉았다. 인조나무가 천장에서부터 바닥까지 닿아 있었고, 그 나무는 제법 훌륭한 칸막이 역할을 했다. 테이블 위에 올려진 우진의 손은 깍지를 낀 채 긴장감을 감추려 했지만, 마음은 그 어느 때보다도 떨리고 있었다.

5년 만에 다시 찾아온 깊은 가을. 그는 새로운 만남을 준비하듯 각오를 다졌다.

현서는 그가 말한 호텔 커피숍으로 향했다. 흐린 하늘은 무겁게 내려앉아 있었고, 그녀의 마음처럼 습하고 어두웠다. 약속 장소로 향하는 발걸음은 자꾸만 땅 아래에서 잡아당기는 듯 무겁고 무거웠다.

현서는 그가 아직도 자신을 용서하지 않았단 것을 알고 있었다. 그의 분이 풀릴 때까지 받아주고 나면 그도, 나도 자유로워질까.

그가 자신의 신분을 속이고 만났던 것을 문제 삼고 싶은 마음은 추호도 없었다. 그녀가 그를 속였던 것에 비하면 아무것도 아니니까.

현서는 대리석으로 된 호텔 로비를 지나 커피숍으로 들어섰다. 그가 먼저 와 있지 않을까 싶어 주위를 빙 둘러보자 곧바로 그가 보였다. 우진이 그녀의 시선을 단단히 붙들었다. 마치 둘 사이에 끈이 닿아 있는 것처럼 단번에 알아챘다.

현서는 정확한 걸음걸이로 그에게 다가갔다.

가볍게 인사를 하고 그의 맞은편에 앉았다. 둘은 어색한 침묵을 사이에 두고 마주 보았다. 종업원이 커피를 가져올 동안에도 서로 침묵을 유지했다. 커피 잔을 매만지던 현서가 이윽고 고개를 들어 그를 쳐다보았다.

섬광과도 같은 눈빛이 그녀의 동공을 찔러왔다. 시선 깊숙이 격렬함이 느껴졌다.

마치 5년 전 이별을 말하던 그날로 돌아간 것 같은 착각에 눈시울이 뜨끈해졌다. 현서는 얼른 눈을 내리깔았다.

그런 그녀를 바라보는 우진의 눈동자도 한없이 침잠했다.

홀에 흐르는 뉴에이지의 색소폰 연주가 허공을 떠다니며 둘 사이에 내려앉았다.

현서는 밤새워 고민했던 것들이 그를 만나자마자 흔적도 없이 휘발되어버리는 것을 느끼며 멍하니 그를 보았다.

고통스러울 만큼 두근대는 심장의 고동이 이명처럼 귓가에 울렸다. 홀에 흐르는 정제된 선율이 그녀의 마음을 흔들었다.

그리고 눈앞에 앉은 남자가 또다시 흔들었다. 짙은 우수 어린 눈동자, 좀 더 선이 뚜렷해지고 강인해진 얼굴. 그는 근사한 매력을 가진 남자로 변해 있었다.

그녀가 사랑했던 남자가 맞는지, 정말로 5년 전 야상 점퍼를 입고 다니던 그가 맞는지 묻고 싶어졌다. 그렇다면 왜 그때 속였었는지 진심으로 물어보고 싶었다.

하지만 지금에 와서 그런 것을 따진다고 한들 무슨 소용이 있겠는가. 다 의미 없는 짓이었다. 그리고 과연 그가 대답해줄지 의문이었다. 찻잔을 들고 입가로 옮기던 현서는 그것조차 장담할 수 없는 자신의 처지를 떠올리며 피식 웃음을 지었다.

어차피 틀어진 인연이었다. 5년 전에 끝난 인연이 아니었던가.

현서는 꾹 눌러 담은 것 같은 목소리로 그에게 물었다.

"저와 개인적인 감정으로 인해 성진 어패럴과 뉴골든 주얼리 간의 계약이 파기되거나 하는 일은 없겠죠?"

"물론입니다."

그의 새까만 눈동자에는 무슨 생각을 담고 있는지 좀처럼 알 수가 없었다. 다만 기다렸다는 듯 그녀의 눈동자를 잡아챘다.

"오늘은 사업 이야기가 아니라 지극히 개인적이고 사적인 이야기를 나눌 생각입니다."

냉담한 목소리에 현서는 마음을 가다듬었다. 드디어 올 것이 왔다. 뺨 위로 그의 시선이 느껴졌다. 칼날 같은 날카로움과 철저함으로 그녀를 직시했다.

떨지 말고 솔직하게 말하자. 더는 그를 기만할 순 없어.

"좋아요. 오늘 사실을 말하기 위해서 왔어요."

"기대되는군요."

"당신이 알고 있는 것과는 달리 전 이혼을 했어요."

현서는 머뭇거림 없이 쏟아내듯 말했다.

"아주 놀라운 이야기입니다. 이혼녀란 말이군요."

그다지 놀라운 표정을 짓지도 않는 그를 보며 현서는 괜한 말을 꺼낸 건 아닌가 하는 생각이 들었다. 모욕감까지는 아니더라도 별 관심 없는 이야기라는 뉘앙스를 풍기는 말투에 수치심이 일었다.

"언제까지 나를 속일지 기대했더니……."

순간 현서는 두 귀를 의심했다. 분명 얼마 전까지만 해도 그는 모르고 있었다. 그런데 어떻게 알게 된 것일까. 현서는 파랗게 질려가는 얼굴로 그를 바라보았다.

"어떻게……."

"지금 중요한 건, 당신이 이혼 사실을 왜 숨겼느냐는 겁니다. 내가 어떻게 알게 되었는지가 중요한 게 아니라. 알겠습니까?"

현서는 그의 말에 두 눈을 질끈 감았다가 떴다.

손을 깍지를 낀 채 그녀를 바라보는 시선은 당장이라도 폭발할 것처럼 위태로웠다. 현서는 그와 맞닿은 시선을 내리며 말했다.

"물론 속인 건 미안해요. 하지만 이혼을 했건 안 했건 크게 달라질 게 없다 생각했어요."

"……달라질지 아닐지 어떻게 장담합니까."

서늘한 목소리와는 달리 그의 두 눈은 분노로 활활 타오르고 있었다. 불꽃처럼 부딪쳐왔다.

"……!"

"적어도 그런 상투적인 대답을 들으려고 황금 같은 시간을 낸 게 아닙니다. 만약 지금 여기서 이야기하기가 꺼려진다면 내일 다시 만납시다. 좀 더 조용한 곳에서 말입니다. 내일은 오후 일정이 비어 있으니 그때 다시 듣도록 하죠. 그리고……."

우진은 재킷 안에서 명함을 꺼내 뒷면에 펜으로 뭔가를 적더니 그녀에게 내밀었다.

"……이곳으로 와요. 내일 저녁에 기다릴 테니까."

현서는 그것을 받아 들고 뒷면에 쓰인 것을 보았다.

"내 오피스텔 주소입니다. 기회는 내일뿐. 내가 미치지 않길 바라면 와야 할 겁니다."

우진은 그녀를 남겨두고 자리에서 일어나 차마 떨어지지 않는 발걸음을 옮겼다. 그녀가 용기를 내어 이곳까지 왔지만 아직은 진심을 털어놓을 준비가 덜 된 모양이었다.

게다가 이곳은 방음이 전혀 안 되는 곳이었고, 우진은 주위를 견제하면서 이야기를 나누고 싶지 않았다. 그녀와 재회는 편안하고 허심탄회하게 마음을 털어놓으며 진솔하게 갖고 싶었다.

그녀가 떠나야 했던 이유를, 그리고 6개월 만에 이혼하고 지금까지 혼자인 이유를 직접 그녀의 입으로 듣고 싶었다. 그것은 다시 그녀와 시작하기 위해 거쳐가야 할 통과의례와도 같은 것이었다. 우진은 그녀가 어떠한 이유로 그랬든지 다 받아들일 마음의 준비가 되어 있었다.

우진은 등 뒤로 달라붙는 현서의 시선이 느껴졌다. 그녀를 뒤돌아보지 않기 위해 안간힘을 써야 했다. 2보 전진을 위한 1보 후퇴인 셈이었다.

현서는 단호한 걸음으로 걸어 나가는 우진의 뒷모습에서 눈을 떼지 않았다.

그는 쉽게 넘어갈 생각이 아닌 모양이었다. 각오했지만 생각보다 더 두렵고 떨렸다.

그가 준 명함을 다시 보았다.

유려한 글씨로 쓰인 주소. 눈에 익숙한 필체였다. 가슴이 따끔거렸다. 이토록 작은 것조차도 그녀를 울리는 위력을 가졌다.

그에게서 나온 것이라면 전부다.

다음 날, 우진은 유난히 초조했다. 이 모든 것이 저녁에 있을 현서와의 약속 때문이었다.

종일 일손이 잡히지 않던 우진은 결국 다른 날보다 일찍 퇴근해서 집에 와 있었다. 더디게 흐르는 시간 속에서도 우진은 현서가 올 때까지 밤새도록 기다릴 생각이었다.

일분일초가 이토록 길게 느껴진 적이 있을까. 우진은 자신이 꽤 인내심이 강한 놈인 줄 알았는데, 아니었다. 인내의 한계점에 달해갈 무렵 기적처럼 초인종이 울렸다. 우진은 벅차오르는 가슴을 누르며 현관 앞으로 다가갔다.

하지만 그의 입가에는 숨길 수 없는 희미한 미소가 걸려 있었다. 우진이 문을 열었다. 두 눈 가득 현서가 담겼다.

와락 안고 싶은 마음을 억제하며 한쪽으로 비켜섰다. 현서의 얼굴은 창백했고, 맑은 눈동자엔 슬픔의 빛이 완연했다.

"들어와요."

그의 유일한 통점. 그녀 때문에 목이 꽉 잠겼다. 목구멍이 아리도록 울컥 치미는 서러움을 삼켰다. 머뭇거리던 현서는 이내 체념한 표정으로 발걸음을 안으로 옮겼다.

우진이 한 발짝 옆으로 비켜섰다. 막 샤워를 마친 우진에게선 샤워 코오롱 향기가 물씬 풍겼고, 그 향기를 맡은 현서는 숨을 삼켰다. 늘 그에게서 나는 향기는 5년 전이나 지금이나 변함없었다.

등 뒤로 문이 닫히고 그의 발소리가 뒤를 따라왔다.

현서는 집 안을 휘이 둘러보았다. 낯섦과 어색함을 참지 못하고 먹먹한 눈빛으로 우진을 돌아보았다. 그러자 그가 소파를 가리키며 말했다.

"편하게 앉아요."

"집이 좋군요."

현서는 이곳에 오는 동안 애써 생각이란 것을 하지 않으려 했었다. 어차피 생각하고 준비했던 말도 이 남자 앞에 서면 다 잊히고 마니까 헛수고였다. 지금도 그랬다. 그의 얼굴만 멍하니 바라보다 아무 생각 없이 눈에 보이는 대로 말을 뱉어냈다.

"작업실하고는 비교도 되지 않을 만큼 좋은 편이네요."

그런데 아무래도 비꼬는 말로 느껴진 모양인지 우진의 얼굴이 굳어졌다.

현서는 코트를 벗어 소파의 한쪽 편에 내려두고 그 옆에 앉았다. 그런 그녀의 행동을 말없이 지켜보는 그와 눈이 마주쳤다. 촉촉이 젖은 머릿결이 불빛 아래 반짝였다. 눈빛만큼 새까만 머리카락은 그녀가 자주 손가락에 꼬아가며 만져댔었다. 아득히 밀려오는 그리움에 손끝이 저릿했다.

"한잔하겠어요?"

"네, 주세요."

우진은 위스키 잔을 들고 와서 그녀 앞에 내밀었다. 술을 잘 마시지 못하는 그녀인 줄 알면서도 마시는 걸 묵묵히 바라보았다. 괴로운 듯 인상을 찌푸리더니 이내 미간을 펴며 다시 술을 마셨다. 취해서라도 솔직하게 속에 담긴 말을 토해놓듯 털어놓길 바라면서도 현서가 술을 삼킬 때마다 안타까움에 속이 타들어갔다.

"그만, 그만 마셔요."

우진은 그녀의 손에 쥐어진 잔을 뺏었다.

"주세요. 마셔야겠어요."

단호한 음성으로 그에게 요구했다.

"뭐라도 먹읍시다. 그렇게 마시다간 속이 버티질 못합니다."

"훗, 제가 걱정되나 보죠? 거짓말이나 하는 제가 왜 걱정이 되나요. 우진 씨 입장에선 제가 미울 텐데. 그깟 속 좀 버리면 어때서 그래요."

날카로운 시선이 그녀의 얼굴 위로 거침없이 쏟아졌다. 그녀의 말이 그의 어딘가를 건드린 모양이다.

"약속해줘요."

현서는 그의 시선을 감당하며 가까스로 말했다.

"무슨 약속."

그의 새까만 눈동자에 당혹스러움이 스친다.

"내가 이야기를 하고 나면 당신은 깨끗하게 물러나겠다고. 그일로 나를 더 괴롭히지 않겠다고 말이에요."

우진의 얼굴은 말할 수 없이 굳어졌다.

"……내가 괴롭힌다고 생각해? 너를? 하! 내가 그렇단 말이군. 좋아, 말해."

화가 난 목소리는 더 할 수 없이 냉랭했다. 존댓말 따위는 집어치우기로 한 모양이다.

그래, 저런 표정과 말투가 오히려 편했다. 그의 배려하는 말투와 표정은 부담스럽다. 그런 사랑을 받을 자격이 없는 여자니까. 현서는 가감 없이 이야기를 시작했다.

"살다 보니 내 뜻대로 흘러가지 않는 것이 인생이더군요……. 갑자기 아버지 사업이 흔들리기 시작했어요. 20년 넘게 거래를 해오던 대기업이 일시에 거래를 끊은 거예요. 부도 직전까지 간 회사를 구할 방법은 없었죠. 막 검사에 임용된 오빠도 난감해하긴 마찬가지였어요."

현서가 말을 끊고 가만히 숨을 내쉬었다. 우진은 그녀가 말을 잇기를 기다렸다.

"그런데 누구 생각인지 몰라도 갑자기 지석 씨, 그러니까 전 남편과 결혼을 해서 사업을 살려야 한다고 했죠. 지석 씨 집에서 아버지 회사와 거래를 트기만 하면 살아나는 건 순식간이라고 했어요. 그래서 갑자기 결혼 이야기가 나오고, 기정사실이 되어버렸죠. 내 의견 따위는 중요하지 않았어요."

현서의 얼굴이 순식간에 무너질 것처럼 위태로워 보였다. 과거의 아픔을 털어내기가 쉽지 않을 것이다. 우진은 지금 그가 할 수 있는 게 아무것도 없단 것을 알기에 묵묵히 그녀의 이야기를 듣기만 했다. 역시 그가 짐작한 대로 사업 관계가 엮여 있었다. 우진은 잔을 들어 입가로 옮겼다. 울먹이는 현서의 표정에 속이 무너졌다.

조금만 더 힘을 내. 용기를 내서 말해줘, 제발.

"그래서?"

우진은 일부러 냉정하게 말했다. 현서는 눈물을 꾹 삼키며 다시 입을 열었다.

"오빠와 오랜 친구인, 그러니까 나를 좋아했던 지석 씨는 적극적으로 결혼을 원했어요. 우리 집에서는 구세주와 같은 사람이 되었죠. 아버지 사업은 정상적인 궤도에 오르기 시작했고, 난 결혼을 해야만 했죠."

현서는 속이 타는 모양인지 다시 위스키 잔을 들었다.

"그만 마셔."

우진이 그녀를 막았지만, 현서는 피식 웃고서는 단숨에 들이켰다. 그의 손을 밀어버리고 다시 잔을 채웠다. 우진은 한번 터트린 과거의 이야기가 걷잡을 수 없을 만큼 그녀를 내몰고 있다는 사실을 깨달았다.

"난 이미 당신과 깊은 관계가 된 뒤였기 때문에 기겁했죠. 엄마를 붙잡고 애원도 해보고, 오빠를 잡고 도와달라고 빌기도 했었죠. 하지만 어림도 없었어요. 내 힘으로는 역부족이었어요. 당신에게 다 털어놓고 싶었지만 이미 확정이 나버린 거나 다름없는 상황 때문에 괜히 말해서 고통을 주기 싫었어요."

현서가 울먹이며 울음을 참아냈다. 우진은 처음 듣는 고백에 먹먹한 눈빛으로 바라만 보았다.

"사실은 결혼식 전날까지 오직 당신만 생각하고 싶었어요. 그게 얼마나 잘못된 생각인지 한참 뒤에 깨달았어요. 이기적인 생각이었죠. 당신에게도 충분히 이별을 받아들일 시간을 줬어야 했는데, 그러질 못했어요. 미안해요."

그녀가 갑작스럽게 결혼에 대한 이야기를 꺼내고 이별을 선언했을 때 우진은 그녀의 심경을 제대로 헤아리지 못했었다. 그저 원망하며 슬퍼했었다.

"결혼식 날이 가까워져 올수록 겁이 나고 죽을 것 같았어요. 그래서 친오빠에게 당신 이야기를 했어요. 이미 사랑하는 사람이 있다고. 그러니까 제발 지석 씨를 설득시켜달라고. 그랬더니 도리어 당장 당신을 만나겠다고 했어요. 그냥 두지 않겠다고. 당신에게 상처 줄 게 뻔한데 어떻게 만나게 해요."

기어이 현서의 눈에서는 눈물방울이 흘러내렸다. 우진은 당장에라도 그녀를 끌어안고 싶은 마음을 억누르며 돌처럼 굳어 있었다.

"하아, 그랬어요. 그래서 떠날 수밖에 없었어요. 혹시나 내가 파혼하게 되면 당신에게 어떤 해가 갈까 봐, 그냥 이대로 나 하나만 참고 견디면 된다고 생각했어요."

우진의 눈빛에 깊은 그늘이 드리워졌다. 현서는 어깨를 떨며 울음을 참아내려 안간힘을 쓰고 있었다. 우진은 현서의 암담한 심정이 가슴에 고스란히 와 닿아서 숨을 쉴 수가 없었다. 그가 힘들고 아팠던 만큼 그녀도 아팠던 것이다.

결혼식 때 유난히 슬퍼 보이던 그녀의 눈동자는 그가 잘못 본 게 아니었다.

손등으로 눈물을 훔치던 그녀는 다시 말을 이었다.

"결혼하고 6개월을 살았어요. 그는 단 한 번도 나와 같이 밤을 보내지 않았어요. 남자구실을 할 수 없는 상태더군요. 왜 그런지는 자세히 모르지만, 오토바이 사고 때문일지도 모르겠다고 그랬어요."

"어떻게 그런 일이. 하아, 믿기지가 않는군."

우진이 이 기막힌 현실이 정말 실제로 그녀에게 일어났던 일인지 믿기지가 않았다. 현서는 우진을 향해 비릿한 미소를 보낸 뒤 다시 말을 이어갔다.

"결국은 그가 먼저 이혼하자더군요. 대신 가족에겐 그의 신체적인 약점을 비밀로 해달라고 했어요. 그러겠다고 했어요. 그는 당신에 대해서도 알고 있었어요. 가끔 당신 이야기를 하며 괴롭히기도 했지만, 이미 끝난 관계인만큼 집요하게 괴롭히진 않았어요."

"잠시만. 그만. 나 때문에 괴롭힘을 당했어?"

우진은 울컥 치밀어 오르는 분노를 가까스로 눌렀다. 도대체 그녀에게 무슨 일이 있었던 걸까. 우진의 눈자위가 붉게 물들었다.

"별거 아니에요. 견딜 만했어요. 아무튼 전 이혼 때문에 집에선 불효녀가 되었지만, 오히려 홀가분했어요. 하지만 지금도 집에선 지석 씨와 재결합을 해야 한다고 끊임없이 저를 설득하고 있어요."

현서의 입술이 파르르 떨리고 있었다. 우진은 힘겹게 입을 열었다. 좀 더 잔인해질 필요가 있었다. 그녀를 갖기 위해선.

"집에서 시키는 대로 결혼을 할 수밖에 없었다는 건 변명으로 들리는데. 내가 너무 냉정하게 말하는 거야?"

현서의 커다란 눈망울에 눈물이 가득 고였다. 그의 말이 서운한 것이다. 우진은 이를 악물었다.

네가 잘못한 건 단 하나. 그런 사정을 미리 말하지 않은 것. 홀로 너를 원망하게 한 것.

같이 사랑했는데 왜 혼자 감당하려 했는지. 우진은 그렇게 제 여자를 보낸 등신 중에 상등신이었다.

"그럴 수밖에 없었던 이유, 그건 알아보지 못한 모양이네요. 이왕이면 그것까지 다 알아보지 그랬어요."

현서는 제 입으로 입양된 딸이라는 말을 차마 하고 싶지 않았다. 하지만 그가 물으니 해야만 한다. 이를 악물고서라도 해야 한다.

가족들도 모르고 있다, 그녀가 입양된 사실을 알고 있다는 것을. 모두 쉬쉬하며 그녀를 속이고 있지만, 현서는 생생히 기억했다.

초등학생 때였다. 한밤중 악몽을 꾼 현서는 엄마와 아빠가 주무시는 방으로 들어갔다. 특히 현서는 길가에 혼자 버려져 우는 꿈을 자주 꿨다. 늘 같은 장소, 같은 배경이 등장했다.

마치 사실처럼 느껴져 어린 현서는 두려움에 엄마, 아빠 침실로 끼어들었다. 두 분 사이에 누워서야 잠을 잘 수 있었다. 그런데 그날따라 소변이 마려워 어쩌나 하고 눈을 감고 있었다.

가슴을 다독이던 엄마가 아빠에게 하는 소리를 들었다.

'현서가 버려질 때 충격으로 그 장면이 꿈처럼 나타나는가 봐요.'

'그러게. 몹쓸 사람들. 어찌 제 자식을 버려. 짐승도 자식을 거두는 법인데.'

'누가 아니래요. 덕분에 우린 팔자에 없는 딸을 얻었으니 좀 좋아요?'

'사실 현준이만 있으면 집안이 삭막했겠지.'

'현서를 데려온 뒤 집안 분위기가 화기애애해졌잖아요. 어쩜 이렇게 예쁜 것이 있을까요. 사실 난 두려워요. 친엄마, 아빠가 나타나서 현서 데려간다고 할까 봐.'

'그럴 사람 같으면 제 자식을 버렸겠어?'

'그렇죠?'

현서는 계속 자는 척해야만 했다. 어린 나이임에도 불구하고 확실히 깨달은 것이다. 그녀가 어떻게 처신해야 할지를.

우진은 생각에 잠긴 현서를 닦달했다.

"말 비꼬지 말고 제대로 말해."

"항상 착한 딸, 말 잘 듣는 딸, 시키는 대로 순종하는 딸. 그런 딸이어야 할 이유를 대라면 백 가지도 넘지만, 내가 친딸이 아니라는 것, 입양되었다는 것 하나만으로 충분히 설명될 것 같은데요. 왜요? 더 설명해요?"

우진의 두 눈이 놀라움으로 커다래졌다. 그런 우진을 바라보던 현서는 억울한 제 심정을 토해놓았다.

"난 착할 딸, 그런 거 상관없이 못된 딸이 되어도 좋다고 생각하고 당신을 떠나지 않으려 했지만, 행여나 당신에게 어떤 피해가 갈까 봐. 아니, 가난한 고학생 권우진에게 피해가 갈까 봐 숨죽이며 결혼했어요. 더 설명해요? 더해요?"

현서의 눈물이 강을 이루며 뺨을 타고 흘렀다. 우진의 심장이 우지끈 부서졌다. 현서는 터진 봇물처럼 제 감정을 쏟아냈다. 그녀의 말 한마디, 한마디가 화살이 되어 심장에 박혔다. 결국은 다 그의 잘못이었다. 그의 부족함 때문에 우린 이렇게 이별했다.

"당신 다칠까 봐 겁나서, 행여나 상처받고 어떻게 될까 봐 죽을 만큼 두려워서 그랬는데, 그게 비난받아야 할 이유라면 얼마든지 비난해요. ……그런데 진작 말하지 그랬어요. 가난한 고학생이 아니라고. 손꼽히는 재벌의 귀한 집 아들이라고 말했어야죠. 그건 왜 속였나요. 왜!"

아! 현서야!

우진은 두 눈을 꾹 감았다.

"내게 조금도 솔직하지 않았어요. 내가 당신 때문에 발버둥치며 괴로워하는 동안에도 당신은 언제까지나 고학생인 척 그렇게 있었죠. 당신 마음이 진심인 줄 알았던 내가 어리석었어요."

현서는 원망이 가득 담긴 눈초리로 그를 노려보았다. 그동안 속에 담긴 것을 다 털어놓는 그녀는 절규하듯 말했다.

"내가 당신을 잊기 위해 몸부림칠 때, 당신은 내가 떠나자마자 기다렸다는 듯 작업실을 떠났죠. 그리고 재벌 후계자가 되었죠. 본래의 모습으로 돌아가서 나 따위는 다 잊어버리고 새롭게 출발을 했겠죠."

현서는 턱 끝까지 차오른 숨 때문에 제대로 말을 잇지 못했다.

우진은 그녀의 긴 고백이 끝난 뒤 움켜쥐고 있던 주먹을 풀었다. 상상만으로 아팠다. 무지근하게 쑤셔대는 통증이 심장을 천천히 가르는 듯했다.

우진은 어떤 말도 할 수가 없었다. 죄인처럼 참담하게 고개를 떨구었다.

"흐흑."

현서의 울음이 가슴을 도려냈다. 우진은 가냘픈 어깨를 떨며 울음을 참느라 인내하는 그녀가 안쓰러워 미칠 것만 같았다.

"……현서야."

목구멍이 아렸다.

이 여자의 상처를 어떻게 위로하고 보듬어줘야 하나. 우진은 현서의 상처가 눈에 선해 차마 입을 열 수가 없었다.

우진은 그녀를 단단히 가슴에 끌어안았다. 몸부림치며 빠져나가려는 그녀를 힘껏 끌어안고 정수리에 얼굴을 묻었다.

"놔! 놓으라고!"

"미안해. 정말 미안해, 현서야."

"동정하지 말고 당신 길로 가요, 제발. 그게 날 위하는 거니까, 제발 그만해요. 이제 지긋지긋해. 이혼녀가 당신한테 가당키나 해요? 왜 이러는 거야. 제발 놔달라고요. 난 지금 이대로가 좋아요."

이혼녀. 그녀에게 낙인처럼 붙은 단어가 얼마나 그녀의 가슴을 아프게 했을지.

상상만으로도 가슴이 갈가리 찢기는 것 같았다. 품에서 빠져나가려 애쓰는 그녀를 절대로 놓을 수 없었다. 다시는 어리석게도 너를 보내는 짓 따위는 하지 않을 거다, 이현서.

얼마나 그리워했던가, 이 체온을, 이 향기를. 가슴이 무너져내렸다.

현서는 쉰 목소리로 그에게 말했다.

"난 두 번 죽고 싶지 않아요. 그러니까 당신이 날 놔줘요, 이젠."

우진은 그녀를 품에서 떼어내며 활활 타오를 것 같은 눈동자를 한 채 바라보았다.

"싫어, 그럴 순 없어. 놓치지 않아, 이젠."

"세상일이 사랑만 갖고 되는 줄 알아요? 사랑이 다가 아니라는 걸 난 알아요. 그보다 더 중요한 뭔가가 있어요. 우리에게 없는 것. 신뢰 같은 것 말이에요."

현서는 숨을 몰아쉬며 갈라진 목소리를 짜내었다.

"당신도, 나도 자격 없어요. 사랑 같은 거 할 자격."

"너만 피해자인 척 굴지 마. 나는 어땠을 것 같아, 응? 난……

난 말이야."

우진은 그녀의 팔을 거세게 움켜잡고서는 코앞까지 끌어당겼다. 검은 눈 안의 홍채까지 보일 만큼 가까이 다가온 둘의 얼굴은 뜨거운 숨을 뿜어대고 있었다.

"잘 기억해, 그리고 다시 떠올려. 이 느낌, 이 감각을."

그는 한 손으로 목을 끌어당겨 입술을 겹쳐왔다. 부드럽게, 짧고도 강렬하게 파고들 듯 말 듯 혀로 핥아대며 그녀를 희롱했다.

"으읍!"

고개를 돌리는 그녀의 턱을 똑바로 붙잡고서는 고개를 비스듬히 숙인 채로 다시 겹쳐왔다.

뜨거운 혀가 입안을 가르고 샅샅이 훑어대는 순간 현서는 그의 혀를 받아들이며 목에 팔을 감았다. 부드럽게 엉겨오는 입술은 따뜻하고 감미로웠다. 현서는 꿈에서 그리던 그를 힘껏 안았다.

현서는 온몸의 세포가 깨어나는 듯 파르르 떨려왔다. 그의 손길을 애타게 기다리는 몸은 자꾸만 더, 더를 외치며 필사적으로 매달렸다.

우진은 떨리는 손끝으로 그녀의 블라우스 단추를 열고, 브래지어에 감싸인 가슴을 긴 손가락으로 스치듯 어루만졌다.

"아흑……."

그녀의 입에서 새어 나온 신음에 우진의 눈빛은 욕망으로 짙게 물들었다.

단 한순간도 잊어본 적 없던 그녀였다. 우진은 벅차오르는 가슴을 들썩이며 그녀를 안아 들었다.

"널 가질 거야."

"시, 싫어. 놔!"

현서는 그제야 번쩍 정신이 들며, 자신의 행동을 떠올렸다.

그의 품에서 놓여난 현서는 옷을 추스를 새도 없이 소파 위에 놓인 가방과 코트를 들고서 집을 뛰쳐나갔다.

우진은 몹시 흐트러진 얼굴로 사라지는 그녀의 뒷모습을 보았다. 가슴 가득 슬픔이 휘몰아쳤다.

저 작은 어깨에 놓인 슬픔과 아픔의 무게가 고스란히 느껴졌다. 그녀가 살아온 세월을 상상하는 것만으로도 마음이 아팠다.

가뜩이나 아픈 그녀를 몰아붙인 저가 미워 죽을 것만 같다.

보고 싶다. 벌써 그녀가 보고 싶다.

우진은 혼자 눈물을 뿌리며 집으로 돌아갈 그녀가 안쓰러워 미칠 것만 같아 집 밖으로 뛰쳐나왔다. 오피스텔 엘리베이터를 누가 잡고 있는 걸까. 도무지 올라올 생각을 않는다.

우진은 비상계단을 향해 달렸다. 단숨에 1층으로 내려갔다. 캄캄한 거리, 낙엽이 뒹구는 거리는 황량했다.

어디선가 불어오는 바람이 그의 머리카락을 흩어놓았다. 가려진 시야 속에 그녀는 보이지 않았다. 어디에도 없었다. 손에는 지갑도, 휴대전화도 들려 있지 않았다.

맨발에 슬리퍼를 신고 달려 나왔다. 차가운 바람에 발가락 끝이 시리다. 허탈한 웃음을 터트리며 계단에 털썩 주저앉았다.

마음도 함께 내려앉았다. 슬픔이 무너져내렸다.

어두컴컴한 조명, 나른한 재즈. 퇴폐적인 분위기 속에서도 고급스러움이 느껴지는 바에서 우진은 혼자서 술을 마셨다. 일종의 자학처럼 자신에 대한 끊임없는 질책이 이어졌다.

그녀가 가고 난 뒤 우진은 저녁마다 혼자서 술을 마셨다. 위스키를 스트레이트로 마시며 다시 잔을 내밀었다.

"한 잔 더."

"이사님, 많이 드셨습니다."

바텐더가 걱정스러운 눈빛으로 바라보며 조심스럽게 말했다.

우진은 고개를 끄덕이며 혼잣말을 했다.

"그래, 오늘은 과했어. 이만 일어나야지."

천천히 자리를 털고 일어난 우진은 바를 빠져나왔다.

제법 서늘한 밤공기가 달아오른 뺨을 식혀주었다.

현서와 함께 길을 거니는 심정으로 천천히 인도를 따라 걸었다. 발끝에 차이는 낙엽들이 바람에 이리저리 몰려다녔다.

어두운 밤, 차들은 다들 어디를 향해 달려가고 있는 것일까. 우진은 작업실에서 나온 뒤로는 그가 가야 할 곳을 잃어버린 사람처럼 막막한 기분에 휩싸이곤 했다. 지금 그가 가야 할 곳은 단 하나. 우진은 빈 택시를 탔다. 기사에게 현서가 사는 곳을 말했다.

우진은 시트에 머리를 기댄 채 눈을 감았다. 머릿속을 채우고 있던 그녀에 대한 생각이 잠시도 쉽게 놔두질 않았다.

감은 눈 사이로 스쳐가는 지난날의 편린들이 가슴을 둔중하게 때렸다.

언제까지 아파하며 지난 과거에 묻혀 있을 거냐. 멍청한 놈.

우진은 자신을 비난하며 다그쳤다. 무기력한 감정을 떨쳐버리려는 듯 눈을 크게 뜨고 창밖을 바라보았다. 어느새 택시는 아파트가 모여 있는 곳으로 향하고 있었다.

택시는 얼마 뒤 단지 내로 들어서더니 차를 세웠다.

"다 왔습니다, 손님."

"네, 감사합니다."

우진은 택시에서 내린 뒤 눈앞에 보이는 아파트를 올려다보았다. 저 중 하나가 그녀의 집일 테지. 우진은 주소를 입속으로 중얼대며 천천히 그녀가 있을 만한 곳을 찾았다. 7층, 1호 라인. 불이 켜져 있었다. 우진은 그 불빛을 바라보며 얼굴을 쓸어내렸다.

여기서 이름을 크게 부르면 그녀가 내다볼까.

아파트 주차장 귀퉁이를 돌아 바람이 그를 휘감고 지나갔다. 오늘따라 유난히 바람이 많이 불어왔다. 가로등 불빛이 차가운 바람에 아련히 떨고 있었다.

우진은 망설이다 휴대전화를 꺼내 그녀에게 전화를 걸었다. 목소리가 듣고 싶었다.

-여보세요.

"나야."

-무슨 일이죠?

"그냥, 잘 있나 궁금해서."

보고 싶어서, 목소리가 듣고 싶어서 그냥 이곳까지 왔는데. 욕심이겠지, 응?

우진은 촉촉이 젖어드는 눈빛으로 하염없이 그녀가 있는 곳을 쳐다보았다. 휘몰아치는 바람 소리가 그녀에게도 전해질까.

우진의 머리칼이 일제히 뒤로 날렸다.

−늦었어요. 그리고 이런 식으로 전화하지 마세요.

"현서야."

−…….

뚝.

전화는 끊겼다. 흐릿해진 아파트 불빛들이 사정없이 흔들렸다.

우진은 어느새 까칠해질 정도로 자란 턱수염을 문지르며 깊은 한숨을 내쉬었다.

잘 자, 이현서.

뒤를 돌아 걸어가던 우진의 발걸음이 우뚝 멈춰 섰다.

눈앞에 얼어붙은 자세로 서 있는 사람은 그녀였다. 편안한 트레이닝복을 입고 손에 비닐봉지를 든 채로 서 있는 여자는 분명 현서였다.

바람에 휘날리는 머리카락을 뒤로 젖히며 그를 위태롭게 바라보는 여자.

우진은 성큼 다가갔다.

"현서야."

그가 이름을 불렀다.

그 순간, 그가 이름을 부르는 그 순간. 현서의 마음속에서 무언가가 와르르 무너져내리고 있었다.

현서는 견고하게 쌓아두었던 벽들이 일제히 흔들리더니 순식간에 무너져내리는 기분에 진저리를 쳤다. 아찔할 만큼 급작스러웠다.

언제부터 와 있었던 걸까.

우진에게서 짙은 바람 냄새가 풍겼다.

"이야기 좀 할 수 있을까."

자신 없는 말투. 마치 죄인처럼 비굴하기까지 한 그의 말투에 현서는 울컥 마음이 괴로워졌다. 하지만 연락하지 말라고 냉정하게 말했는데, 속절없이 이끌리듯 끌려가기 싫었다.

현서는 그를 비켜나서 아파트로 향했다.

"앗!"

몇 걸음 가지 못해 그에게 붙잡혔다. 팔목을 움켜잡은 손아귀의 힘이 점점 강해졌다.

"조금만 시간을 내줘. 제발."

"할 말 없어요. 돌아가요. 그리고 이곳에 오지 마요."

현서는 우진의 시선을 피해 다른 곳을 보았다.

"……내가 울면 봐줄래? 아니면 죽으면 봐줄래? 하아……."

그가 짙은 한숨을 내쉬며 고개를 떨궜다. 지나칠 만큼 당당한 남자가 저리도 초라하게 고개를 숙인 채 숨죽이고 있었다.

나더러 어쩌라고. 현서는 원망 어린 눈길로 그를 바라보았다.

그리고 이내 체념한 듯 그에게 말했다.

"……가요. 아파트 입구 쪽에 칵테일 바가 있어요."

둘은 그녀의 아파트 앞에 있는 그럭저럭 괜찮은 듯한 칵테일 바에 와 있었다. 푸른빛의 조명이 실내 가득 깔려 있었다. 단 한 번도 와본 적 없던 칵테일 바였다. 아파트 앞에도 이런 바가 있다니 신기했다.

세련되고 도회적인 이미지의 우진이 이곳에 들어서자 바에 있던 사람들의 시선이 일제히 그에게로 쏟아졌다. 어딜 가나 주목받는 남자가 된 그로 인해 현서는 저절로 위축되었다.

그런데 참 이상한 일이긴 했다. 그는 보잘것없는 내가 좋다고 하니. 이혼녀인 내가.

"……현서야."

나직한 소리로 그가 불렀다. 현서는 그의 시선을 외면한 채 테이블 모서리를 뚫어지게 바라보았다.

"이현서."

한층 부드러워진 목소리. 심장을 녹여내는 그 목소리가 귓가에 스며들었다. 뜨겁게 차오르는 눈가를 들킬까 봐 고개를 들 수가 없었다.

그런 현서를 바라보는 우진은 넘실거리는 그리움을 가까스로 숨기며 갈라진 목소리로 말했다.

"이렇게 가끔 볼 수 없을까. 그래, 친구. 친구도 좋잖아. 우리, 친구처럼 보자."

친구……. 권우진, 당신 참 속도 좋구나.

우진은 테이블 위에 팔꿈치를 올리고 좀 더 가깝게 다가갔다. 생각 같아선 옆에 앉아서 가까이 있고 싶었지만, 지금은 그럴 수 없는 입장이니만큼 조심스러웠다.

우진은 종업원이 가져온 와인과 샐러드를 보며 그녀의 글라스에 와인을 따랐다.

현서는 글라스를 들더니 단숨에 마시고서는 빈 잔을 내려놓았다. 목울대를 넘어가는 와인을 바라보던 우진은 다시 그녀의 잔에 와인을 가득 따랐다.

술이 별로 세지도 않는 그녀가 이렇게 마시니 덜컥 겁이 나는 우진이었다. 위스키에 취했던 우진은 점점 술이 깨고 있었고, 와인을 마시는 현서는 점점 술에 취해가고 있었다.

"내가 재혼하면 그때도 친구랍시고 볼 수 있겠어요?"

우진의 표정이 순식간에 흐트러졌다.

"할 수 없잖아요. 그런데 무슨 친구. 웃기잖아요. 애쓰지 말고 그냥 각자 갈 길로 가요."

우리의 발목을 잡는 과거 따위는 떨쳐버리고…….

룸 안으로 흘러들어오는 음악 소리가 귀에 익은 곡이었다. 둘은 동시에 눈이 마주쳤다. 음악 속에 흐르는 추억이 둘을 집어삼켰다. 캐논 변주곡이 가야금으로 연주되는 것을 처음 들은 현서가 우진의 작업실에서 어깨를 나란히 한 채 기대앉아 이어폰을 하나씩 나눠 끼고 음악을 감상했던 적이 있었다.

그런데 과연 떨쳐버릴 수 있을까. 이토록 생생한데. 현서는 제가 내뱉고서도 자신 없었다.

바에 흐르던 그 곡이 마침내 멈추었다.

"그래, 친구. 못 하겠다. 내 여자였던 넌데, 무슨 친구."

"……!"

"제대로 다시 시작하고 싶어."

우진의 짙은 시선에는 어떤 역경도 다 감당하겠다는 굳은 결의가 번뜩였다.

현서는 슬픔을 삭이며 고개를 저었다. 이제 와서 그게 가능할까. 그는 누가 봐도 잘나가는 기업의 이사님이고, 그녀는 자그마한 회사에 다니는 이혼녀다. 말도 안 될 만큼 웃기는 조합이었다.

"단 하루도 널 잊어본 적 없어. 지금이라도 널 마음껏 사랑하고 싶다. 하루를 살아도 제대로 숨 쉬며 살아보고 싶어."

그의 눈은 짙고도 아득했다. 목구멍이 꽉 메어서 아무런 말도 할 수가 없었다. 그저 눈물만 뚝뚝 흘릴 뿐이었다.

그의 진심이 가슴 깊숙이 닿았다. 현서는 조용히 눈물을 흘렸다. 지난 상처가 눈물이 되어 흘러나왔다. 이 눈물이 그치고 나면 환하게 웃을 수 있겠지. 나나 당신이나 그렇게 시원하게 웃을 수 있겠지.

우진은 자리에서 일어나 울고 있는 그녀 곁으로 다가가서 포근히 감싸 안았다. 그녀의 가녀린 어깨에 올려진 슬픔을 덜어낼 수만 있다면 무슨 짓이든 할 수 있을 것 같았다.

우진은 그녀의 정수리에 얼굴을 묻었다. 그녀의 익숙한 체향이 고스란히 전해져왔다. 가슴 깊이 파고드는 아릿함에 울컥 목이 막혀왔다. 우진은 어금니를 지그시 깨물고서는 흐느끼는 그녀의 등을 다독였다.

그는 뜨겁고 거친 손으로 그녀의 얼굴을 쓸어내리며 몇 번이고 미안하다, 속으로 되뇌었다.

"기다릴게, 네 대답."

그는 그렇게 말하면서 낮게 웃었다.

"오늘 이렇게 얼굴을 봤으니 목표를 달성한 건가. 이만 일어나자."

그는 한 뼘 떨어진 곁에서 걸었다. 그녀를 아파트 현관 입구까지 데려다준 뒤 되돌아갔다. 그와 함께 걸으며 여기까지 오는 동안에는 느낄 수 없었던 차가운 밤바람이 그가 가고 난 뒤에야 그녀의 발밑을 휘감아왔다. 으슬으슬한 한기가 몸을 감쌌다. 현서는 그가 돌아서 가는 모습을 바라보다 천천히 엘리베이터에 올랐다.

5.

가슴 깊이 박힌 사랑이라서

"실장님, 이거 큰일 났는데요."

박 팀장이 그녀가 있는 사무실로 후다닥 뛰어왔다.

"왜, 무슨 일 있어?"

"네. 지금 이것 좀 보세요."

"아니, 이건······."

"글쎄, 그쪽에서 디자인한 대로 제작을 했더니 브로치가 이렇게 부러져버리네요. 어떡하죠?"

박 팀장의 표정에 근심이 가득했다. 처음 주문 제작하는 제품에 이런 하자가 발생했으니 심각할 만도 했다. 현서는 그가 내민 브로치를 받아 들고서는 디자인과 계속 비교를 하며 무엇이 문제인지를 분석해내기 시작했다.

"이건 은으로 만들기에는 너무 가늘어. 그래서 이런 문제가 생기는 거 같아."

"네, 제 생각에도 그래요. 차라리 소재를 바꾸는 게 나을 것 같은데. 아니면 부러지는 부분을 좀 더 두껍게 처리를 하는 것도 괜찮을 거 같아요."

"일단 이 부분을 조금 더 두껍게 견고하게 만들어서 가지고 와. 빨리."

"알겠습니다."

박 팀장이 사무실을 뛰어나가고, 현서는 부러진 브로치를 가만히 책상 위에 올려놓은 뒤 한참을 들여다보았다.

박 팀장은 다시 제작한 브로치를 들고 왔고, 현서는 그것을 비교해가면서 검토하기 시작했다.

현서는 마침내 결정을 내린 표정으로 브로치 두 개를 책상에 내려놓았다. 오늘 최 팀장을 만나서 제품의 디자인에 대해 사실대로 전할 생각이었다. 성진 어패럴에서 요구한 대로 제품을 제작했을 경우 조금만 힘을 줘도 부러지기 때문에 그 부분에 관해 설명하고, 단점을 보완해서 제작할 수 있도록 오더를 받을 생각이었다. 결국, 소비자들의 컴플레인을 줄이기 위해서는 디자인 변형은 불가피했다.

과연 최 팀장이 그 말을 수긍할지는 의문이었지만, 일단 부딪쳐봐야 할 문제였다. 성진의 디자인팀을 이끄는 중추적인 인물이 바로 최 팀장이었고, 까다롭기로 소문이 난 그녀의 눈을 통과하는 것이 관건이었다. 디자이너의 자존심을 내세우기라도 한다면 여간 곤란하지 않을 것 같았다.

박 팀장의 얼굴에는 걱정이 이만저만이 아니었다.

"실장님, 오늘 성진 어패럴 미팅에 설마 혼자 가실 생각은 아니시죠?"

"어차피 담당은 나니까 혼자 갔다 올게. 디자인의 문제를 우리 제품의 품질이 떨어진다는 쪽으로 몰아갈 수도 있어서 걱정되긴 하지만, 오해하지 않도록 잘 설명해야지."

"그런데 그 팀장이 만만찮다면서요."

"그렇다고 설마 지금에 와서 취소하겠어? 괜찮아. 걱정하지 말고 영업부 찾아가서 컴플레인이 뭐가 있나 알아봐. 이번 신제품 반응도 알아보고."

현서의 담담한 말에 다소 안심이 된다는 듯 박 팀장은 희미하게 웃고서는 대답했다.

"알겠습니다, 실장님. 오늘 고생하시겠어요."

"뭘 그 정도로 그래. 괜찮아. 그럼 갔다 올게."

"네, 수고하십시오."

현서는 박 팀장이 나간 뒤 잠시 생각에 잠긴 듯 한참을 들여다보다가 브로치를 케이스에 넣으며 가방을 챙겨 들었다.

지금까지 그녀가 액세서리를 제작하고 판매를 하면서 얻은 노하우를 믿어보기로 했다.

사실 최 팀장의 경우 처음부터 현서를 대하는 태도가 불순했다. 하청업체란 점에서 그런 불이익을 종종 당하는 경우가 적지 않았지만, 아무튼 그럴 때마다 기분이 상하는 것은 어쩔 수 없었다.

현서는 긴장감을 누르며 차분히 한숨을 내쉬고서는 사무실을 나섰다.

미팅룸에 앉아 있는 현서는 흥분한 최 팀장과 대면하고 있었다.

"이봐요, 지금 디자인에 문제가 있다는 거예요?"

"네, 그렇습니다."

"하, 기가 막혀서. 제품을 그따위로 만든 당신네 회사 문제지, 어떻게 디자인의 문제야?"

서슬이 퍼럴 정도로 소리를 질러대는 최 팀장을 보며 현서는 그만 귀를 막고 싶어졌다. 이성이란 것이 없는 사람도 아닐 텐데, 저 정도로 흥분하는 것을 보니 디자이너로서 모욕감을 느낀 게 분명해 보였다.

"최 팀장님, 제 말씀 좀 들어보세요."

"해봐요, 변명 들어줄 테니까."

다리를 바꿔 꼬며 팔짱을 끼고 현서를 노려보았다.

"우선 저런 디자인에 순은을 소재로 쓴다는 것부터가 무리라고 봅니다. 은의 성질은 쉽게 휘어지고 부러지는 것인데, 옷에 부착한 상태로 온종일 다닌다면 그 형태를 유지하기도 어려울 뿐만 아니라 자칫 잘못하면 저렇게 부러지기도 한다는 것입니다."

최 팀장은 팔짱을 끼고 어디 계속 해보라는 듯 그녀를 바라보았다. 현서는 차분하게 말을 이어갔다.

"액세서리의 경우 한번 사면 유행을 크게 타지 않는 것은 평생을 두고 착용하는 것입니다. 그러니 소재를 바꾸시든지, 아니면 디자인을 좀 더 견고한 쪽으로 하는 것이 옳다고 봅니다."

"그쪽 전공이 뭐죠? 뭐길래 당신이 전문가처럼 굴어? 내가 그런 거 하나 생각도 안 해보고 했을 거 같아?"

최 팀장이 눈을 치켜뜨며 소릴 질러댔다. 기본적인 예의라고는 찾아볼 수가 없었다. 절망적이었다.

"……."

현서는 억지를 부리는 그녀를 상대하기가 버거웠다. 어떻게 해야 할지 몰라 잠시 머뭇거리다가 현서는 브로치 두 개를 그대로 내려놓고 자리에서 일어났다.

"성진 어패럴 디자인팀에서도 이 부분에 대한 의견을 들어보시고 결정이 나면 연락을 주세요. 저희는 원하시는 대로 제작하겠습니다. 그만 돌아가 보겠습니다."

"이봐요. 뭘 믿고 그렇게 기고만장해?"

최 팀장의 말에 현서는 숨을 삼키며 여자를 노려보았다. 이건 엄연히 일 때문에 만난 관계였고, 저런 식의 모멸감 어린 대화를 나눌 이유가 없었던 것이다.

"말투가 지나치시네요. 그만 가보겠습니다."

"이따위로 제작하고서도 뉴골든 주얼리와 계약을 계속 이행하리라 생각했다면 그게 얼마나 대단한 착각인지 곧 알게 될 거예요."

"그만하지그래, 최 팀장."

유리문을 열고 들어서는 사람은 권우진이었다. 현서는 그를 보고서 고개를 살짝 숙이며 인사를 했고, 최 팀장은 얼굴이 벌겋게 달아오른 채 어찌할 줄을 몰라 하며 보기에도 민망할 만큼 허둥거렸다. 현서는 태연한 척하려 했지만 이미 심장은 덜그덕 소리를 내며 저만치 떨어졌다.

"이사님, 이것 좀 보세요. 세상에, 디자인한 물건을 이렇게 만들어 왔어요."

우진은 크고 기다란 손을 내밀어 액세서리를 집어 들었다. 그리고 책상에 놓인 디자인 원본을 보며 비교를 했다.

"얼마든지 디자인대로 제작할 수 있을 거 같은데, 왜 이런 식으로 했는지 모르겠군."

"그렇죠, 이사님? 제가 봐도 그렇다니까요."

최 팀장은 그제야 물 만난 물고기처럼 힘차게 그녀를 갈구기 시작했고, 현서는 그를 가만히 노려봤다. 현서의 눈에서 파란 불꽃이 튀었다.

우진은 그런 그녀를 무심한 눈길로 바라보다가 한마디 던졌다.

"뭐가 문제인지 고민하고 디자인대로 만들어 와요. 뉴골든 주얼리는 디자이너가 없는 곳도 아닐 텐데. 지금 우리가 볼 때는 이 브로치는 디자인도 재료도 아무런 문제가 없어요. 그쪽에서 만들 때 무엇이 문제였는지를 고민하는 게 나을 것 같군."

"알겠습니다."

최 팀장은 고소하다는 듯 미소를 짓고서는 미팅룸을 먼저 나가 버렸다.

현서도 미팅이 끝난 마당에 더 이상 이 자리에 있을 필요가 없었다.

테이블 위에 올려진 것을 다시 상자 안에 담고 가방에 챙겨 넣었다. 이상하게 눈물이 날 것만 같았다. 눈시울이 뜨거워지며 알수 없는 감정에 울컥 뭔가가 치밀어 올랐다.

한심했다. 이렇게 흥분하는 자신도 한심스러웠고, 그가 나타났다고 당황하는 꼴도 바보 같았다. 무엇보다 이성적으로 대처하지 못하는 자신에게 실망스러웠다.

현서는 여전히 그녀를 바라보고 서 있는 그를 향해 낮은 목소리로 말했다.

"유치하군요. 재밌어요. 이 대기업이 이렇게 돌아가는군요."

그가 그녀를 향해 입술을 비딱하게 올리며 웃었다.

"무슨 뜻이지? 지금 성진이 구멍가게처럼 주먹구구식으로 흘러간다는 이야긴가?"

"아니요. 그것하고는 달라요. 객관적인 잣대가 없단 말이죠."

현서는 지지 않고 대답했다. 사실은 그가 갑자기 나타나서 최팀장 편을 드는 바람에 서운했던 거다.

"흐음, 질투하는 거 같은데. 맞아?"

팔짱을 끼고 문에 비스듬히 기대서며 그녀에게 놀리듯 달콤한 미소를 지었다.

"누가!"

현서는 발끈하며 그에게 낮게 소리쳤다.

"내가 말했잖아. 난 이현서란 여자와 제대로 해보고 싶다고.

내 마음 진심인데, 몰라주면 섭섭해."

"제대로 해보고 싶으면 제대로 해요. 제대로 하지도 못하면서."

현서는 톡 쏘아붙이고 그를 피해 밖으로 나가려고 했다. 하지만 우진은 그녀의 팔을 붙잡고서는 눈을 마주했다.

"오늘 저녁 블랙캣 주얼리 런칭 행사가 있어. 초대장이야. 회사 앞으로 갈 테니까 6시까지 나와. 기다릴게."

그가 주는 초대장을 얼떨결에 받아 들고선 멍하니 바라보았다.

"어때? 이 정도면 제대로 하는 거 맞지?"

병 주고 약 주고. 웃겨.

현서는 얼굴을 붉히며 서둘러 그곳을 나왔다. 우진은 그 뒷모습을 보며 조용히 미소 지었다.

회사로 돌아와서도 현서는 내내 분함이 가시지 않았다. 도대체 뭐가 문제란 말인가. 현서는 책상 위에 브로치를 올려놓고서는 디자인 설명서도 열심히 쳐다보았다.

그러다 현서는 갑자기 자리에서 일어나 브로치를 들고 사장실로 향했다. 모르면 물어봐야 한다. 사장에게 조언을 구해보자 생각하고 곧장 걸음을 옮겼다.

마침 사장은 외근을 나가기 위해 방을 나서고 있었다.

"저, 사장님 어디 가세요?"

"어, 이 실장. 어딜 그렇게 가는 거야? 설마 나 찾는 거야?"

"네."

"나 바쁜데, 어쩌지?"

"도망가지 마시고 도와주세요, 사장님. 이 회사, 제 거 아니거든요."

"뭔데 그래?"

현서는 그녀의 손에 들린 상자를 보였다. 그는 브로치를 들고 이리저리 돌려 보더니 상자에 내려놓았다.

"흠, 설마 부러지는 거 때문에?"

"네. 디자인 변형이 불가능할 거 같아요."

"어느 회사야?"

"성진 어패럴요."

"아하, 어쩐지. 이봐, 이 실장."

사장이 현서의 어깨를 양손으로 짚으며 눈을 똑바로 바라봤다.

"왜 그러세요, 사장님."

갑작스러운 사장의 행동에 현서는 움찔 겁먹은 표정으로 몸을 뒤로 물렸다.

"긴장 좀 풀어. 성진 어패럴이 대수야? 좀 유연하게 생각해. 내 생각엔 비열 처리해서 알루미늄으로 합금 처리하면 강도를 보완할 수 있을 것 같은데. 다 아는 얘기잖아, 안 그래?"

순간 현서는 얼굴을 굳히며 충격을 받은 표정을 지었다.

"그래, 나한테 하듯 그렇게 만만하게 굴리란 말이야."

"제가 언제 사장님을 굴렸다고!"

"그나저나 요즘 연애해? 꽃이 활짝 피었네, 우리 이현서 실장."

"그거 성희롱 아니에요?"

"알 거 다 아는 처지에 성희롱은 무슨. 자고로 사랑과 기침은 숨기질 못하거든. 어떤 놈인지 상당히 부럽네. 그럼 수고해."

현서는 사장의 말을 듣는 순간 머리를 스치는 한 장면이 떠올랐다. 그래, 분명 그는 알고 있었던 거야. 뒤늦게 현서는 생각해내고서는 허탈한 미소를 지었다.

현서는 그가 디자인한 액세서리를 이것저것 구경하다가 태양을 상징하는 것 같은 디자인의 목걸이를 보고 우진에게 물어본 적이 있었다.

'이런 디자인은 잘 만들지 않잖아요. 빛이 뻗어 나가는 부분은 너무 가느다래서 잘 부러질 것 같아요.'

현서가 직접 손끝에 힘을 주어 만져보았다. 그런데 그녀의 생각과는 달리 견고했다.

'어떻게 한 거예요, 이거?'
'응?'

우진은 입꼬리를 올리며 현서 곁에 다가와서 등을 감싸 안았다.

'글쎄. 마법을 부린 모양이지.'
'아이, 말해줘요. 어떻게 한 건지. 분명 은으로 만든 것 같은

데. 왜 이렇게 튼튼해요?'

그런 현서가 마냥 사랑스러운 듯 우진은 현서 목덜미에 입술을 갖다 댄 뒤 낮게 웅얼거렸다.

'알루미늄으로 비열 처리해서 강도를 높인 거야. 그 부분만. 그렇게 하면 같은 소재처럼 보이면서도 튼튼하게 만들 수 있거든. 그걸 여태 몰랐어?'

'알고 있었거든요. 난 또, 뭐, 특이한 방법이라도 있는가 했지.'

'거짓말. 너 거짓말하면 다 표 나거든. 여기 벌써 빨개졌잖아.'

우진은 현서의 어깨를 돌려 마주 보며 뺨을 쓰다듬었다. 어루만지는 손길이 점점 농밀해져갔다. 얼굴을 붉힌 현서는 우진의 가슴팍에 얼굴을 묻었다.

'우리 우진 씨, 똑똑해. 난 앞으로 평생 당신한테 배우고 싶어. 가르쳐줄 거죠?'

'물론. 그것 말고도 더 좋은 것도 가르쳐줄게. 이리 와봐.'

현서는 옛 생각을 털어내며 재빨리 생산팀으로 향했다. 최 팀장이 순은으로 제품을 제작하라고 했지만 잘 부러지는 부분만 합

금해서 내구성을 보완하면 된다. 사장의 말대로 조금의 융통성을
발휘해서 제작해도 될 부분인데 너무 얼어붙어 있었다. 그래, 성
진이 뭐라고.

그렇게 보완해서 제작하기로 마무리를 하고 나니 벌써 퇴근 시
간이 다가왔다.

현서는 그가 준 초대장을 들여다보고 있었다. 사실 패션 업계
의 행사에는 빠지지 않고 가고 싶었다. 회사가 성장하기 위해서는
우리나라 패션 관련 쪽 종사자를 많이 알아두고 인맥을 쌓는 것이
무엇보다도 중요했다.

아니, 그런 원론적인 것은 다 차치하더라도 사실은 그와 함께
가고 싶었다. 그가 환하게 미소 지으며 티켓을 내미는 순간 이미
마음은 결정을 내리고 있었다.

터질 듯 부풀어 오르는 가슴은 분명 새로운 시작에 대한 기대,
설렘이었다. 그와 다시 연애란 것을 할 수 있다는 사실만으로도
흥분되었다. 그날 밤 이후로 현서는 조금씩 욕심을 내고 있었다.

언뜻 시계를 보니 시간이 많이 흘러 있었다.

저런, 시간이 너무 빠듯하다.

이 몰골로 갈 순 없잖아.

현서는 자신의 모습을 절망적인 눈빛으로 내려다보았다. 아무
래도 바로 행사장으로 가야 할 것 같았다.

[행사장에서 봐요. 바로 그리로 갈게요.]

문자를 보내놓고도 그가 행여나 보지 않으면 어쩌나 걱정이 되었다. 바로 그때 휴대전화의 진동이 짧게 울렸다.

[조심해서 와. 행사장에서 보자. 기다릴게.]

　그에게서 온 답장이었다. 입꼬리가 저절로 올라갔다.

　집에 도착한 현서는 샤워부터 하고 화장을 다시 했다. 옷도 행사에 어울릴 만한 정장 원피스를 입고, 액세서리를 그녀의 회사에서 제작한 것으로 모두 착용했다. 이런 기회야말로 회사 제품을 홍보할 수 있는 좋은 기회였다.

　좀처럼 꾸미지 않던 현서는 우아한 모습으로 거울 앞에 서 있었다. 화사한 화장과 반짝이는 액세서리가 은은하면서도 시선을 끌었다. 틀어 올린 헤어스타일 때문에 가느다란 목선이 돋보였다. 현서는 만족스러운 미소를 지으며 마지막으로 힐과 핸드백을 챙긴 뒤 코트를 걸치고 집을 나섰다.

　그를 만나러 가기 위해 이토록 정성 들여 꾸민 자신이 조금 우습기도 했지만 설레는 마음은 어쩔 수 없었다. 아파트 현관을 나서자 마침 손님을 내린 뒤 출발하려는 택시를 탈 수 있었다.

　현서는 호텔 입구에서 택시를 세운 뒤, 떨리는 마음을 다독이며 조심스럽게 내렸다. 그런데 그가 호텔 입구에서 그녀를 기다리고 있으리라고는 생각지도 못했었다. 그는 저 멀리 입구에서 그녀가 택시에서 내리는 모습을 유유히 바라보고 있었다.

검은색 슈트를 멋들어지게 차려입은 그는 막 잡지에서 튀어나
온 모델처럼 근사했다. 하필이면 그와 커플처럼 검은색으로 입고
온 자신을 후회했지만, 이미 엎질러진 물이었다. 그는 당당한 걸
음으로 그녀에게 다가와서 손을 내밀었다.

"눈을 어디다가 둬야 할지 모르겠군. 아름다워."

"별말씀을요."

현서는 일부러 무뚝뚝하게 대답한 뒤 그가 내미는 손을 무시한
채로 앞으로 걸어갔다. 하지만 붉어지는 볼을 숨길 순 없었다.

우진은 그런 그녀의 뒷모습을 바라보며 흐뭇한 미소를 지었다.

패션 업계에서 질릴 만큼 물을 먹은 탓일까. 그녀는 어디에 내
놓아도 모자람이 없는 차림이었다. 세련된 화장과 적당히 화려한
장신구로 멋을 낸 모습이 드러내놓고 멋을 부린 여자들보다 훨씬
더 매력적이었다.

세월이 흐른 만큼 잘 익은 과실처럼 탐스럽게 변해 있는 그녀
가 낯설면서도 가슴 한구석을 아릿하게 했다.

그녀의 사소한 것 하나라도 놓치기 싫었던 우진은 5년이란 세
월을 훌쩍 뛰어넘어 이렇게 만나게 된 것이 못내 서운했고, 그동
안 그녀가 겪었을 어려움이 눈에 선해 안타까웠다. 좀 더 든든하
게 의지가 되어주질 못했던 그였기에 더욱 마음이 아렸다.

이런저런 생각에 빠져 있던 우진은 현서가 어느 남자를 향해 환
한 미소를 지으며 인사를 건네는 것을 보고 인상을 살짝 찌푸렸다.

그가 내민 손을 거절한 채 도도한 고양이처럼 걸어가더니…….

이현서, 그러면 곤란해.

고급스러운 슈트를 입은 남자의 옆모습은 제법 당당하고 자신감이 넘쳐흘렀다.

우진은 말없이 뒤를 따랐다. 남자는 우진이 보내는 날카로운 눈빛을 느꼈던 모양인지 먼저 가던 길을 멈추고 뒤돌아보았다.

최현배, 그자였다. 최현배는 가식적인 미소를 지으며 그에게 인사를 해왔다.

"권우진 이사님 아니십니까. 반갑습니다."

"네, 최현배 이사님. 오늘 행사에도 직접 참석하셨군요."

"하하, 저야 시키는 대로 뭐, 자중하며 지내고 있습니다."

서로 견제하며 날카로운 기운이 오갔다. 현서는 그런 둘의 모습을 바라보며 조용히 한 걸음 뒤로 물러났다. 우진은 그 와중에도 현서의 안색을 살피는 것을 잊지 않았다. 차분한 눈길이 현서의 얼굴을 잠시 스쳐 지나갔다.

"두 분께선 안면이 있으신 모양입니다."

우진이 물었다.

"네, 저희야 오래전부터 알고 지냈죠. 나인 어패럴이 뉴골든 주얼리와 같이 일했던 적이 있습니다."

"네, 그렇군요."

"혹시 이번에는 성진 어패럴과 함께 작업하시는 겁니까."

"네."

현서가 조심스럽게 대답했다.

"그래요? 이거 섭섭합니다, 실장님."

최현배는 현서를 바라보며 말했다.

"나인 어패럴과 계속 거래를 할지 말지를 결정하는 건 제가 아니니까 너무 섭섭해하지 마셨으면 해요."

현서는 그의 말에 진정성이 없음을 알았지만, 최대한 정중하게 대답했다.

"그나저나 실장님, 오늘 몰라보게 아름답습니다. 제가 어디다 눈을 둬야 할지 모르겠군요."

최현배가 눈을 반짝이며 현서의 아래위를 훑어 내렸다. 노골적인 시선이었다. 우진은 그런 최현배를 무감한 눈빛으로 바라보며 말했다.

"그럼 저희는 먼저 실례하겠습니다, 이사님."

"네, 나중에 뵙죠."

우진은 현서의 팔꿈치를 가볍게 잡아당기며 앞으로 이끌었다. 현서는 우진의 인상이 그다지 좋지 않다는 것을 알아채고서는 그가 하는 대로 가만히 있었다.

"애인을 앞에 두고 다른 남자와 그렇게 친하게 굴면 나는 죽으라는 건가."

우진이 한쪽 눈썹을 치켜세우며 나직한 목소리로 속삭였다.

"누, 누가 애인……."

귓가에 닿는 숨결이 아찔했다. 척추를 타고 흐르는 짜릿한 감각에 숨이 가빠왔다. 가슴을 두근거리게 하는 새까만 눈동자가 그녀를 뚫어지게 바라보고 있었다.

"돌아버리겠어. 네가 그런 표정을 지을 때면."

그의 손이 뺨을 부드럽게 스쳤다. 불에 덴 것처럼 얼굴이 화끈거렸다. 조용히 격렬하게 응시하는 깊고도 검은 눈.

그립고 그리웠던 눈동자가 그녀를 보고 있었다.

행사장에 도착하자 그곳에는 이제 막 식을 시작하고 있었다. 현서는 주위를 둘러보았다. 블랙캣이라는 이름답게 새까만 배경에 붉은 조명과 은색 조명이 주를 이루는 행사장은 마치 화려한 파티장처럼 아름답고도 이색적이었다. 나른한 재즈가 흐르는 것부터가 남달랐다.

블랙캣의 런칭을 기념하는 샴페인 건배를 시작으로 디너파티가 시작되었다.

우진은 그녀 옆에 항상 같이 있었고, 그녀가 옮겨가는 곳마다 함께했다. 많은 무리 중에서도 단번에 시선을 잡아끄는 그였기에 당연히 옆에 있는 그녀에게도 시선이 집중되었다. 여자들의 시기 어린 시선이 현서의 얼굴을 찔러왔고, 현서도 그것을 모를 리가 없었다. 결국, 참다못한 그녀는 억지웃음을 지워버리고 그에게 따져 물었다.

"언제까지 이렇게 옆을 따라다닐 거죠?"

"흠, 저 늑대들이 당신한테 시선을 거둔다면 그때는 고려해볼게."

능글맞은 미소를 지으며 말하는 그였다.

"여긴 제 비즈니스 장소예요. 방해하지 마세요."

"비즈니스를 하기에는 복장이 너무 야해."

"전 제가 상품이 되어 우리 제품을 홍보해야 하는 입장이라고요. 그러니 제발 저리로 좀 가주세요. 부탁이에요."

우진은 손에 쥐고 있던 샴페인 잔을 지나다니는 웨이터에게 넘겨주었다. 그녀 자신이 상품이라는 말에 기분이 살짝 언짢아진 우진이었다.

"자신을 상품으로 건다는 소린 아니겠지. 설마…… 모든 거래처와 그런 식으로 계약을 딴 건가."

나직하지만 뼈가 있는 말이었다. 현서는 그의 말뜻을 한참 만에야 알아들었다는 듯 서서히 얼굴을 찌푸렸다.

"작정하고 나를 모욕할 생각이 아니라면 그 정도로 해요."

우진은 날카로운 시선을 부드러운 미소로 감추며 옆을 스쳐 가는 사람들과 눈인사를 나누기도 했지만, 여전히 그녀와의 대화에 집중했다.

"전혀, 모욕할 생각 따위는 없어. 단지 상상만으로도 미칠 것 같으니까."

그는 권위를 각인시키는 방법뿐만 아니라 이런 자리에서 어떻게 행동해야 하는지도 완벽하게 알고 있었다. 강렬한 눈빛은 당당했고, 미소는 매력적이었다.

"여기 있는 모든 여자가 나를 죽일 듯이 쳐다보고 있다는 것은 알고 있나요."

현서가 그를 향해 쏘아붙였다.

"뭐? 하하하."

우진은 그녀의 가시 돋친 말에 웃음을 터트렸다. 현서는 속마음을 적나라하게 들킨 것 같아 대리석 홀을 가로지르며 그에게서 멀어졌다. 그녀가 옆을 벗어나자마자 우진의 옆자리를 서로 차지하기 위해 여자들이 줄을 서듯 우진의 곁으로 파고들기 시작했다.

현서는 멀찌감치 떨어져서 그 모습을 바라보았다. 우진은 멀리 떨어져 있어도 현서를 향한 시선을 놓치지 않았다. 집요하고도 강렬한 시선이 이따금 부딪쳐왔다.

그녀는 목구멍이 막히는 기분이었다. 그의 시선을 감당하기가 벅찼다. 현서는 블랙캣에서 디스플레이를 해놓은 곳으로 발걸음을 옮겼다. 팽팽한 긴장감에서 조금은 놓여날 필요가 있었다.

일부러 그의 시선에서 벗어났다.

뉴골든 주얼리의 경우 마운팅 주얼리(다이아몬드 등 보석을 넣을 자리를 남겨놓은 반제품 주얼리) 분야에도 상당한 관심이 있었는데, 아주 정교한 마운팅 주얼리가 한쪽에 진열되어 있었다.

현서는 올해 홍콩에서 열리는 세계 3대 보석 전시회 중 하나인 홍콩 주얼리&젬 페어에 참석할 예정이었다. 아시아 최대 규모의 전시회이니만큼 그곳에서는 그 자리에서 판매가 이루어지기도 했다.

그녀는 아시아 주얼리 전시회에서 마운팅 제품의 판매가 잘 이루어진다는 점을 고려해 그쪽으로 주력할 생각이다. 그 점에서 봤을 때 블랙캣의 경우 상당히 정교한 기술력을 갖고 있는 듯했다.

"마운팅 주얼리에 관심이 있으신가요?"

최현배 이사가 다가와서 물었다.

"아, 네. 저희가 이번에 이쪽으로 제품을 주력해볼까 해서요."

"음, 좋은 생각이긴 한데, 블랙캣에서 아마 이쪽으로는 우위를 점할 것 같은데요. 어쩌죠?"

최현배는 한쪽 눈을 살짝 찡그리며 익살스러운 표정을 지었다.

"그렇게 보이긴 하지만 저희도 제대로 해봐야죠."

"이 실장님은 그런 점이 참 마음에 듭니다. 그런데 권우진 이사님과는 멀리하시는 게 나을 텐데. 그분, 약혼녀가 있잖아요. 어쩌려고 가까이 지내는지……. 은근 걱정되네요. 저런, 모르셨나 보군요."

최현배는 창백하게 굳어지는 현서의 얼굴을 유심히 바라보며 다시 말을 이었다.

"권 이사님의 경우 뒤늦게 집안 사업에 합류해서 자리 잡기 고전했다더군요. 그렇지만 든든한 처가의 힘을 받으면 앞으로 승승장구하겠죠."

현서는 아무런 대꾸를 할 수가 없었다. 그저 당황한 얼굴을 감추기 위해 눈을 내리깔았다. 머릿속이 하얗게 비워져버리는 기분이었다. 그에게 약혼녀가 있다니……. 현서는 사람들이 몰려오기 시작한 틈을 타서 자리를 빠져나왔다.

그리고 화장실에 가는 동안 몇몇 사람들과 인사를 나누고 안부를 묻곤 했다. 하지만 그녀의 머릿속에는 아무것도 들어오지 않았다. 높은 힐을 신은 그녀의 발걸음이 살짝 위태로웠다. 이윽고 화장실에 도착한 현서는 찬물로 손을 씻으며 정신을 가다듬으려 애를 썼다.

내내 들뜬 마음으로 은근한 기대마저 품고 있던 현서는 얼음처럼 굳어버렸다. 거울 속에는 보기 좋게 바닥으로 추락해버린 처참한 자신의 모습이 보였다.

현서는 이제 이곳에서 벗어나 집으로 돌아가야겠다는 생각으로 화장실을 벗어났다.

또각거리는 힐 소리와 묵직한 구둣발 소리가 묘하게 섞여들었다. 현서는 고개를 숙인 채 다가오는 남자 곁을 스쳐 지나가려 했다.

"……이현서."

낮지만 다정한 목소리. 그녀의 이름을 이토록 감미롭게 부를 사람은 하나뿐이었다. 권우진. 현서는 걸음을 멈추고 그를 쳐다보았다.

"어디 안 좋은 거야?"

"아니에요. 그만 집에 가려고요."

"사라져서 걱정했어. 가자, 데려다줄게."

"됐어요. 혼자 갈 수 있어요."

그녀의 쌀쌀맞은 말투에 우진은 서운한 표정을 지으며 단호하게 말했다.

"같이 가. 고집부리지 말고."

"고집은 누가 부린다고 그래요? 그냥 내버려두세요, 제발."

현서는 자신도 모르게 소리를 질렀다. 그녀의 귀에도 이상하게 들릴 만큼 지나치게 감정적인 말투였다.

"무슨 일이지?"

우진은 걱정스러운 눈빛으로 현서의 안색을 살피며 물었다.

"피곤해요. 그만 가볼게요."

현서는 이러는 자신이 유치해서 견딜 수가 없었다. 그의 앞에만 서면 속절없이 무너져내리고 만다.

약혼자가 있는 그.

약혼자도 있으면서 왜 이렇게 다정하게 바라보며 사람을 뒤흔드는 것일까.

"현서야, 좋아해. 다시 시작하고 싶다. 내 마음 알잖아."

우진은 현서를 끌어당겨 품에 안고선 목덜미에 얼굴을 묻었다.

"안 될 소리 말아요. 우리가 왜. 인제 와서……."

현서는 그를 밀쳐내며 품에서 빠져나왔다.

우진은 안타까움이 묻어나는 얼굴로 그녀를 바라보며 얕게 한숨을 내쉬었다.

"당신, 아무것도 먹지 않았잖아. 뭐라도 먹자. 아니면 여기서 나가든지."

현서는 서로 실랑이하는 사이에 시간만 뺏길 것 같다는 생각에 그가 이끄는 대로 따라갔다.

우진은 그녀를 데리고 호텔의 게스트 룸으로 향했다. 그곳에는 아무도 없었다.

행사장의 고위 간부 접견실 정도로 사용되는 이곳에는 한쪽 테이블에 카나페와 과일 등 요깃거리가 있었고, 와인도 있었다.

우진은 그녀에게 잔을 내밀며 따랐다.

"술은 됐어요."

현서는 서울 야경이 내려다보이는 창가 쪽으로 발걸음을 옮겼다. 사실 그가 약혼했다는 소릴 듣기 전까지는 그가 보이는 이런 행동이 옛날 감정이 남아 있기 때문이라는 생각에 아련함과 미안한 마음이 있었다면, 지금은 어떤 의도를 숨기고 이러는 것은 아닌지 의심스럽기까지 했다.

우진은 천천히 다가와 그녀의 목에 걸린 목걸이를 바로잡아주며 말했다.

"이런 디자인은 가늘고 하얀 목에 잘 어울리지. 당신처럼 말이야."

"나도 알아요."

현서는 태연하게 받아치려 애를 썼다. 파르르 떨려오는 눈꺼풀에도 힘을 주었다.

점점 그녀에게 다가가는 우진의 눈빛은 그 어느 때보다도 강렬했다.

그의 단단한 손이 현서의 부드러운 어깨를 잡고서 미처 피할 틈도 없이 입술을 겹쳐왔다. 현서의 아랫입술을 혀끝으로 부드럽게 핥은 뒤 낮게 속삭였다.

"……현서야."

"비, 비켜요."

현서는 그를 밀쳐내기 위해 팔에 힘을 주었지만, 오히려 더 단단히 그녀를 옭아매듯 몸을 붙여왔다.

우진은 그녀의 입안을 가르고 혀를 깊게 넣었다. 낱낱이 파헤치듯 입안을 탐했다. 아찔할 만큼 달콤한 향기에 흠뻑 취한 우진은 억제하기 힘든 욕망을 간신히 누르며 천천히 입술을 떼어냈다.

"아름다워."

흐트러진 목소리가 귓가에 파고들었다. 그녀의 부푼 입술을 손끝으로 문지르며 다시 입술을 겹쳐왔다. 그윽하게 내려다보는 눈빛은 몽롱한 듯 촉촉하게 반짝였고, 부드러운 입술은 육감적이면서도 뜨거웠다. 현서는 그의 얼굴을 바라보다 스르르 눈을 감았다.

이건 아니야.

현서는 몸을 비틀고 고개를 돌리며 그의 품에서 빠져나왔다.

"그, 그만해. 싫어!"

갈라진 목소리가 우진의 귓가에 날카롭게 파고들었다. 숨 막히게 죄어오던 팔을 풀어낸 그는 흐린 눈빛으로 그녀를 바라보았다.

현서는 덜덜 떨리는 팔로 몸을 감싸며 그의 시선을 외면했다.

"야, 약혼자가 있다고 들었어요. 이런 식으로 내게 복수하는 건가요? 이러지 마세요."

"약혼자……?"

우진은 약혼자라는 말이 나오는 순간 아현의 얼굴을 떠올렸다. 이쪽 바닥에서는 이미 그렇게 소문이 돈 것일까. 우진은 낭패감에 젖어든 눈빛으로 현서를 쳐다봤다.

현서는 그의 표정을 유심히 살피며 그 말이 사실인지를 간파해 내려 했다. 머뭇거리며 아니라고 자신 있게 말하지 못하는 그를 보자 그 말이 사실임을 알 수 있었다.

"……아니야. 약혼 같은 거 하지 않았어."

현서는 피식 웃음을 지었다.

"제대로 복수를 하네요. 하지만 당신은 이혼 따위는 하지 마요. 그런다고 돌아설 내가 아니니까."

현서는 마지막 쐐기를 박고 룸을 빠져나왔다. 웃음 같기도 하고 울음 같기도 한 것이 터져 나오려 하는 것을 억지로 참아내며 엘리베이터로 향했다.

엘리베이터 문이 열리고 안으로 들어선 현서는 무서운 얼굴로 다가온 우진을 보며 눈을 커다랗게 떴다. 그는 재빨리 엘리베이터에 올라탄 뒤 지하 2층 버튼을 눌렀다. 현서는 그를 무시하며 앞만 바라보았다.

1층 로비에서 엘리베이터가 섰지만, 그가 그녀의 팔을 붙잡는 바람에 내리지 못했다. 스르르 문이 닫히고 엘리베이터는 지하 2층에서 멈추었다.

"놔요. 왜 이러는 거야."

"못 놔."

엘리베이터에서 내린 우진은 현서를 그의 차가 있는 곳으로 끌다시피 데리고 갔다. 현서는 버티다가 힘을 이겨내지 못하고 그의 차 앞까지 딸려 왔다.

"어디 가서 제대로 이야기 좀 해, 제발. 이대로 널 보내면 내가 미쳐버릴지도 몰라."

"더 할 말 없어요."

"타."

우진은 차 문을 열고 그녀를 차 안으로 밀어 넣은 뒤 운전석에 올라탔다.

"무슨 할 말이 있다는 거예요. 당신이 내게 무슨 말을 하더라도 나는 변함없어요. 당신은 당신 갈 길을 가세요."

"이런 식으로 너를 다시 놓치는 어리석은 짓은 안 해."

우진은 그 말을 끝으로 차를 몰고 지하를 벗어났다.

어쩌려는 걸까.

현서는 그의 생각을 알 수가 없었다.

인제 와서 그것을 번복할 수는 없었다. 살아가면서 지켜야 할 것은 사랑보다 더한 것이 있다고 믿는 그녀였다. 때론 떠맡겨지다시피 인생이 굴러가기도 하지만 그것은 불가항력이었다. 그녀가 친부모에게서 버려진 것도, 이렇게 우진과 헤어져야 했던 것도 다 정해진 수순처럼 흘러가는 운명인 것이다. 억지로 맺고 싶지 않았다.

차분히 앉아 있는 그녀를 바라보는 우진의 깊은 눈동자에는 말로 형용할 수 없는 애잔함이 담겨 있었다. 그런 그의 눈을 바라보던 현서는 차창으로 시선을 돌렸다.

그래, 세상은 순리대로 흐르기 마련이야. 내가 애쓰지 않아도 그렇게 흘러가겠지.

차는 어디로 가는 걸까.

정처 없이 불빛이 난 길을 쭉 따라서 무작정 달리는 것처럼 목적도, 계획도 느껴지지 않았다. 이렇게 차에 올라타고 있는 그녀 또한 인생이라는 그 길 위에 아무런 목적도 없이 살아가고 있진 않나 하는 생각이 들었다.

그의 앞마당에 꽃잎을 한 장, 한 장씩 피워내며 향긋한 꽃 내음으로 가득한 화단을 가꾸고 싶었던 적도 있었다. 그렇게 살기를 소망하며 매달릴 때조차도 그 꽃 한 송이를 피워내는 것이 얼마나 어려운 것인지를 뼈저리게 느꼈었다.

그리고 5년이 걸렸었다. 그 미련을 버리는 데…….

어쩌라고.

"차 세워요. 당신의 이런 행동 봐줄 이유 없어요."

현서는 마음을 차분히 하고 그에게 말했다. 우진은 묵묵히 앞만을 바라보며 운전했다. 마치 그녀의 말은 들리지도 않는 듯했다. 현서는 차 문고리에 손을 올리며 지금 문을 열고 뛰어내린다면 그가 어떤 반응을 보일까 하는 생각을 했다.

"손 떼. 문 열리지 않아."

그는 앞만 보고서도 그녀가 무엇을 하는지 다 알고 있었다. 현서의 얼굴이 뒤틀렸다. 가슴 깊숙한 곳에서 찌를 듯한 아픔이 몰려왔다.

"나는 너를 내 인생에서 밀어내려 한 적 없어. 넌 내가 극복할 수 없는 존재였지. 아마 평생을 그렇게 살아가지 않았을까. 하지만 이제 내 곁에 있는데 너를 어떻게 놓아. 절대로 그렇게 못 해."

그녀의 마음을 알고 있기라도 하듯 나직이 말해오는 그였다. 현서는 그 마음이 어떤 마음인지 누구보다 잘 알고 있었다. 그가 내쉰 숨결을 아직도 간직하고 있는 그녀의 마음이랑 무엇이 다를까. 눈시울이 뜨거워졌다.

가슴 깊이 박힌 사랑이라서 그 상처도, 후유증도 평생을 지고 갈 만큼 컸다.

어쩌면 좋을까.

그냥 이대로 멈추지 말고 끝까지 가자고 말해볼까. 그의 차가 멈추는 순간 맞닥뜨려야 할 현실이 눈앞에 펼쳐지는 듯했다.

"달라지는 건 아무것도 없어요. 억지 부리지 마세요."

"내가 너를 사랑하고, 너는…… 아니라도 다시 나를 사랑하게 할 자신 있어. 그러니 나만 믿고 따라와줘. 제발."

"그렇게 간단하다면 뭐가 문제겠어요. 생각처럼 흘러가는 인생이라면 어느 누가 인생을 겁낼까요. 바보 같은 소리 그만해요. 내겐 당신보다 더 끈끈하고 오래된 정으로, 아니 사랑으로 뭉쳐진 가족이 있어요. 그들을 배신할 순 없어요. 그만해요, 제발."

그를 영영 잃어도 좋다는 전제를 깔고 말을 했다. 그를 원하는 갈망보다도 두려움이 더 큰 탓이었다. 가족들의 비난과 외면을 견딜 자신이 없었다.

"영영 볼 수 없어도 좋다는 말인가. 네 진심이야?"

그는 속을 알 수 없는 눈빛으로 바라보며 물었다. 정말 무심한 말투였다.

현서는 다행이다 싶었다. 이 정도로 무심할 만큼의 목소리라면 그의 아픔까지 걱정하지 않아도 되겠다는 생각이 들었다.

하지만 핸들을 잡고 있는 하얗게 불거진 손마디를 보는 순간 착각임을 깨달았다. 그는 최대한 인내를 하고 있는 것이었다.

한편, 우진은 이대로 인생을 허비하도록 내버려두지 않으리라 다짐했다.

그의 눈치를 살피며 조심스럽게 앉아 있는 현서는 숨소리조차도 없었다. 순간 울컥 가슴을 치밀어 오르는 감정에 차가 휘청했다.

핸들을 더욱 단단히 움켜잡은 우진은 입술을 굳게 다물었다. 가슴이 타들어가는 것만 같았다. 현서가 저토록 존재감을 죽인 채 앉아 있는 모습이 어린 시절 몸에 밴 습관처럼 느껴져 가슴이 먹먹했다.

지금도 그랬다. 그저 놀란 눈으로 그를 바라보는 현서의 눈동자가 동그랗게 커져 있었다.

"……미안해. 놀랐지."

우진은 한쪽 팔을 뻗어 현서의 머리를 쓰다듬었다. 어떤 이유에서건 그녀에게 상처를 주고 싶지 않았다. 아프게 하고 싶지도 않았고, 놀라게 하고 싶지도 않았다. 모든 것이 다 미안했다.

우진은 짙은 한숨을 내쉬며 차를 톨게이트에서 돌렸다. 그리고 다시 왔던 길을 되돌아가기 시작했다. 마주 오는 차의 헤드라이트 불빛에 현서의 얼굴이 환히 드러났다. 시내로 들어서자 불안한 기색이 많이 가신 듯했다.

우진은 현서의 아파트로 차를 몰았다. 아파트 현관 입구에 차를 세우자 그녀가 흘깃 그를 쳐다봤다.

"왜, 갑자기 집 앞으로 오니 서운해?"

우진은 현서의 옆 머리카락을 귀 뒤로 쓸어 넘기며 웃음 띤 목소리로 말했다.

"난 너와 둘만 있는 공간에 있으면 어떻게 변할지 몰라. 양손이 자유로운 지금 머뭇거리면 널 덮칠지도 몰라. 어서 들어가."

우진은 쓸쓸한 입가의 미소를 한 손으로 쓸어내리며 언제 그랬냐는 듯 환한 얼굴로 바라보았다.

"조심해서 가요."

현서는 꼭 잠긴 목으로 간신히 말하며 차 문을 열었다.

"……현서야."

발을 땅에 내리려던 그녀를 다급히 불렀다. 현서는 고개를 돌려 그를 바라보았다.

"이제는 너만 생각해. 부탁이다."

현서는 아무런 대꾸도 하지 않고 차에서 내렸다. 하지만 분명히 그녀의 맑고 커다란 눈동자가 흔들리는 것을 우진은 보았다.

그래, 그렇게 흔들리고 흔들려서 네가 쌓고 있는 벽들이 와르르 무너져내렸으면 좋겠다.

우진은 그녀가 아파트 현관으로 사라진 뒤에도 한참을 그 자리에 있었다.

그녀를 처음 안았을 때처럼 심장에 감미로운 고통이 스며들었다. 그 여운을 어찌하지 못해 밤새도록 머물고만 싶어졌다. 떠나기 싫었다. 희미하게 불빛이 새어 나오는 그녀의 베란다에 시선을 고정했다. 바라보고만 있어도 좋다는 것이 이런 것을 말하는 것이겠지. 우진은 그녀의 향기가 아직도 차 안에 떠도는 것을 느끼며 깊게 숨을 들이켰다.

네가 내쉬는 숨결 속에 아직 머무르고 있다. 이현서, 사랑한다.

차창에 하얀 서리가 내리고 뿌옇게 흐려질 때까지 우진은 그렇게 있었다.

현서는 책상 위에 놓인 것을 한참 바라보았다. 박 팀장이 완성된 브로치를 갖고 왔다. 보면 볼수록 고급스러운 디자인이었다. 은으로 우아함까지 갖춘 브로치는 옷의 가치를 더욱 높여줄 것이다. 최 팀장이 디자인한 브로치는 그녀의 눈에도 상당히 아름다워 보였다.

오늘 성진 어패럴 최 팀장을 만나러 가야 했다. 결국, 그녀의 말대로 디자인에 아무런 변형을 주지 않고서도 브로치를 해낼 수 있었다.

현서는 그녀에게서 쏟아질 비난이 벌써 들려오는 듯했다. 하지만 그것 또한 자신이 감당해야 할 부분이었다. 계약이 유지된다면 무슨 짓이라도 해야 한다.

정말 이러다가는 수명이 단축될 것만 같았다. 최 팀장이라는 장벽 외에도 그녀가 넘어야 할 벽이 또 하나 있었다. 그것은 최 팀장과 비교되지 않을 만큼 강력한 장애물이었다.

권우진.

그날 이후로 그는 짧은 문자 한 통만 보내오고 연락이 없었다. 자신도 모르게 한숨이 푹 내쉬어졌다. 어쨌든 가야만 했다.

현서는 브로치를 상자에 넣고 가방을 챙겨 들었다.

성진 어패럴의 디자인실에 도착한 현서는 그녀의 예상이 한 치도 빗나가지 않았음을 확인하며 어서 이 자리가 끝나기만을 고대했다. 최 팀장의 고압적인 태도가 눈에 거슬렸지만, 그녀는 일에 있어서만큼은 프로였다.

"이제야 제대로 물건을 만들어 왔네요."

"네, 죄송합니다. 최선을 다해서 만들었습니다."

"그러니까 함부로 내가 디자인한 것을 그쪽에서 바꾸는 일이 없도록 하세요. 만약 또 이런 일이 생기면 그때는 정말 이 계약 없던 걸로 할 테니까. 아시겠어요?"

"네, 알겠습니다. 마음에는 드십니까."

"흐음, 괜찮네요."

브로치를 흡족한 얼굴로 바라보던 최 팀장은 현서를 향해 디자인을 내밀며 샘플을 요청했다.

"다음에 제작할 액세서리 디자인인데, 제대로 해봐요."

"네, 최대한 빨리 제대로 만들어서 오겠습니다."

"그런데 이 실장님? 개인적으로 궁금한 사항이 있는데……."

최 팀장은 테이블에 팔꿈치를 대고서는 얼굴을 바짝 들이밀었다.

"다름 아니라 권우진 이사님이랑 무슨 사이예요? 아는 사이는 확실한 거 같은데, 분위기가 좀 묘해서요. 설마 사귀는 사이인가요?"

눈을 가늘게 뜨고 현서의 표정을 유심히 살펴보는 모습이 꼭 뱀처럼 사악해 보였다. 현서는 그런 그녀의 시선을 똑바로 바라보며 말했다.

"무슨 이유로 그러시는 거죠? 지나치게 사적인 질문은 삼가해 주세요."

"뭐야, 대답이 뭐 그래요? 내 말이 고까워요? 권 이사님과 사귀는 사이인지 아닌지만 말하면 되는 것을. 참나."

비아냥거리며 사람을 무시하는 태도의 최 팀장은 실력은 뛰어난 디자이너일지 모르지만, 인성은 글러먹은 인간이었다.

대꾸할 가치조차 없었다. 가방을 챙기며 자리에서 일어나려던 현서는 자신보다 먼저 일어나 최 팀장이 갑자기 지르는 소리에 심장이 툭 떨어졌다.

"엄마야! 이, 이사님⋯⋯."

현서는 고개를 돌렸다. 그곳에 권우진이 서 있었다.

"최 팀장, 잠시만 앉아보시죠."

"네, 네? 저, 저요?"

"여기 최 팀장이 또 있습니까."

"아, 아니에요."

어색한 미소를 짓고는 자리에 털썩 앉은 최 팀장은 안절부절못했다.

"여기 계시는 이현서 실장님과 정식으로 사귀는 사이입니다. 됐습니까."

또박또박 뱉어내는 말에는 단칼에 베여버릴 듯한 서늘함이 숨어 있었다. 그것을 모를 리 없는 최 팀장은 사색이 되었다.

"죄송합니다, 이사님. 다음부턴 이런 일 없도록 하겠습니다."

"나가보세요."

"네."

현서는 갑자기 일어난 살벌한 분위기 때문에 정신이 없었다.

그런데 이 남자가!

현서는 그제야 그가 뭐라 대답했는지를 깨닫고는 그를 노려봤다.

그는 무표정한 채 그녀를 똑바로 응시했다.

"정식으로 사귀고 싶다, 이현서. 좋아한다, 많이."

"공과 사가 전혀 구분되지 않는 곳이네요. 이사란 사람이나 그 밑의 부하 직원이나."

"너만 내 곁에 있어줬다면 애초에 이런 일 따위는 할 생각이 없었어."

무슨 말일까.

현서는 그의 뜻 모를 말에 미간을 좁히며 바라보았다.

"나가자. 갈 곳이 있어."

"어차피 나갈 생각이었어요. 이곳에 더는 있기 싫네요."

현서와 우진이 문을 열고 나가자 디자인실이 일순간 조용해졌다. 현서는 재빨리 디자인실을 벗어났다. 의심 어린 눈초리를 모면할 길이 없었다.

빠른 걸음으로 엘리베이터 앞으로 간 현서는 내려가는 버튼을 마구 눌러댔다. 화가 치밀었다. 그런 그녀 곁으로 다가온 우진은 버튼을 눌러대던 그녀의 손을 꽉 움켜잡았다. 뜨겁고 단단한 손이 그녀의 차가운 손을 꽉 감싸왔다.

"놔요. 소리 지르기 전에."

"여기서 애정 싸움 하는 걸 보여주고 싶어?"

마음대로 하라는 식의 표정이었다.

현서는 숨을 내리쉬며 화를 참았다. 어지러울 만큼 이상한 분위기와 혼란스러운 기분 탓에 이성을 잃을 것만 같았다.

"오래 걸리지 않아. 잠시면 돼."

엘리베이터에서 내린 우진은 현서의 손을 단단히 붙잡고 그의 차가 주차된 곳으로 향했다. 익히 그의 고집을 알고 있는 현서는 차에 일단 올라탔다.

"어디를 가는 거예요. 알려줘요."

날카로운 말투에 우진은 희미하게 미소 지으며 말했다.

"가보면 알아. 가까워."

현서는 고개를 홱 돌려 차창 밖을 바라보았다. 어딘지 익숙한 길. 차가 골목으로 접어들수록 확신이 짙어졌다.

작업실로 사용하던 곳에 차를 세운 우진은 그녀를 보며 눈빛으로 여기가 어딘지 알겠냐고 물어왔다.

어떻게 여기를 잊을 수 있단 말인가.

"왜 이곳에 온 거죠?"

"이젠 내 거야."

"그래서요. 왜 여길 온 거냐고요."

그와의 지난 추억이 쓰나미처럼 밀려오는 이곳은 그녀에게 고통이나 다름없었다.

"들어가자."

우진은 열쇠를 꺼내 문을 열고 안으로 들어갔다. 작업실은 예전 그대로였다. 다만 달라진 게 있다면 훨씬 깨끗하고 정리정돈이 잘되어 있다는 것 정도였다. 그리고 난로 대신 냉난방기가 놓여 있었다.

우진은 익숙한 손길로 난방기를 틀고 공기를 훈훈하게 데웠다.

"여기 앉아. 커피 마실래?"

그가 접이식 의자를 펴며 그녀에게 앉기를 권했다.

"왜 여길 왔는지 묻지는 않을게요. 당신 의도가 너무 뻔하니까. 이만 가볼게요."

그를 사랑했던 기억이 고스란히 남아 있는 이곳은 아픔이고 상처였다.

"가지 마!"

우진은 현서를 등 뒤에서 끌어안았다.

"내가 어떻게 하면 될까……. 말해봐. 어떻게 하면 나를 봐줄래?"

망연하게 앞을 바라보던 현서는 그를 찾아왔던 그날로 되돌아가고 있었다. 그녀의 몸뚱이를 와락 안고서 사랑을 호소하는 우진은 정말 오래전 그때의 그가 분명했다.

익숙한 체취, 변함없이 다정한 목소리, 그녀만을 바라보던 애정 어린 눈동자. 그가 분명했다.

현서의 눈에는 그제야 눈물이 고여오기 시작했다. 팔로 감싸안고 있는 그의 손등 위로 눈물이 떨어졌다.

명치끝이 아팠다.

그가 천천히 그녀를 돌려세웠다. 양손으로 그녀의 얼굴을 붙잡고 두 뺨에 흐르는 눈물을 닦아냈다. 하염없이 흐르던 눈물이 어느 정도 멈춰지자 고개를 숙여 입을 맞추었다, 가볍게.

"여기서 다시 시작하자, 현서야."

우진의 충혈된 눈동자가 현서의 두 눈을 보며 애원하고 있었다. 짙은 눈썹과 오뚝한 콧날, 다정할 만큼 부드러운 입술, 그녀만을 바라보는 뜨거운 눈빛. 현서는 떨려오는 가슴을 부여잡고 그를 밀어냈다.

우진의 눈동자가 서서히 빛을 잃어가는 것이 느껴졌다. 그녀가 한 발짝 뒤로 물러날수록 그의 미간이 떨려오고, 입술이 떨리고 있었다.

"사…… 랑해, 현서야……."

그 모습을 바라보며 걷는 현서는 숨이 턱턱 막혀왔다. 일그러지는 그의 얼굴을 차마 마주할 수가 없었다. 심장이 녹아내리는 것만 같았다.

어쩌지……. 나더러 어쩌라고!

현서는 흔들리는 마음을 다잡으려 애를 썼다.

이토록 사랑하는 그의 곁을 왜 떠나야 하는 걸까. 나는 왜. 왜…….

참으려 해도 턱이 떨려오고 울음이 쏟아지려 했다. 다시 뜨거운 눈물이 솟구쳤다.

원도 한도 없이 사랑하며 살고 싶어. 그렇게 살고 싶어. 다른 사람들과 똑같이 살고 싶어. 왜 나는 안 되는 걸까.

우진 씨, 나 어쩌면 좋아. 말해봐. 그렇게 아픈 눈빛으로 바라보면 내가 어떻게 가. 내가…… 어떻게.

현서는 걸음을 멈추었다. 그리고 그를 똑바로 바라보았다.

"……가라."

……뭐?

그녀를 향해 힘겹게 내뱉는 짓눌린 목소리. 정말 그가 한 말이 맞는 걸까.

그 순간 현서는 가슴속 어딘가가 와르르 무너져내리는 소리를 들었다.

간신히 용기를 내어보려던 찰나 그의 청천벽력과도 같은 말에 심장이 멎었다.

이럴 순 없어.

이젠 정말 끝이라는 절망감이 엄습했다.

"……그래 ……겨우 이 정도에 포기할 거면서. 왜 사랑한다고 말한 거야. 이렇게 가라고 떠밀 거면서. 왜!"

현서의 눈동자는 꺼져가는 촛불처럼 위태롭게 명멸했다.

그와 그녀의 관계에서 절대적인 우위에 그가 서 있음을 절감했다. 이 남자가 놓아버리면 자신은 정말 다가갈 방법이 없었다.

"……차라리 흔들지 말지. ……그냥 내버려두지."

우진의 얼굴이 일그러졌다. 붉게 충혈되어가는 눈동자가 뻑뻑했다. 우진은 현서가 차마 말하지 못한 사랑을 보았다. 그녀의 절박한 눈빛과 몸짓에 고스란히 드러났다. 그것은 그를 향한 절절한 고백이었다.

극단적인 처방이 먹힌 거였다. 그가 그녀를 떠날 수 있을 리가 없다. 그녀에게 가라는 말은 저가 죽는다는 말이었다. 떨리는 심장으로 죽을 용기를 내어 걸었던 도박이 그녀의 심장을 움직이게 한 것이다.

우진은 벅찬 가슴으로 현서를 힘껏 끌어안았다. 그제야 그의 품에서 오열하며 몸부림치는 현서였다. 우진은 젖어드는 뺨을 그녀의 머리에 비벼대며 사랑을 속삭였다.

날 꽉 잡아줘요.

소리 없는 외침이 심장에 스며들었다.

6.
서로 위로받는 시간

그와 헤어진 뒤 혼자 보낸 시간들이…… 무감하게 보내려 애쓰던 시간들이…… 그 마음이 이제야 위로받는다.

맞닿은 가슴이 뛰고 있었다.

가당찮은 기대는 하지도 못하고, 할 줄도 모르는 그녀였지만, 이제는 기대해본다.

그에게 거는 기대는 오직 하나.

내 손을 놓지 않는 것. 어떠한 일이 있더라도. 이렇게…….

가난한 마음에 사랑이 충만하기를……. 그의 사랑이 넘쳐나기를 기대해본다.

그동안 머뭇거리고 망설였던 감정이 봇물 터지듯 쏟아졌다.

미친 듯이 매달리며 그의 손길을 애타게 찾았다. 그도 마찬가지로 그녀의 몸을 헤집듯이 파헤치고 남김없이 먹어치우기 시작했다.

그에게 떠밀리다시피 침대에 눕혀진 현서는 솟구치는 환희와 욕망에 몸을 맡겼다.

마침내 그와 하나가 되는 순간이었다.

허리를 튕기며 깊게 파고드는 그.

깊게…… 더 깊게…….

허공에서 불꽃이 튀듯 서로의 눈이 맞닿았다.

툭, 툭.

우진에게서 흐르는 땀방울이 그녀의 얼굴 위로 떨어졌다.

쾌락과 고통은 하나의 얼굴을 하고 있는지도 모른다. 그는 쾌락과 열정에 들뜬 눈빛으로 바라보고 있지만, 짙은 눈썹과 입매는 고통스러운 듯 일그러졌다.

거친 숨을 내쉬며 들이닥치는 그의 쇠꼬챙이 같은 분신은 그녀의 속살을 가르고 안착했다. 그를 받아들이는 행위는 감동적이다 못해 서럽기까지 했다. 얼마나 그리던 그였나. 얼마나 원했던 그였나. 눈꼬리를 따라 눈물이 흘러내렸다.

다정한 입술로 눈물을 닦아내고, 부드러운 눈길로 상처받은 마음을 어루만지며 언 가슴을 녹여내는 그였다.

그와 하나가 되는 순간 격렬하게 파고드는 감정의 물결은 자꾸만 눈물을 자아내게 했다.

사랑해서, 사랑하며 사는 일이 이토록 고단한 것이었던가.

그의 사랑이 절절하다 못해 처절하게 느껴지는 것은 혼자만의 생각일까.

그녀의 가난한 마음은 남자의 가난한 마음을 금세 알아챘다.

둘은 서로를 채우고 있었다.

자신을 다 내어놓고 온몸을 불사르듯 그렇게 사랑을 했다.

어느 순간 머릿속이 짜릿하게 울렸다. 현서는 그의 목을 끌어안고 가슴에 얼굴을 문질렀다. 벌려진 허벅지는 벌벌 떨리며 경련하고 있었다. 그는 허벅지를 당겨 자신의 허리를 감싸게 하며 고개를 숙였다.

입술을 깨물고 혀를 넣어 진한 키스를 퍼붓고 허리를 서서히 움직이기 시작했다.

"하아……!"

현서는 압박감에 급한 숨을 뱉어냈다. 흥분한 기색이 완연한 눈동자가 그녀를 짙게 훑어 내렸다.

"아……!"

탄성이 터져 나왔다. 그와 결합한 깊은 곳에서 울려 퍼지는 진동과도 같은 쾌감이 순식간에 머리끝까지 내달렸다. 현서의 허리가 위로 솟구치며 그의 등에 손톱을 깊게 박아 넣었다. 사실은 그를 물어뜯고 싶을 만큼 감당하기 힘든 쾌락이었다. 우진은 그런 그녀를 뚫어지게 바라보며 허리를 밀어붙였다.

하지만 우진도 더 버틸 수가 없었다. 그는 우아한 목선을 위로 젖혔다. 탄탄한 근육이 일제히 긴장하며 그녀 안으로 뜨거운 것을 쏟아냈다.

"하아……."

서투른 10대처럼 급하게 그녀를 가졌다. 조금 더 천천히, 영원히 멈추지 않고 오래도록 가질 생각이었다. 그러나 그녀가 그의 것을 잡아 물듯 조여오는 순간, 그도 제어하지 못하고 그만 사정한 것이다.

"하아…… 사랑해."

눈물이 그렁그렁한 현서는 화답하듯 고개를 끄덕이며 그의 등을 끌어안았다. 맞닿은 가슴은 격렬히 뛰고 있었다. 다시 입술을 겹친 그는 현서를 더욱 세게 끌어안았다. 뜨거운 입술은 귓바퀴를 맴돌며 서서히 불을 지폈다. 현서의 안에 머무르던 그의 분신은 점점 부피를 늘려가며 단단해졌다. 현서는 희미한 신음을 터트리며 깨어나는 관능에 따라 몸을 움직였다.

우진의 입술과 혀는 현서의 가냘픈 목선을 따라 가슴으로 내려갔다. 가슴을 혀로 비벼대고 돌기를 깨물며 핥아대자 현서의 허리가 들썩거렸다. 작은 입술에서 터져 나오는 신음은 뇌를 녹여낼 만큼 아찔했다.

"천천히…… 널 오래도록 느낄 거야."

우진은 갈라진 목소리로 속삭이며 그의 손에 감겨드는 살결을 오래도록 집요하게 애무했다.

열에 들뜬 눈동자가 서로 얽혀들었다.

애액에 젖어든 깊은 곳에서 새어 나오는 음탕한 소리와 뜨겁게 옥죄어오는 깊은 곳에서 우진은 앓는 듯한 신음을 삼켰다.

뇌쇄적인 그녀의 모습은 참기 어려울 만큼 자극적이었다. 결국, 우진은 간당간당하던 이성의 끈을 놓아버렸다.

그의 귀로 감겨드는 현서의 신음, 하나로 연결된 곳에서 새어 나오는 질척한 소리, 탄력 있게 흔들리는 뽀얀 가슴, 살짝 벌어진 새빨간 입술과 입안의 속살, 입술이 마르는 듯 혀끝으로 핥아대는 행위. 이 모든 것들이 그를 아득한 곳으로 이끌었다.

우진은 현서의 허리를 단단히 붙잡고 빠르게 움직이기 시작했다. 땀에 젖어든 살결이 서로 맞닿았다가 떨어지기를 반복했다.

"하아! 아! 그만, 죽을 거 같아!"

현서는 정신없이 매달리며 머리를 흔들었다. 젖은 머리카락이 얼굴 위에 달라붙었다.

우진은 거친 숨을 내뱉으며 허리를 더욱 빨리 밀어붙였다.

"아흑!"

가쁜 숨이 흩어졌다.

우진은 두 눈을 맞추며 한층 더 격렬하게 움직였다. 현서는 흐느끼며 그에게 매달렸다.

단전을 칼로 휘젓는 것처럼 온몸으로 번져나가는 쾌감에 전신이 떨려왔다. 지독할 만큼 짜릿한 쾌감에 우진은 다시 몸서리를 치며 현서의 안에 더욱 깊게 파고들었다.

"하아, 하아."

다디단 숨을 내뱉으며 욕정을 숨기지 않는 현서의 얼굴은 아름다웠다. 그의 아래에서 젖은 눈으로 올려다보는 현서는 뜨거운 숨을 내쉬며 신음을 끊임없이 흘렸다.

절정에 달해가는 현서는 그의 목을 힘껏 끌어안으며 교성을 질러댔다. 그것이 미치도록 좋아서 그녀의 목이 쉴 때까지 자극을 멈추지 않았다. 마침내 흐느적거리듯 늘어지는 그녀를 부둥켜안고 마지막을 쏟아냈다.

나른한 관능에 젖어든 몸이 포개어져 있었다.

현서는 이대로 시간이 멈추었으면 좋겠다고 생각했다. 그와 하나가 된 지금 이 순간에 머무르기를 간절히 바랐다. 서로가 서로에게 예속되어버리길 바랐다.

죽음도 갈라놓을 수 없는 사랑이 되기를 간절히 바랐다.

만약…… 정말 만약에…… 다시 헤어지게 된다면…….

깊은 심연 속에 빠져든 눈빛으로 그를 바라본다.

그리고 두 눈이 마주쳤다. 우진은 빨려들 듯이 그를 응시하는 현서의 눈가를 쓰다듬었다.

"사랑해……."

나직이 속삭이는 그의 목소리가 심장을 울렸다.

그는 손가락으로 현서의 눈썹과 코와 입술을 쓰다듬었다.

현서는 가난한 마음이 금세 넘쳐흐를 만큼 풍요로워지는 기분이었다. 현서의 얼굴은 환한 꽃처럼 피어나고 있었다.

겨울을 알리는 비가 창을 톡톡 두드려댔다. 현서는 회사를 걸어서 가야 하기 때문에 출근길에 내리는 비는 늘 불청객처럼 싫은 존재였다. 하지만 오늘은 그가 있는 곳에도 내릴 비였기에 그것마저도 정겹게 느껴졌다. 마치 5년 전 처음 그를 만났을 때처럼 정신없이 빠져들고 있었다.

현서는 행복해도 가슴이 아플 수 있다는 사실을 깨달았다. 행복의 고통이 가슴에 몰려왔다.

가만히 가슴을 손으로 내리누르며 진정되기를 기다렸다. 생기로 반짝이는 두 눈이 거울 속에서 웃고 있었다.

사놓고 한 번도 입어본 적 없던 빨간색 코트를 꺼내 입었다. 현관을 나서기 전 액세서리가 놓인 장식대를 열어 무엇을 할지 고민을 했다.

눈은 저절로 그가 선물한 팔찌로 향했다. 실버에 박힌 루비가 알알이 빛나고 있었다. 현서는 조심스럽게 그것을 꺼내 가느다란 손목에 채웠다. 마치 그가 함께 있는 것처럼 손목을 타고 온기가 전신으로 감돌았다.

현서는 앵글 부츠를 신고 현관을 나섰다.

검정 바탕에 하얀색의 땡땡이가 그려진 우산을 펴고 인도로 내려서는 순간, 그녀를 부르는 소리에 발걸음을 멈추었다. 제법 굵은 빗소리에 잘못 들은 건가 싶어 그냥 지나치려 했던 현서는 천천히 뒤를 돌았다.

그녀의 눈동자가 순간 반짝였다. 기쁨의 빛을 가득 담고서 바라보는 남자는 우진이었다.

"우진 씨……."

그가 성큼 걸어서 그녀의 우산 속으로 들어왔다. 그리고 현서의 손에 들린 우산을 뺏어 들고 그녀의 어깨를 바짝 끌어당겼다. 품에 안기다시피 한 현서는 그를 올려다보았다.

"예쁜 입술이 보고 싶어서 참을 수가 없었어."

손끝으로 그녀의 턱을 어루만지더니 고개를 비스듬히 숙여왔다. 두 입술이 맞닿았고 놀란 현서는 그의 코트 깃을 힘껏 붙잡았다. 한참 후 우진은 천천히 고개를 들었다. 맞대오는 그의 눈동자가 짙게 일렁였다.

"가자. 데려다줄게."

쉰 듯 가라앉은 목소리가 현서의 심장을 간질였다.

그의 손에 이끌려 차에 올라탔다. 시동이 걸려 있는 차 안은 따뜻한 공기가 훈훈하게 감돌았고, 짙게 썬팅이 된 차 안은 아늑한 분위기마저 자아냈다.

그는 능숙하게 아파트 주차장을 빠져나갔다.

우진은 가만히 오른손을 내밀며 허벅지 위에 올려진 현서의 손을 잡았다. 뜨겁고 단단한 손이 닿자 현서는 살그머니 손가락 사이사이에 깍지를 끼며 마주 잡았다. 그가 앞을 보며 운전하다가 힐끔 현서의 얼굴을 쳐다봤다. 우진의 입꼬리가 보기 좋게 위로 휘어지더니 이내 맞잡은 손에 힘을 주었다.

"도저히 안 되겠다. 그냥 데려다주려고만 했는데, 안 되겠어."

"네?"

그는 아주 빠르게 그녀 회사 앞을 지나쳤다.

"어딜 가는 거예요?"

당황한 현서는 그에게 잡혀 있던 손을 빼내며 시트 등받이를 잡고 점점 멀어지는 회사를 바라보았다.

"전화해. 조금 늦는다고."

지금까지 지각이라고는 해본 적 없는 현서는 난감한 눈빛으로 그를 바라보았다. 그녀도 그와 이렇게 있고 싶은 마음이 간절했지만, 그 순간이 갑자기 찾아온 터라 갈피를 잡지 못했다.

"그, 그건……."

"곤란하다는 말은 하지 마. 난 오늘 임원진 회의도 빠질 각오를 하고 왔으니까."

"그래도 그건 정말, 그러면 안 되잖아요."

당황한 현서는 그를 나무라는 눈빛으로 바라보며 말했다.

"돼. 지금은 아무것도 들어오지 않아."

우진의 슬쩍 올라간 입꼬리에는 보기 좋은 웃음이 매달려 있었다.

다시 무릎 위에 올려진 현서의 손등에 커다란 손이 다가왔다. 부드러운 손등을 엄지로 가만히 만져대다가 손을 뒤집어 손가락 하나하나를 얽어 깍지를 껴왔다. 심장이 터질 것처럼 두근댔다.

언제 이런 곳을 봐뒀던 걸까.

그는 한적한 돌담길에 차를 세웠다. 와이퍼를 끄자 차장에는 빗물이 커튼을 드리운 것처럼 흘러내렸다.

핸들 위에 한 손을 올리고 몸을 돌려 그녀를 바라보는 우진은 다른 한쪽 손을 뻗어 그녀의 뒷목을 끌어당겼다. 이다음에 이어질 행위에 현서는 저절로 눈이 감겼다. 차 위로 쏟아지는 빗소리가 마치 심장을 울려대는 북소리처럼 들려왔다.

그의 짙은 체향이 콧속을 파고들었다. 그립고 그리운 향기, 심장을 두근거리게 하는 낮은 탄성.

"하……."

귓가로 뜨거운 숨결이 닿아왔다. 파르르 떨리는 속눈썹에 입술이 스치듯 지나갔다. 그리고 콧등 위로, 입술로 다가왔다. 그는 입술을 겹친 채 뜨거운 손길로 코트 안의 블라우스 단추를 풀기 시작했다. 그는 인내심을 갖고 작은 단추를 풀어냈다. 이내 하얀색의 브래지어에 감싸인 가슴에 그의 손길이 닿았다.

가볍게 브래지어 테두리를 만져대던 손길에 점점 힘이 들어갔다. 이윽고 등 뒤로 손을 넣어 브래지어를 풀어버린 그는 중력에 의해 출렁이는 가슴을 힘껏 움켜잡았다.

"아흑!"

아찔한 현기증에 그의 팔목을 잡으며 가슴에서 떼어내려 했다.

그는 그녀에게서 멀어지는가 싶더니 이내 고개를 숙여 가슴을 덥석 베어 물었다.

몸을 떼어내려 할수록 더욱 강하게 가슴에 얼굴을 파묻어왔다.

그가 만들어내는 아찔하고도 짜릿한 향연에 기꺼이 그녀를 내어놓았다.

쏟아지는 빗줄기가 제발 멎지 않기를…….

회사 앞에 차를 세워주며 습한 눈으로 바라보는 그의 눈빛에 현서는 5년 전 그를 떠나던 날을 떠올렸다.

그때는 저보다 더한 눈빛으로 바라보고 있었을 것이다.

그에게 난 무슨 짓을 했던 걸까.

저렇게 사랑을 절절히 말하는 남자를 내팽개치고 어떻게 돌아설 수 있었던 걸까. 어떻게 잊을 수 있다고 자만했던 걸까.

그것이 미안해서 차마 발길이 떨어지지 않는다고 하면 핑계일까. 그의 손을 놓고 싶지가 않았다. 그의 체온이 이대로 계속 이어지기를 바랐다.

들썩이는 숨을 내쉬며 열망이 가득한 눈길로 바라보는 그를 하염없이 바라보고 싶어졌다.

"……어서 가봐. 더 망설이면 나도 장담 못 해."

그가 낮게 가라앉은 목소리로 말해왔다.

"……사랑해요."

우진의 눈동자가 커다래졌다.

"……그리고 오늘 회사 빠질래요."

"……!"

그녀의 마음을 그에게 전하고 싶었다. 가슴 밑바닥에 넘실거리는 사랑을 이렇게라도 전하고 싶었다.

그녀를 바라보던 우진의 검고 깊은 눈동자가 더욱 짙어졌다. 그리고 그는 결심을 굳힌 듯 단호한 눈빛을 하고 말없이 차를 출발시켰다.

회사에서 5분 거리. 더 멀리 가고 싶지 않았다. 어서 그의 뜨거운 체온을 느끼고 싶었다.

"아파트로 가요. 여기서 5분밖에 안 걸려요."

그가 말없이 그녀를 바라보았다.

현서는 고개를 끄덕이며 어서 가자고 조르듯이, 잡은 손에 힘을 줬다.

현서는 부끄러운 듯 얼굴을 붉히며 여전히 비가 내리고 있는 차창 밖을 내다보았다.

"괜찮겠어?"

어느새 도착한 아파트 주차장에 차를 세우며 그가 물어왔다. 현서를 고개를 끄덕인 뒤 말했다.

"내려요. 어서."

우진은 뜨거운 눈길로 그녀를 바라보며 재빠른 동작으로 차에서 내렸다. 그리고 그녀가 앉은 쪽으로 다가와서 벗은 재킷으로 머리를 씌워주었다.

현서는 우산을 그대로 내버려둔 채 그가 씌워주는 재킷 속으로 파고들었다. 둘은 한껏 미소를 머금고 아파트 현관 입구로 달렸다.

회색의 무거운 문을 열고 안으로 들어서자마자 우진은 현서의 입술을 찾았다. 그녀의 손에 들려 있던 가방이 바닥으로 툭 소리를 내며 떨어졌다. 우진은 격렬하게 키스를 나누며 그의 재킷을 저만치 던져버린 뒤 현서의 젖은 빨간 코트를 벗겨냈다.

"하아, 하아."

간신히 입술을 떼어낸 현서는 가쁜 숨을 뱉어냈다. 하지만 다시 그의 손에 턱이 붙들리고 부딪치듯 입술이 겹쳐졌다. 흐트러진 숨소리가 섞여들었다.

우진은 혀로 입술을 핥아대다가 못 참겠다는 듯 고개를 비스듬히 돌려 다시 깊숙이 혀를 집어넣었다. 입안을 가르고 부드러운 혀를 낚아채며 뽑아버릴 것처럼 빨아대고 삼켰다.

현서의 헐떡임에도 불구하고 우진은 집요하도록 키스를 퍼붓고서는 서서히 손을 옮겨 그녀의 블라우스 단추를 풀기 시작했다. 초조한 손길에 단추가 떨어져 나갔다. 하지만 아랑곳하지 않고 그녀의 가슴을 훤히 드러냈다.

입술을 한껏 빨아대던 그의 입술이 이윽고 떨어져 나간 뒤 망설이지 않고 그녀의 가슴에 입술을 묻었다. 브래지어 위로 그의 입김이 닿았다. 현서는 서투른 솜씨로 그의 머리를 어루만지며 등을 쓸어내렸다.

우진은 등 뒤로 손을 돌려 브래지어를 풀어버린 뒤 블라우스를 어깨 뒤로 확 젖혔다. 태울 것처럼 뜨거운 눈길이 가슴에 머물다가 붉게 상기된 현서의 얼굴을 보며 부드럽게 쓰다듬었다. 욕망을 누른 기색이 역력했지만, 그녀의 가슴을 움켜쥔 손에는 흥분한 기색이 완연했다. 잠시도 가만히 있질 못하고 가슴을 쥐었다 놓기를 반복하며 단단해진 돌기를 비벼댔다.

"아흑……."

현서의 입에서 신음이 터져 나오자 그는 고개를 숙여 가슴을 입안에 가득 삼켰다. 반대쪽 가슴에는 그의 단정한 손길이 머물렀다. 손끝으로 유두를 희롱하며 혀끝으로 비벼대는 그의 애무에 현서는 연신 신음을 흘려댔다.

"아!"

우진이 가슴을 세게 깨물었다.

타액에 젖은 가슴이 울긋불긋 물들어갔다. 하얀 속살에 새겨진 꽃잎을 보며 만족스러운 미소를 짓는 우진이었다.

"아름다워."

한껏 흐트러진 목소리로 귓가에 속삭인 우진은 다시 고개를 내려 그녀의 입술을 잘근 물었다. 신발장에 밀어붙여진 현서의 허벅지를 벌리고 그 사이로 그의 탄탄한 허벅지가 파고들어왔다.

당장 그가 들어와도 괜찮을 만큼 젖어버린 그녀의 깊은 곳은 그의 자극으로 움찔거렸다. 이미 그것을 알고 있기라도 하듯 우진은 그녀의 스커트를 위로 들어 올리며 허벅지 사이로 손을 가져갔다. 그리고 재빨리 그녀의 스타킹과 팬티를 다급하게 내린 뒤, 한쪽 다리를 들어 올려 스타킹과 팬티를 벗겨냈다.

"아흑!"

기다란 손이 꽃잎을 가르며 부드럽게 쓰다듬어왔다. 그의 팔에 한쪽 다리가 걸린 채로 균형을 잡기 위해 그의 어깨를 단단히 붙들었다. 우진은 현서의 얼굴을 뚫어지게 바라보며 손을 움직이기 시작했다.

"하아…… 현서야."

그녀의 귓가에 부드럽게 속삭였다.

하지만 현서는 그의 뜨거운 손길에 정신을 차릴 수가 없었다. 꽃잎 사이에 단단하게 솟아난 곳을 비벼대자 허벅지가 파들파들 떨렸다. 저릿한 쾌감에 고개를 저으며 그의 어깨를 힘껏 움켜쥐었다.

"하흑! 그만, 그만!"

우진은 발갛게 상기된 얼굴로 눈물을 머금은 현서를 바라보다 못 참겠다는 듯 바닥에 무릎을 꿇고 앉아서 그녀의 다리 사이로 얼굴을 묻어왔다.

"아! 우진 씨, 그, 그만해."

우진은 아름다운 숲을 가르고 혀를 내밀어 촉촉이 젖어 있는 꽃잎을 비벼댔다. 입술과 혀로 물리고 빨리는 은밀한 곳. 새카만 머리카락이 닿아 있는 그곳은 말할 수 없을 만큼 짜릿한 쾌감을 안겼다.

"아흐……."

밀려오는 짜릿한 쾌감에 그의 새까만 머리카락 속에 손가락을 파묻었다. 민감한 부분을 집요하게 핥아대자 현서는 눈앞이 새하얗게 변해오며 자신도 모르게 허리를 한껏 휘며 바들바들 떨어댔다. 우진은 그녀가 애원하기 전까지는 절대로 멈추지 않겠다는 듯 더욱 정성을 들여 쾌락의 중심을 애무했다.

"하아, 아앗! 제발! 그만……!"

몸서리쳐질 만큼 짜릿한 쾌감에 현서는 한껏 흐트러진 모습으로 그를 내려다보았다. 우진은 천천히 몸을 일으키며 현서의 입술에 키스를 퍼부었다.

그의 애무에 흐물흐물 녹아내린 그녀는 그 무엇보다도 자극적이었다. 풍만한 가슴을 드러내고 그를 유혹하듯 혀끝으로 입술을 핥아대는 그녀는 자신이 무슨 짓을 하고 있는지조차 모르고 하는 행동이 분명했다.

사랑이 넘쳐나는 눈빛으로 바라보던 우진은 그녀를 안아 들고 거실에 놓인 소파로 걸어갔다. 처음 와보는 그녀의 집이었다. 그녀의 향기가 가득한 곳에서 이렇게 같이 사랑을 나눌 수 있다는 사실이 믿기지 않았다. 우진은 그동안 그를 애태웠던 그녀를 벌하기라도 하듯 마음껏 가질 생각이었다.

소파에 앉힌 뒤 그녀의 옷을 단숨에 벗겨냈다. 그리고 그도 망설이지 않고 셔츠 단추를 풀어내며 순식간에 옷을 벗어 던졌다.

현서는 그의 남성을 보자 부끄러운 듯 고개를 돌렸다. 우진은 현서를 일으켜 세워 그와 한 치의 빈틈도 없이 몸이 맞닿도록 했다. 서로 격렬하게 뛰는 심장박동 소리를 느꼈다. 말로 형용할 수 없는 감정에 눈시울이 뜨거워졌다.

우진은 소파에 천천히 앉은 뒤 그녀를 허벅지 위에 앉혔다. 마주 보고 앉은 현서는 부끄러운 듯 눈을 내리떴다. 우진은 도저히 참을 수 없다는 듯 격렬하게 끌어안고 애무하기 시작했다. 가슴을 삼키고, 손으로 전신을 어루만지며 그녀를 하나하나씩 점령해나갔다.

흠뻑 젖은 그녀의 깊은 곳에 손을 넣어 충분히 남성을 삼킬 수 있는지 확인했다. 우진은 현서의 허리를 들어 올려 그의 분신을 깊은 곳으로 천천히 밀어 넣었다.

허리를 아래로 내리자 현서의 얼굴이 미미하게 찌푸려졌다. 살짝 벌려진 입술 사이로 뜨거운 숨결이 새어 나왔다. 우진은 그를 힘껏 조여오는 그녀 때문에 거친 숨을 토해내며 으르렁거렸다.

"으, 그렇게 조여오면…… 참을 수 없어."

현서의 가슴을 입안 가득 삼키고 정점을 힘껏 빨아 당겼다. 이윽고 그를 삼킨 현서는 천천히 허리를 움직이기 시작했다. 그녀가 만들어내는 지독한 쾌감에 우진은 여린 그녀의 허리를 붙잡고 허리를 튕겨 올리기 시작했다.

눈앞에서 출렁이는 풍만한 가슴과 하얀 여체는 뇌를 녹여낼 만큼 자극적이었다. 그리고 그를 끊임없이 조여오는 깊은 동굴은 쾌락의 정점을 찍고 있었다. 우진은 하얀 엉덩이를 움켜쥐고 어금니를 지그시 깨물었다.

그도 한계에 도달했다. 현서는 허리를 휘며 절정을 향해 본능적으로 다가갔다. 비벼지고 열기를 뿜어내는 곳에는 둘만의 체액이 고스란히 새어 나와 흠뻑 젖어 있었다. 질척이는 소리와 신음이 함께 어우러져 환상의 쾌락을 이끌어냈다.

"하아, 이상해요, 우진 씨. 아흑!"

절정에 도달한 그녀는 허벅지를 떨며 그를 힘껏 조여왔다.

우진은 마지막을 향해 피치를 올리며 그녀를 몰아붙였다. 경련하는 그녀의 깊은 곳은 그를 끊어놓을 것처럼 쥐어짰다. 우진은 그녀의 얼굴을 집요하게 바라보며 다시 느릿하고도 집요하게 밀어붙였다. 놀란 현서의 눈과 우진의 눈이 마주쳤다. 우진은 입을 굳게 다물며 허리를 더욱 빨리 움직였다.

강렬한 전율이 전신을 감싸오며 둘은 동시에 절정에 이르렀다. 현서는 고개를 뒤로 젖히며 눈앞에서 부서져 내리는 하얀 빛 속으로 몸을 던졌다. 우진은 그런 현서를 단단히 받쳐 들고 짙은 쾌락에 잠긴 눈빛으로 그녀를 뚫어지게 바라보았다. 탄탄한 복부가 움찔거리듯 경련하며 그도 깊게 밀어 넣으며 사정했다.

축 늘어진 현서를 안고서 침대로 옮겨간 우진은 다시 한 번 더 그녀를 안았다. 창을 두드리는 빗방울 소리와 저 멀리서 들려오는 자동차 클랙슨 소리가 아득하게 들려올 때 둘은 깊은 잠에 빠져들었다.

먼저 잠에서 깬 현서는 깊게 잠이 든 우진의 얼굴을 바라보았다. 짙은 눈썹과 풍성한 속눈썹이 눈가에 휘장을 두르듯 드리워져 있었다. 그의 얼굴이 이토록 잘생긴 얼굴인지 처음 알게 된 것처럼 모든 것이 새롭게 보였다.

입가에 미소를 머금고 잠이 든 그의 모습을 보자 가슴 깊숙한 곳에서부터 행복감이 솟아났다.

분명 아침도 먹지 않고 왔을 것이다. 처음으로 그에게 제 손으로 준비한 밥상을 차려주기로 마음을 먹고, 조심스럽게 자리에서 일어났다. 고단했던 모양인지 그는 곤히 잠들어 있었다.

"아."

격렬한 정사로 인해 다리 사이가 저릿했다. 기분 좋은 통증이었다. 현서는 재빨리 샤워를 마치고 식사를 준비했다.

된장찌개를 끓이고 냉장고에 들어 있던 오이와 콩나물을 꺼내 오이무침과 콩나물무침을 했다. 계란말이까지 하고 난 뒤 식탁을 보니 초라했지만 한 끼 식사로는 그럭저럭 괜찮아 보였다.

밑반찬 몇 가지를 꺼내 함께 차려놓고서 그를 깨우러 갔다.

"우진 씨, 일어나요. 배고프지 않아요?"

"응? 언제 일어난 거야."

우진은 현서가 옷을 입고 있는 것을 보고 못마땅하다는 듯 바라보다가 확 끌어당겨 그의 곁에 다시 눕혔다.

"얼른 씻고 밥 먹어요. 제가 직접 차렸어요. 어서요. 응?"

현서는 몸을 비틀며 그의 품에서 빠져나왔다.

우진은 그녀가 직접 차렸다는 말에 눈을 커다랗게 뜨고서는 몸을 일으키며 식당 쪽을 쳐다봤다.

"정말 그런 모양이네."

"찌개 식기 전에 어서 씻고 와요. 네?"

"알았어. 얼른 씻고 나올 테니까 기다려."

우진은 나른한 고양이처럼 기지개를 켠 뒤 나신의 몸 그대로 욕실로 향했다.

현서는 살짝 얼굴을 붉힌 뒤 얼른 주방 쪽으로 향했다.

"아, 맞다."

현서는 욕실 문을 두드리며 말했다.

"우진 씨, 칫솔 욕실 서랍장에 새것 있어요. 그거 쓰세요."

"응? 이거 당신 것 아니야?"

핑크빛 칫솔을 보이며 그가 웃었다.

"나 이걸로 했는데."

"새것 있는데."

"난 이게 더 좋아."

"어서 나와요."

"그래, 조금만 기다려."

현서는 이렇게만 행복하면 좋겠다고 생각하며 벅찬 가슴을 누르고 주방으로 향했다.

그때 초인종을 누르는 소리에 현서는 발걸음을 멈추었다. 다시

급하게 울리는 벨소리가 거실 전체를 울리는 듯했다.

"누, 누구세요?"

"나야, 문 열어. 무슨 일 있는 거야? 현서야."

현서의 얼굴이 단단히 굳어졌다.

갑자기 불청객처럼 날아든 초인종 소리에 심장이 철렁 내려앉았다. 왜 그가 지금 여기에 나타난 것일까. 현서는 욕실 쪽을 쳐다보았다. 우진은 초인종 소리를 들었을까. 순간 아찔한 현기증이 일었다. 눈앞이 하얗게 바래지며 아무 생각도 떠오르지 않았다.

쿵쿵대며 문을 두드리는 소리가 고막을 울릴 만큼 크게 느껴졌다. 현서는 지석이 현관 앞에 있다는 사실보다 우진이 이 상황을 어떻게 받아들일지 걱정되어 미칠 것만 같았다. 현서는 순간적으로 어떻게 감당해야 할지 모르는 사람처럼 손을 놓아버린 채 입술만 잘근거렸다.

"현서야! 안에 있는 거야? 이현서!"

그녀를 부르는 남자의 목소리는 복도를 울리고, 아파트 전체를 울려댈 만큼 절박했다.

쾅! 쾅!

회색빛 철문이 덜거덕거렸다. 그제야 현서는 정신을 차리고 천천히 현관문 앞으로 다가가서 문을 열었다.

"……지석 씨."

"하아! 너 안에 있으면서 왜 이렇게 늦게 나오는 거야. 혹시 무슨 일 있었어?"

지석은 허탈하다는 듯 한 손으로 벽을 짚고 서서 한숨을 내쉬었다. 그리고 특유의 날카로운 눈빛으로 현서의 위아래를 훑어 내렸다.

"그런데 지석 씨가 어쩐 일이야."

현서는 당황한 기색을 숨기려 애를 쓰며 어색한 미소를 지어 보였다.

"현준이한테서 전화가 왔었어. 너한테 가보라고. 네가 전화를 안 받아서 회사로 연락했더니 아파서 결근했다길래 걱정된다고. 현준이는 지금 급한 일로 지방에 내려가 있거든."

"별일 아닌데. 미안해."

현서는 휴대전화를 매너모드로 해놓은 것을 깜빡했다. 전화만 미리 받아도 이런 불상사는 없었을 것이다.

"얼굴에 열이 있는 거 같은데. 병원은 갔었니?"

지석은 아까보다는 침착해진 모습이었다. 그에 반해 현서는 점점 더 초조해졌다.

"아니, 약 먹었어."

"그럼 다행이고. 여기까지 왔는데 차 한 잔 정도는 줄 수 있지?"

여전히 복도에 서서 이야기를 나누고 있다는 사실을 인지시키기라도 하듯 지석은 자연스럽게 현서에게 물었다.

"미, 미안해. 지금 집에 친구가 와 있거든."

"친구? ……누구?"

현서는 아예 현관문을 등 뒤로 닫아버렸다.

그런 그녀를 의아한 시선으로 바라보던 지석은 뭔가를 짐작하기라도 한 듯 낮게 가라앉은 목소리로 물었다.

"곤란한 상황이야?"

"좀, 그래."

어릴 때부터 거짓말을 못하는 그녀였다. 자신과 눈을 제대로 맞추지 못하고 살짝 비켜나간 시선으로 바라보는 것도 그러했고, 평소와 달리 말까지 더듬는 것도 수상했다.

거짓말.

지석은 현서가 거짓말을 하고 있다는 것을 간파했다. 예리한 눈빛이 순간 반짝하다가 사라졌다.

"그래, 그럼 푹 쉬어. 다음에 보자. 이만 간다."

"응, 조심해서 가."

지석은 한 손을 흔들며 인사를 한 뒤 엘리베이터를 타고 내려갔다. 그의 얼굴에는 쓸쓸한 미소가 감돌았다.

우진은 현서의 전남편이 이곳을 찾아왔다는 사실을 조금 늦게 알아챘다. 우진은 지금 당장 그가 뛰쳐나가면 제일 곤란해할 사람이 현서라는 것을 알기에 주먹만 움켜쥔 채 침묵했다.

"미, 미안해. 지금 집에 친구가 와 있거든."

"친구? ……누구?"

아니나 다를까, 친구라고 말하는 것이 들려왔다. 하긴 남자와 함께 있다고 말하기엔 선뜻 내키지 않을 것이다. 지나치게 당황하고 떨어대는 현서가 안쓰럽기까지 했다. 마치 도둑질하다가 들킨 사람처럼 떠는 모습이 눈앞에 그려지는 듯했다.

우진은 욕실 안에서 언제까지 이러고 있어야 하나 하는 생각에 쓴웃음이 새어 나왔다.

이혼을 했는데도 사생활을 감시당하는 것처럼 산다는 것은 그의 상식으로는 상상할 수 없는 일이었다.

샤워기에서 물방울이 뚝뚝 떨어졌다. 우진은 수건을 집어 들고 머리카락을 닦아내고 몸에 물기를 닦았다.

철컥.

문이 닫히는 소리가 들렸다. 그녀가 아예 현관 밖으로 나간 모양이었다. 둘이 나누는 대화 소리가 뚝 끊겼다. 우진은 욕실 문을 열고 나와 벗어둔 옷을 챙겨 입기 시작했다. 한참이 지났는데도 그녀는 들어오질 않았다.

이렇게 안에서 숨죽이고 있을 이유는 없었다, 처음부터.

우진의 단단한 눈매가 날카롭게 치켜 올라갔다.

현서는 지석이 가고 난 뒤에도 곧바로 현관 안으로 들어가질 못했다. 분명 우진은 그들이 나누는 대화를 들었을 테고, 그녀의 기분이 그렇듯 그의 기분도 참담할 것만 같았다.

마음을 간신히 추스른 후 현관문을 열고 안으로 들어가자 우진은 언제 나왔는지 바지를 입고 셔츠의 단추를 하나하나 채우고 있었다.

현서는 그에게 다가갔다. 웃으며 말을 하려 해도 얼굴 근육이 뜻대로 움직이질 않았다.

"우, 우진 씨……."

"……누구야."

"지석 씨……."

"전남편?"

속을 알 수 없는 눈빛으로 순식간에 변해버린 우진은 말투마저 무감각했다.

"미안해요."

우진은 셔츠를 다 입고 난 뒤 단호한 표정으로 현서를 바라보았다.

"왜 사과를 하는 거지?"

'아니다, 괜찮다'고 말할 줄 알았던 그가 차가운 목소리로 물어오자 현서는 놀란 눈으로 그를 올려다보았다.

"내가 말해볼까? 나를 가족들에게 떳떳이 소개해주기에는 아직 이르겠지. 그러니까 그게 미안하기도 하고, 이렇게 나를 숨겨야 해서 그게 마음에 걸리는 거고. 안 그래?"

현서는 눈을 감으며 고개를 끄덕였다.

"괜찮아. 갑작스러운 방문에 서로 놀랐을 뿐이니까. 사실 네가 곤란할까 봐 나오질 못했어. 단지 그게 비겁하게 느껴져서……. 네가 신경 쓸 일 아니야."

하루도 가지 못하고 끝나버린 둘만의 시간이 마냥 서러워진 현서는 그녀가 차린 식탁 위의 식어버린 찌개를 참담한 심정으로 바라보았다.

"나 배고픈데."

우진이 일부러 밝은 목소리로 말하자 현서는 눈물을 삼키며 얼른 찌개를 다시 데웠다. 가스레인지 앞에서 찌개가 끓기를 기다리던 현서는 우진의 얼굴을 제대로 바라볼 수가 없어서 그렇게 뒤돌아 서 있었다.

"……현서야, 날 좀 봐."

우진이 현서의 뒤로 다가와서 그의 품으로 끌어당겼다. 양손으로 얼굴을 감싸고 두 눈을 맞추었다.

"너와 함께할 수 있도록 내가 알아서 할 테니까 넌 아무것도 걱정하지 마. 지금처럼 나를 밀어내지만 않으면 돼."

우진의 얼굴은 평온해 보였다. 그래서 안심이 되는 현서였다.

"고마워요. 그리고 미안해요. 나, 당신이 여기 있다고 말을 해야 했는데……."

"쉿! 괜찮아. 말하지 않아도 다 알아."

우진은 현서의 허리를 안고 고개를 숙여 목덜미에 가볍게 입을 맞추었다.

"네가 끓인 찌개 맛보고 싶다."

"어머, 내 정신 좀 봐."

현서는 황급히 가스레인지 위에서 끓고 있는 찌개의 불을 껐다.

우진은 현서가 차린 식탁에 앉아 밥 한 공기를 거뜬히 비워냈다.

현서는 가슴 속 깊이 차오르는 행복감에 괜스레 눈시울이 뜨거워졌다. 소박한 바람. 한 남자를 사랑하고, 그 남자와 작은 가정을 꾸리고, 한울타리 안에서 서로 사랑하며, 때론 다투기도 하며, 그

렇게 오순도순 살아가고 싶다는 바람이 가슴속에서 차올랐다. 밥
을 먹다가 눈이 마주치면 상을 물리고 곧바로 덤벼드는 짐승 같은
남자를 남편으로 두고 그렇게 듬뿍 사랑을 받으며 살고 싶어졌
다.

　"큰일 났다, 현서야."

　우진은 갑자기 얕은 한숨을 내쉬면서 미간을 찌푸렸다.

　한참 생각에 잠겨 있던 현서는 그의 말에 가슴이 철렁 내려앉
았다.

　"어떡하지……."

　"……곤란한 일이라도 있어요?"

　"응, 아주 심각해."

　그의 말에 따르면 정말 큰일이라도 생긴 것 같은데 표정은 어
쩐지 웃고 있는 것 같았다. 조심스럽게 그의 눈치를 살피던 현서
는 우진이 식탁 의자에서 일어나 그녀에게 다가오자 자신도 모르
게 몸을 뒤로 물렸다.

　우진은 무릎을 꿇고 앉아 그녀와 눈높이를 맞추고 이마를 맞대
며 코를 비벼댔다. 갑작스러운 행동에 현서는 그의 어깨를 밀어내
며 말했다.

　"왜, 왜 이러는 거예요. 갑자기."

　"……나, 식탁 위에서 너 갖고 싶다."

　얄궂은 미소를 보이며 그녀에게 황당한 소릴 내뱉는 우진이었
다.

　"네에?"

놀란 듯 눈을 크게 뜨고 그를 바라보자 우진은 입꼬리를 매력적으로 끌어 올리며 씩 웃었다.

우진은 현서의 허벅지에 살짝 손을 얹고서는 눈을 맞추었다.

방금 씻어낸 말간 얼굴의 그는 젖은 머리카락처럼 젖은 눈동자로 그녀를 뚫어질 듯 바라봤다. 피부가 타들어가는 듯했다. 손에 닿아 있는 그녀의 허벅지를 엄지로 문질렀다.

"……이현서."

"……해요. 대신에 여기서 말고."

우진은 자리에서 일어난 뒤 그녀를 안아 들었다. 그리고 거실로 향했다. 재빨리 현서의 셔츠를 풀어 어깨 뒤로 젖혔다. 현서의 얼굴이 붉게 물들어갔다. 맞댄 눈동자가 짙게 물들었다.

현서의 바지를 벗겨낸 뒤 팬티도 함께 벗겨냈다. 그리고 그도 재빨리 바지를 벗어 던졌다.

현서를 소파에 앉힌 뒤 바닥에 무릎을 꿇고 앉은 우진은 현서의 허벅지를 거침없이 벌리며 그 사이로 얼굴을 묻었다.

"하아…… 하아……."

질척한 소리가 울려 퍼졌다. 뜨거운 호흡이 쏟아지고 있었다. 현서는 신음을 티트리며 허리를 튕겼다.

"기절할 만큼 근사해."

붉은 혀로 젖은 입술을 핥아 올리며 그녀의 가슴 위로 다가왔다. 잔뜩 풀어진 현서는 열에 들뜬 몽롱한 시선으로 그를 올려다 봤다.

"아…… 아……!"

더 이상 참을 수 없다는 듯 덥석 가슴을 물어왔다. 유두를 타고 찌릿한 전기가 흘렀다. 젖가슴을 움켜쥔 채 게걸스럽게 빨아대며 먹어치울 것처럼 맹렬하게 달려들었다.

현서는 그의 짧은 머리카락에 손가락을 파묻으며 허리를 비틀었다. 유두를 힘껏 빨아대며 이로 잘근거리던 그는 타액에 젖어 번들거리는 가슴을 뜨겁게 바라보더니 천천히 고개를 들어 올리며 그녀의 입술을 덥석 물었다.

잔뜩 가팔라진 호흡이 입안으로 쏟아졌다. 뜨거운 혀가 격렬하게 입안을 가르며 밀고 들어왔다. 집요하게 입안을 핥고 혀를 빨아들이며 타액을 삼켰다. 둘의 혀가 엉키는 순간 그녀의 입에서는 저절로 신음이 흘러나왔다.

"아훗……."

"미칠 것 같아."

젖은 입술로 뺨과 눈, 콧등, 귓불을 부드럽게 입맞춤을 해대며 힘껏 끌어안았다. 새하얀 목덜미에 이를 세우며 천천히 긁어내렸다. 짜릿한 쾌감에 현서는 몽롱한 눈빛으로 그를 올려다보았다.

탐욕스럽게 번들거리는 우진의 눈빛은 그녀를 잡아먹을 것처럼 사나웠다. 숨겨진 남자의 본능이 튀어나온 것처럼 격렬했다.

크고 단단한 남성을 수풀에 비벼대며 압박하던 그가 일렁이는 눈빛으로 그녀를 바라보다 깊숙이 몸을 묻어왔다. 우진은 현서를 세게 잡아끌며 단번에 그녀의 안으로 파고들었다.

현서의 두 눈이 허공을 향해 크게 떠졌다.

하나가 되고자 뜨겁게 몸부림치는 그, 그녀를 이토록 간절히 원하는 그의 마음이 느껴졌다. 그 간절한 몸부림에 화답하듯 그를 더욱 힘껏 끌어안았다.

단단한 남성은 미끄러지듯 안으로 파고들기를 반복하며 움직임을 빨리했다. 점점 거세어지는 쾌감이 일기 시작했다. 저릿저릿 허벅지가 떨리고 온몸으로 번져가는 열기가 곧 폭발할 것 같았다.

그의 몸놀림이 거세어졌고, 현서는 뜨거운 신음을 토해냈다. 그의 탄탄한 가슴을 어루만지며 목덜미를 핥아대자 우진의 목에서 앓는 듯 으르렁거리는 소리가 새어 나왔다.

"으윽."

그는 끝나지 않을 것처럼 움직였다. 허벅지를 끌어당기며 더욱 깊이 파고들었다. 그 순간 현서는 모든 감각이 폭발하는 것처럼 펑펑 터져버렸다.

그는 그 순간을 이를 악물고 버텨내며 현서의 끝을 지켜보았다. 그리고 마침내 그를 힘껏 물고 놔주지 않는 그녀에게 굴복하며 뜨거운 것을 쏟아냈다. 우진은 현서의 품 안으로 무너져내렸다.

차창을 열고 담배를 피워 문 지석은 창틈 사이로 빠져나가는 담배 연기를 물끄러미 바라보았다. 아파트 현관을 돌아서 나오는 그의 심정은 참담하다 못해 아리기까지 했다. 현서의 얼굴이 낯설어 보여, 그것이 그에게 한 발짝 더 멀어지는 징조처럼 보여 가슴이 쓰라렸다.

……아프다는 것은 핑계.

현서는 그 어느 때보다도 생기가 넘쳐났었다. 윤기 흐르는 피부와 발그레한 볼, 촉촉이 젖은 눈동자는 막 사랑을 나눈 여자처럼 싱그러웠다. 최근 그녀에게서 좀처럼 볼 수 없던 그런 모습. 지석은 그것이 무엇을 의미하는지 알 것 같았다.

누굴까.

관자놀이를 누르며 몰려오는 두통에 인상을 찌푸렸다.

그녀의 아파트 현관을 나온 지 한 시간이 지났지만, 그는 여전히 제자리에 있었다. 차가운 날씨임에도 불구하고 히터를 틀 생각조차 하지 못하고 깊은 생각에 빠져들었다.

그의 직감. 분명 현서는 남자와 함께 있었다. 몇 번이고 다시 떠올려보아도 그랬다.

현서의 상기된 얼굴, 젖은 머리카락, 지나치게 당황하던 모습, 그리고 얼핏 보아버린 현관에 벗어놓은 남자 구두. 이 모든 것들이 어우러져 머릿속을 휘저어댔다.

현서가 누구를 만나든 어떤 사람과 사귀든 간에 그는 무관한 사람이었다. 그는 남자로서 자격이 없는 사람이 분명했다. 그런데도 그녀만은 그럴 줄 몰랐다. 남자가 있다, 남자가.

가슴을 날카로운 것으로 그어댄 것처럼 아프다. 지석은 시트에 머리를 기댄 채 눈을 감았다.

지금 이 순간, 5년 전 그날이 떠오르는 것은 왜일까.

그녀에게 남자가 있다는 것을 알았지만, 집안 사업을 핑계 삼아 그녀를 아내로 맞이했다. 여자를 사랑하는 방법은 굳이 섹스가 아니더라도 많다고 생각했다. 하지만 아이를 너무나도 좋아하는 그녀를 보며 지독한 좌절감을 맛보았다. 그가 죽어도 해줄 수 없는 일이었다. 그래서 6개월 만에 합의 이혼을 했다.

그녀가 단 한 번도 그의 불능에 대해 불평하거나 불만을 하지 않았기에, 그 마음이 가상해서 그런 선택을 했던 것이다. 그런데 그녀가 남자를 만난다. 지석은 다른 남자에게 그녀를 보내고 싶은 마음은 추호도 없었다. 그래서 늘 그녀 곁을 맴돌며 행여나 남자를 만나는지 지켜보았다.

얌전한 고양이가 부뚜막에 먼저 오른다더니 딱 그 짝이었다. 혼자 사는 집으로 남자를 끌어들이고 그 짓을 한다. 그의 얼굴에 비릿한 웃음이 떠올랐다.

그래, 그렇단 말이지.

지석은 주먹을 불끈 쥐었다.

오늘 반드시 어떤 놈인지 확인할 것이다.

벌써 두 시간이 지났다. 현서가 사는 베란다를 바라보던 지석은 순간 두 눈을 의심했다.

현서가 베란다 창밖으로 고개를 내밀고 있었다. 누구를 보고 있는 걸까. 지석은 차창을 올리고 아파트 현관을 뚫어지게 바라보았다.

멀리서 보아도 눈에 띌 만큼 괜찮은 남자가 걸어 나오고 있었다. 점점 가까워져오자 선명하게 남자의 모습이 보였다.

잘빠진 정장을 입은 젊은 남자는 짙은 눈썹과 서늘한 눈빛이 인상적이었다. 어디서 본 듯한 얼굴이었지만 그의 기억에 딱히 떠오르는 사람은 없었다.

현서는 그의 모습이 보이자 베란다 밖으로 상체를 내밀어 손을 흔들었다. 사랑에 빠진 여인처럼 행복한 미소를 짓고 있었다. 멀리서도 확연하게 느껴지는 현서의 감정이 그의 심장을 찔러댔다.

남자도 발걸음을 멈추고 현서를 올려다보았다. 서늘한 인상과는 달리 다정한 눈빛으로 현서를 바라보며 손을 흔들었다. 입매가 보기 좋게 위로 휘어지며 매력적인 미소를 지었다.

한참을 서서 그녀를 바라보던 남자는 마지못해 발걸음을 옮기고 주차돼 있던 외제 승용차에 올라탔다. 지석은 남자가 미끄러지듯 주차장을 빠져나가는 것을 허망한 눈길로 바라보았다. 그리고 습관적으로 차 넘버를 외웠다.

어디서 저런 남자를 만난 걸까.

처음 그의 머릿속에 드는 의문이었다. 현서는 그의 차가 사라진 뒤에도 한참을 베란다에 서서 바라보다가 창문을 닫고 안으로 들어갔다.

주차장에는 고요한 침묵만이 흘렀다. 어느새 내리던 비는 멎어 있었다. 금방이라도 다시 비를 퍼부을 것처럼 낮게 가라앉은 하늘이 손에 잡힐 것 같았다. 창틈 사이로 차갑게 불어대는 바람이 그의 가슴을 싸늘하게 식혔다.

지석은 남자의 차가 사라진 자리를 무서운 눈빛으로 바라보며 가슴을 휘젓고 있는 강렬한 감정과 싸워내고 있었다. 핸들을 꽉 움켜쥔 손마디가 하얗게 불거졌다.

여기서 멈추어야 한다는 것을 잘 알면서도 현서에 대해 진한 배신감이 차오르는 것을 느꼈다.

단호한 표정으로 짧게 숨을 내쉰 지석은 차에 걸린 키를 빼내고 도로 차에서 내렸다. 그리고 아파트 현관으로 발걸음을 옮겼다.

우진은 성진 어패럴 본사로 향했다. 이미 오후가 되어버린 시간이었지만 급한 결재는 마무리해야만 했다. 현서를 만난 뒤부터 그는 일에 자연스럽게 소홀해졌다. 크게 겉으로 드러나는 일은 아니었지만 우진은 혼자 속으로 이런 자신을 질책했다.

지금은 회사를 더 발전시키고, 탄탄하게 자신의 자리를 잡아야 할 때였다. 그리고 회장인 아버지가 눈치를 채기라도 하는 날에는 어떤 제재가 가해질지 모를 일이었다.

우진은 책상 위에 놓인 서류를 재빨리 훑어보며 일에 집중하기 시작했다. 각 부서에서 올라온 결재 서류를 넘기던 우진의 손이 잠깐 멈추었다. 보기 좋은 눈썹이 위로 치켜 올라갔다.

그의 손에 들린 문서는 뉴골든 주얼리와 계약을 파기하겠다는 것이었다. 분명 지난번 액세서리는 뉴골든에서 제대로 제작을 한 것으로 알고 있었다. 갑작스러운 계약 해지에 대한 내용은 어딘지 모르게 석연찮았다. 우진은 디자인실 최 팀장을 불러서 면담하기로 하고 결재판을 한쪽으로 치웠다.

현서가 뉴골든 주얼리의 실장으로 있기 때문에 더욱 신경이 쓰였다. 만약 계약이 파기된다면 어떤 식으로든 그녀에게 타격이 갈 것이 분명했다.

우진은 밀쳐놓은 서류를 다시 집어 들고 처음부터 끝까지 찬찬히 읽어나갔다.

똑. 똑.

"네."

우진은 서류에서 눈을 떼지 않고 대답했다.

"이사님, 회장님께서 오셨습니다."

회장님이란 소리에 우진의 어깨가 눈에 띄게 굳어졌다.

"어서 모셔."

낮지만 차분한 목소리였다.

"네."

집무실 문이 열리고 회장이 들어섰다. 우진은 아버지이지만 아직도 회장과는 사이가 서먹했다. 오래전 그가 미술을 전공하겠다고 집을 뛰쳐나간 뒤부터 그 골은 깊게 파였다.

"앉으시지요."

회장은 서늘한 눈빛으로 우진을 훑으며 자리에 앉았다. 완고하고 까다로운 회장의 눈초리는 매섭기 짝이 없었다. 하지만 우진은 싫은 내색을 하지 않고 그저 무덤덤한 표정으로 자리를 지켰다.

"정신 나간 놈. 회사를 밥 먹듯 비우고. 도대체 뭐 하는 놈이야!"

곱게 말이 나올 리 없다 생각했지만, 다짜고짜 회장은 역정부터 내기 시작했다.

우진은 오전에 자리를 비운 것을 누군가가 벌써 회장에게 알렸다는 것을 알고 입가에 씁쓸한 웃음이 걸렸다.

"죄송합니다."

비딱하게 입꼬리를 올리고 대답하는 우진이었다. 우진은 회장이 저를 어떻게 보고 있는지 충분히 알고 있었다. 못 미더워하는 것도 사실이었다. 하지만 그가 회장 앞으로 다시 돌아온 뒤부터는 최선을 다해 일했었다. 사업은 별 무리 없이 흘러가고 있으니 그것 때문에 심기가 저리 불편한 것은 아니리라 생각했다.

"정 회장 여식과는 왜 헤어진 거야. 무슨 이유야."

결국, 그것이었나.

우진은 자신의 짐작이 맞았음에 허탈한 웃음을 지었다.

그런 우진을 보며 회장은 낮게 욕설을 뇌까렸다.

"미친놈. 웃어?"

회장은 우진을 탄탄하게 받쳐줄 집안과 혼사를 맺기를 원했고, 최근까지도 그쪽 집 여식과 별 무리 없이 만나는 줄로만 알았었다. 그런데 비서실장의 말에 따르면 최근 따로 만나는 여자가 있다는 것이었다. 그 말에 회장은 직접 우진을 만나 물어보기로 작정을 하고 찾아왔다.

사업으로 잔뼈가 굵은 회장은 우진의 얼굴에서 행여나 우려되는 부분이 있는지를 유심히 살폈다. 분명 평소와 다른 얼굴이었다. 좀처럼 자리를 비우지 않는 그가 최근 들어 자리 비우는 일도 잦아졌다는 보고도 있었다. 일을 내팽개치고 여자를 만날 만큼 얼빠진 녀석에겐 매질이 최고의 약이었다.

우진을 다그치는 권 회장의 눈빛이 그 어느 때보다도 단호하고 매서웠다.

하지만 우진은 꿈쩍도 하지 않으며 묵묵히 입을 다물고 있었다.

권 회장은 우진이 입을 열질 않자 더 다그쳐서 될 일이 아니라 여기며 한발 물러서기로 했다. 노련한 회장은 아들 우진을 그 누구보다 잘 알고 있다고 믿었다. 회장은 호흡을 한 박자 내리누르고 말투도 누그러뜨렸다.

"성진 어패럴이 지금은 안정기에 접어들었지만, 지금 이 상태로 가다가는 도태한다. 다른 계획이라도 있는 거냐?"

"아직은 생각 중입니다."

"그룹에서 독립하지 않는 한은 내 간섭에서 벗어날 수 없다는 건 잘 알 테고, 요즘 유능한 경영자는 차고 넘쳐. 그러니 네 입지를 단단히 굳힐 수 있는 여식을 만나. 네가 아무리 잘났다 해도 혼자 살아갈 수 없는 법이야. 내 말 명심해."

우진은 회장이 대답을 바라고 말한 것이 아니라는 것을 안다.

이것은 명령이었다. 하지만 이제는 지켜야 할 여자가 생겼고, 순순히 회장의 뜻에 따를 생각은 추호도 없었다. 회장의 두 눈을 똑바로 마주 보며 말했다.

"맡기셨으면 끝까지 제가 하도록 지켜봐주십시오. 처가의 도움을 바라고 이 일을 시작한 것이 아닙니다. 제 아내는 제가 선택합니다. 결혼은 사업이 아니라는 것을 잘 아시지 않습니까."

"따로 만나는 여식이라도 있는 모양인데, 보나 마나 뻔하겠지. 네게 도움이 안 되는 여식이라면 애당초 꿈도 꾸지 마라."

"제가 알아서 합니다."

"사업하는 녀석 마음이 그래서야, 원. 네 형을 봐. 형만 한 아우 없다더니 딱 그 짝이야. 에이."

회장은 못마땅한 기색이 역력한 얼굴로 우진을 바라보다 자리를 털고 일어났다.

우진은 자리에서 일어나 나가는 회장을 배웅했다.

회장의 뒤를 비서실장이 보좌했다. 모든 정보는 저 사람을 통해 회장에게 전달될 터였다.

그의 뒷모습을 바라보는 우진의 눈빛이 날카롭게 빛나고 있었다.

지금은 숨죽이고 있지만, 결코 그냥 이대로 회장의 말을 따르진 않을 것이라 다짐하는 우진이었다.

집무실로 들어온 우진은 수화기를 들고 최 팀장을 호출했다.

수화기를 내려놓은 뒤 넥타이를 느슨하게 당기며 머리를 쓸어넘겼다.

자초지종 알아볼 생각이었다. 최 팀장 단독 결정인지, 아니면 이미 회장의 입김이 작용한 것인지를.

우진은 관자놀이를 문지르며 밀려오는 두통을 참아냈다.

만약 회장의 입김이 작용했다면 최 팀장은 무사히 자리를 지키지 못할 것이다. 뭔가 음모가 도사린다면 누가 됐든지 그냥 두지 않을 것이다.

우진은 일단 권 회장에 대한 생각은 접었다. 사실 그의 두통을 유발하는 것은 비단 권 회장뿐만이 아니었다. 우진은 회사로 돌아오는 차에서도 그녀를 찾아왔던 전남편에 대한 생각을 끊임없이 했었다.

현서 곁을 끊임없이 맴도는 느낌. 불길한 예감에 몸서리가 쳐졌다. 현서를 의심하거나 둘 사이에 뭔가가 있다고 생각지는 않았지만, 그가 현서의 가족들과 함께 아직까지 현서에게 무언의 압력을 행사하는 것은 아닌가 하는 생각이 들었다.

우진은 휴대전화를 들어 김 실장에게 전화를 걸었다.

"실장님, 제 주변 일들이 회장님 귀에 다 들어가는 것 같습니다. 이곳에 회장님 눈과 귀가 있는 것 같은데, 누군지 알아봐주십시오. 그리고 서지석에 대한 것도 부탁합니다. 이현서 씨 전남편입니다."

5년 전, 현서의 느닷없는 결별 선언에 이어 그를 찾아온 남자가 있었다.

그 사람이 바로 서지석이었다.

초라한 작업실에서 폐인처럼 지낼 당시였다. 현서와 헤어진 뒤에 한참을 앓았었다. 사는 게 뭐가 이리도 고달픈 것인지, 그때는 살 의욕조차 없었다. 그저 살아내는 것이 죽기보다 더 힘들다고 생각할 때였다.

'권우진 씨, 안에 계십니까.'

노크 소리에 우진은 눈살을 찌푸리며 몸을 일으켰다.

'누구시죠?'

작업실 문을 열자 젊은 남자가 우진을 서늘한 시선으로 바라보고 있었다. 우진은 낯선 남자의 갑작스러운 방문과 적의가 담긴 시선에 흠칫했었다.

'현서 아시죠?'

남자의 입에서 그토록 그가 간절히 원하던 이름이 흘러나오는 순간, 우진은 직감했었다. 이 남자가 바로 현서의 약혼자라는 것을.

남자는 우진에게 청첩장을 내밀고는 아무 말도 하지 않고 돌아갔었다. 일종의 경고였다. 현서를 다시는 만나지 말라는.

깊은 상념에 빠져 있던 우진은 노크 소리에 생각을 접고 이내 무감한 표정으로 바꾸었다.

"네, 들어오세요."

최 팀장이 조심스럽게 문을 열고 들어왔다. 우진은 자리에서 일어나 소파로 향했다.

"앉아요."

"네, 이사님."

건조하게 가라앉은 눈동자로 최 팀장의 얼굴을 뚫어지게 바라보았다. 그리고 손에 들고 있던 결재판을 그녀 앞으로 내밀었다.

툭.

최 팀장은 제 앞으로 던져진 결재서류를 보며 눈을 동그랗게 떴다.

마치 난 아무것도 모른다는 눈빛이었다. 그 모습이 가증스러워진 우진은 소파 등받이에 느긋하게 등을 기댄 채 다리를 겹쳤다.

"계약 파기에 대한 건은 자세히 검토하고 올린 겁니까."

낮지만 차가운 목소리로 물었다.

"아, 네. 디자인팀의 회의 끝에 내린 결론입니다."

최 팀장의 얼굴에 미세한 균열이 생기는 듯했다. 그것을 놓치지 않고 바라보던 우진은 다시 물었다.

"제품에 문제가 있었습니까? 디자이너로서 최 팀장이 판단을 내릴 때 그랬습니까."

최 팀장은 숨을 제대로 쉴 수 없을 만큼 긴장해 있었다.

"긴장 풀고, 오로지 디자이너의 명예를 걸고 말입니다."

"그, 그건, 아닙니다만……."

"됐습니다. 그럼 다시 논의를 거쳐 의견을 취합해 오세요. 디자인실 전원 모두 의견을 담아서 말입니다."

우진은 날카로운 시선으로 최 팀장을 직시했다. 그의 얼굴엔 차가운 냉소가 흘렀다. 최 팀장은 우진의 시선에 움찔했다.

"우리가 계약을 파기할 경우는 상대측이 계약을 불성실하게 이행했거나, 물건에 하자가 있을 경우입니다. 그 어떤 외압도 작용해서는 안 됩니다."

우진의 목소리는 지나칠 만큼 차분했지만, 그 어느 때보다 단호했다.

"만약 그것이 밝혀질 경우 디자인실 전원 사표 쓸 각오를 하세요. 디자이너로서 자존감을 잃은 사람들이 만든 옷을 어느 누가 사 입겠습니까."

"알겠습니다, 이사님."

최 팀장은 떨리는 목소리로 간신히 대답했다.

"나가보세요. 내일까지 다시 올리세요."

"네."

당황을 감추지 못한 눈으로 우진에게 인사를 건네고 최 팀장은 집무실을 빠져나갔다.

우진은 지금쯤 혼자 있을 현서가 떠올라 휴대전화를 들었다. 헤어진 지 불과 두 시간이 채 되지도 않았는데 간절히 보고 싶어 졌다. 앞으로 닥칠 어려움이 너무나도 눈에 선해서 안쓰러움이 밀려왔다. 어떻게든 잘 버텨낼 수 있기를 바랄 뿐이었다.

신호가 가고 현서의 음성이 들려왔다.

─우진 씨…….

낮게 가라앉은 목소리에 울음이 섞여 있었다. 우진은 심장이 철렁 내려앉는 기분이었다. 예감이 틀렸기를 바라며 차분한 목소리로 물었다.

"응, 나야. 뭐 하고 있었어? 피곤한데 잠이라도 자지."

─네. 그냥 있었어요.

"현서야, 목소리가 왜 그래? 응?"

수화기를 타고 흘러오는 현서의 떨림이 고스란히 전해져왔다. 분명 울고 있었다.

─감기 기운이 있나 보네요. 아니에요.

─그 녀석이야? 이현서, 똑바로 말해!

"……!"

-지금 좀 그런데, 제가 나중에 다시 전화 걸게요. 끊어요.

"현서야! 이현서!"

전화가 허망하게 끊겼다.

분명 남자의 목소리가 선명하게 들렸었다. 우진의 얼굴이 순식간에 창백하게 질려갔다. 검은 눈빛이 잘 벼려진 칼날처럼 푸르게 날이 섰다.

미친 듯이 뛰어대는 심장 소리가 귀가 먹먹하도록 울려댔다.

이현서!

누구와 있는 거냐.

초인종 소리가 울렸다. 금방 우진이 가는 것을 보았는데, 다시 돌아온 모양이라 생각한 현서는 환한 웃음을 지으며 현관으로 달려갔다.

"우진 씨, 왜 다시 온 거예요?"

현관문을 활짝 열자 무서운 얼굴로 그녀를 내려다보는 사람은 우진이 아니라 지석이었다.

"지, 지석 씨……."

현서는 천천히 웃음을 그쳤다.

"들어가도 될까?"

현서는 당혹감에 망설이다 비켜섰다. 하지만 왜…… 다시 온 걸까.

지석의 차분한 목소리가 그녀의 귀에는 마치 위협처럼 들려왔다.

그는 당연하다는 듯 당당하게 안으로 들어왔다. 현서는 그 모습을 보며 그가 왜 저런 표정으로 여길 들어오는 것인지, 과연 저래도 되는지, 이건 아니라는 생각에 미간을 찌푸렸다.

지석은 집 안으로 들어서며 거실을 날카로운 눈빛으로 쓱 둘러보았다. 마치 불륜 현장에서 단서라도 잡기 위한 것처럼 보였다. 기가 막힌 현서는 지석을 가만히 쳐다봤다.

"앉아도 되겠니?"

뭔가를 억누르고 있는 듯한 목소리가 위태롭게 들려왔다.

"어."

현서는 주방으로 가서 냉장고 문을 열고 주스를 꺼냈다. 심장이 두근거렸다. 손도 심하게 떨리고 불안했다. 왜 이렇게 불쑥 찾아와서 죄인 취급하는 듯한 태도를 보이는지 알 수가 없었다.

설마……! 우진 씨……?

그가 보았을까. 가지 않고 지켜보았단 말인가.

혼자 이것저것 가능성을 생각해보던 현서는 너무 주방에서 시간을 끄는 것 같아 얼른 잔을 들고 주방을 나갔다.

그녀는 테이블에 잔을 내려놓으며 그의 맞은편에 앉았다.

"저…… 무슨 일로 다시 온 거야?"

현서는 먼저 입을 열었다. 차갑게 내려앉은 표정으로 그녀를 바라보던 그는 짧게 한숨을 내쉬고서는 말했다.

"만나는 남자 있니?"

역시, 그랬다. 현서의 얼굴이 하얗게 변해갔다. 그런 그녀를 냉랭한 시선으로 바라보며 대답을 기다리는 지석은 입이 마르는지 주스 잔을 들어 단숨에 들이켰다.

"……있어. 만나는 사람."

현서는 그에게 숨길 이유는 없다고 생각하며 마음을 다독이고 천천히 말했다. 하지만 그의 찌를 듯한 시선을 받아내기에는 아직 버거웠고, 현서는 시선을 테이블 모서리로 내려뜨렸다.

"……후우."

지석은 머리카락을 거칠게 쓸어 넘기며 짙은 한숨을 내쉬었다. 그리고 믿기지 않는다는 눈빛으로 현서를 바라보았다.

꾹 다문 현서의 입술을 바라보던 그가 낮게 가라앉은 목소리로 말했다.

"언제부터야."

그가 이렇게 당당하게 물어볼 이유라도 있는 걸까. 이미 오래 전에 끝난 사이인데, 왜 이렇게 날이 선 걸까. 현서는 그의 태도가 너무 지나치다는 생각을 하며 인상을 굳혔다.

"……말하고 싶지 않아."

"말해."

여전히 고압적인 태도로 나오는 그였다. 현서가 그에게 말해야 할 이유도 없을뿐더러, 그도 그녀에게 대답을 강요할 순 없었다.

물론 그 대상이 우진이라는 사실 때문에 한편으론 그녀의 마음이 무거웠지만, 벌써 오래전의 일이 아니던가.

"말 안 할 거니?"

"……."

"적어도 나한테는 말해줄 수 있잖아. 아니야? 난 그럴 자격 충분하다고 생각하는데, 아니었니?"

자격? 아버지 사업 부도를 막아주고 도와준 것을 말하는 걸 테지.

"내 사생활을 일일이 보고할 이유는 없잖아."

"그래? 그렇게 생각해?"

위협적인 눈빛으로 쳐다보는 지석의 얼굴은 낯설고 무서웠다. 현서는 더럭 겁이 났다. 아무도 없는 이곳에서 지석과 둘만 있다는 사실이 두려웠다.

"뭐야, 그 표정. 내가 너한테 주먹이라도 휘두를 것처럼……. 나를 그렇게 형편없는 놈으로 보았니?"

현서는 놀란 눈을 크게 뜨고 쳐다봤다.

"그 사람 차 넘버, 조회하면 금방 나오겠지. 누군지 네 입으로 듣지 않아도 말이야. 하지만 현서야, 이건 사람과 사람 간의 예의라고 하는 거야. 넌 나를 속이고 이혼하기를 간절히 기다리다 이혼하자마자 그 녀석을 다시 만나기 시작한 거야. 아니, 어쩌면 결혼한 뒤에도 만나서 그 짓을 해댔을지도 모르지."

그의 말에 하얗게 질린 현서는 입술을 굳게 다물었다. 그는 제정신이 아닌 것 같았다. 어떻게 그런 상상을. 번들거리는 눈동자가 불안해 보였다.

"네 아버지가 누구 때문에 지금 이렇게 살고 있는지 정말 모르는 거야?"

지석은 야비하게 그녀를 협박하고 있었다.

만약 우진을 다시 만난다는 게 알려지기라도 하면 분명 현준 오빠나 부모님들에게도 그 사실이 알려질 것이다. 그럴 경우 그들이 그녀에게 가해올 압박이 충분히 짐작이 가고도 남았다. 게다가 이 야비한 남자는 사업을 인질 삼아 괴롭힐 게 뻔했다.

아직 이런 식으로 우진을 만난다는 것을 알리고 싶진 않았다. 나중에 적당한 시기가 오면 모두에게 말할 생각이었다.

"회사까지 빼먹고 남자와 함께 집에서 시간을 보내느라 온 가족을 걱정시키는 건 잘하는 짓이니?"

현서는 여전히 똑같이 반복되는 패턴의 생활에 치가 떨렸다.

"우린 헤어졌고, 지석 씨와는 남남이야. 지나친 참견은 그만해. 언제까지 그럴 거니?"

현서는 가라앉은 목소리로 차분하게 말했다.

"누구야, 말해. 누구냐고! 결혼하기 전부터 만나오던 그 녀석이지? 내가 모를 줄 알아? 결혼하고서도 뻔뻔하게 만났을 테지. 그리고 이혼해주고 나니 집에 끌어들이고 있어? 내가 그 녀석 그냥 둘 줄 알아? 물론 그전에 너부터 가만두지 않을 거야."

지석은 휴대전화를 꺼내 들더니 어딘가로 문자를 보냈다. 그의 행동에 기가 막힌 현서는 자리에서 벌떡 일어섰다.

"나가줘. 여기서, 당장!"

현서가 파르르 떨리는 손으로 문을 가리키며 말했다.

"이젠 나가라고까지. 대단하네, 이현서."

지석은 기가 막힌다는 표정을 짓더니 현서를 보며 헛웃음을 쳤다.

"남자를 집으로 끌어들이고도 아주 당당하다니. 어머님이 아시면 좋아하시겠구나."

현서는 울분을 참지 못하고 소리 질렀다.

"나가!"

지석은 휴대전화의 문자음을 듣고 태연하게 액정을 살펴봤다. 그리고 그녀의 눈을 파고들 듯 무섭게 노려봤다.

"권우진, 성진 어패럴 이사. 내가 아는 그 권우진이 맞겠지. 설마 다른 권우진이겠어, 안 그래?"

찰칵.

담배를 꺼내 피워 물며 연기를 그녀에게 내뿜었다. 혼자 사는 그녀의 집에서 무례하게 담배를 피워 문다는 건 그만큼 그도 화가 났음을 뜻하는 것일 테지만 현서는 참아낼 수가 없었다.

"더 이상 지석 씨한테 실망하지 않게 해줘."

현서는 떨리는 목소리로 말했다.

"제길!"

손에 들고 있던 라이터를 마룻바닥으로 힘껏 집어 던지며 자리에서 일어난 그는 현서를 죽일 듯 노려보며 소릴 질렀다.

"이현서, 실망이라고 했어, 지금? 그 말은 내가 해야 하는 거야, 네가 아니라. 알아? 날 기만한 건 너라고. 알아? 내가 핫바지로 보였지? 내가 그렇게 우스웠어? 내가 남자로 보이지도 않지?"

"미쳤어? 왜 소릴 지르는 거야."

"미쳤어. 어떻게 미치지 않아. 지금 네가 그 녀석과 만나서 무슨 짓을 했는지 다 아는데. 내가 어떻게 제정신으로 살아, 어떻게!"

지석이 일그러뜨린 얼굴로 현서에게 다가왔다. 현서는 한 걸음 뒤로 물러섰다. 하지만 뒤에 놓인 소파에 걸려 간신히 균형을 잡고 소파의 등받이를 짚었다.

"오지 마! 다가오지 마!"

"지금 너랑 하면 될 것도 같은데. 엄청 꼴리거든. 다른 남자한테는 어떻게 하는지 궁금하네, 이현서."

지석은 현서의 어깨를 덥석 잡고서는 그의 품으로 끌어당겼다. 그리고 고개를 숙여 현서의 입술을 거칠게 삼켰다.

"으, 읍!"

고개를 비트는 현서의 반항 때문에 얼굴을 떼어낸 지석은 난폭한 욕망에 물든 벌건 눈빛으로 그녀를 노려봤다.

충격을 받은 현서의 두 눈에서는 눈물이 흘러내렸다. 분하고 억울해서 절대로 울지 않겠다고 다짐해도, 거친 그의 행동에 놀란 현서는 자신도 모르고 울고 있었다.

"비켜!"

지석의 손을 떼어내고 그에게서 벗어났다. 마침 지석의 휴대전화가 울렸고, 지석은 휴대전화를 바라보더니 낮게 욕설을 내뱉으며 전화를 받았다.

"제길. 네, 뭐라고요? 그런 일이 있으면서 왜 진작 연락 안 했습니까. 알았어요."

지석은 전화를 끊은 뒤 머리를 거칠게 쓸어 넘긴 뒤 거친 한숨을 내쉬었다.

"장인어른 회사는 안중에도 없지? 그저 남자한테 빠져서 네가 왜 나한테 시집왔는지는 잊어버린 모양인데, 똑똑히 알게 해주지. 길거리에 한번 나앉아봐야 정신 차리지?"

"뭐? 그렇게 야비하게. 사람이 왜 그래! 이혼했잖아. 끝났잖아. 그래놓고 왜 그러는 거야!"

"그래, 끝났으니 확실하게 사업도 끝내보자고."

지석은 비열한 웃음을 지으며 현서를 노려보았다.

지이잉. 지이잉.

테이블 위에 올려진 현서의 휴대전화에 진동이 울렸다. 현서는 얼른 휴대전화를 집어 들고 전화를 받았다.

우진이었다. 그의 목소리를 듣자 서러움이 울컥 몰려왔다. 숨 죽인 채로 통화하는 것을 바라보던 지석의 두 눈이 순간 번쩍이더니 고함을 질러댔다.

"그 녀석이야? 이현서, 똑바로 말해!"

현서는 수화기를 손으로 막으며 재빨리 속삭였다.

"지금 좀 그런데, 제가 나중에 다시 전화 걸게요. 끊어요."

우진이 다급히 부르는 소리가 들려왔지만 그대로 끊을 수밖에 없었다. 이런 꼴을 우진에게 보일 순 없었다.

끊긴 휴대전화를 내려다보며 흐르는 눈물을 닦아냈다.

그녀의 이름을 부르는 우진의 애타는 목소리가 귓가를 맴돌았다.

"너, 어디 두고 봐. 각오 단단히 해야 할 거야. 내가 지금 바빠서 그냥 가지만, 금방 올 테니까 꼼짝 말고 있어."

지석은 무섭게 노려보다가 문을 힘껏 닫으며 나가버렸다.

현서는 그가 나가고 난 뒤 무너지듯 자리에 주저앉았다.

앞으로 그녀에게 닥칠 일이 눈에 선했다. 아픈 눈으로 주변을 둘러보았다. 이곳에서 우진과 나누었던 사랑이 꿈만 같아서, 채 하루도 가기 전에 산산이 깨어진 것만 같아 서글펐다.

베란다 창으로 비치는 회색빛 하늘에선 또다시 비가 내리기 시작했다. 빗방울을 하염없이 바라보던 현서는 휴대전화가 울리는 것을 보고 우진인가 싶어 재빨리 받았다.

"여보세요."

―실장님! 지금 방금 들어온 소식인데 큰일 났습니다.

박 팀장이었다.

"무슨 소리야? 큰일 나다니?"

―그게 말입니다. 성진 어패럴에서 우리 쪽과 계약을 파기하겠다는 소식이…….

"뭐? 갑자기 왜!"

―공문으로 온 건 아니고요. 아는 사람 통해서 들었어요. 디자인실에 아는 사람이 있는데, 벌써 공문이 내려갔다는데요.

"알겠어. 금방 갈게, 기다려."

―저, 몸도 안 좋으신데 죄송해요.

"아니야."

현서는 젖은 얼굴을 문질러 닦은 뒤 서둘러 옷을 챙겨 입었다. 직접 성진으로 가든지, 아니면 통화를 해보든지 해야 한다. 그쪽에서 일방적으로 계약 파기를 할 리는 없었다. 분명 지난번 일을 꼬투리 잡고 그러는 모양인데, 빨리 대책을 세워야 했다.

현서는 너무 정신없이 뛰어나오는 바람에 우산도 없이 내려왔다. 택시를 타면 괜찮을 거라 생각하며 비를 맞으면서 아파트 정문까지 뛰었다. 뛰는 동안에도 가슴속엔 복잡한 감정이 얽히고설켜 정신이 하나도 없었다. 오늘 우진과 반나절을 함께 보냈는데, 이토록 많은 일이 기다리고 있을 줄은 생각지도 못했었다. 그와 사랑을 나눈 기쁨은 온데간데없이 복잡한 마음만이 남아 머릿속을 어지럽게 했다.

앗! 차가워!

승용차가 웅덩이에 고인 빗물을 밟고 지나가 그 물세례를 고스란히 현서가 받아냈다. 현서는 흠뻑 젖어버린 저를 보며 힘없이 걸음을 멈추었다.

하아…….

난감한 표정으로 멍하니 아파트 정문을 바라보며 서 있었다. 숨이 차오른 그녀의 입에서는 하얀 입김이 새어 나왔다. 망연히 서서 쏟아지는 빗줄기를 보고, 젖은 제 옷을 내려다보았다.

다 부질없게 느껴지는 순간이었다. 이완된 감정 때문에 눈에서는 눈물이 솟구쳐 올랐다.

뭐가 이렇게 어렵고 힘이 드는지.

천천히 발걸음을 돌렸다.

뿌옇게 흐려진 눈앞은 제대로 사물이 보이지 않아 바닥만 바라보며 걸었다. 어금니를 깨물고 가슴 깊숙이 터져 나오는 오열을 참아내었다.

그런 그녀의 뒤로 자동차가 멈춰 서는 소리가 들렸다. 그 뒤로 차 문이 닫히고, 이어 그녀의 이름을 부르는 소리가 울려 퍼졌다.

"……현서? 현서야!"

빗물이 튀는 것도 아랑곳하지 않고 우진이 뛰어왔다. 고개를 숙이고 있는 그녀의 얼굴을 따스한 양손으로 붙잡고 눈을 맞추었다. 깊은 눈동자 가득 그녀를 담고서 정말 그녀가 맞는지 확인하듯 눈으로 하나하나 짚어가며 바라보았다.

현서는 얼굴을 타고 흐르는 빗물을 훔쳐내고 싶었다. 그의 얼굴이 제대로 보이지 않았다. 손으로 얼굴을 쓸어내려고 하던 찰나 그가 힘껏 끌어안았다.

"무슨 일이야, 현서야. 하아……. 왜 이러고 있는 거야."

현서는 아무 말도 못 하고 그냥 그렇게 가슴에 파묻혀 있었다. 이곳보다 좋은 곳이 또 있을까. 이렇게 그의 품에 안길 수 있는 것만으로도 감사했다.

이대로 죽어도 좋을 만큼 행복했다.

그런데도 눈물이 쉴 새 없이 흘러내렸다.

7.
널 삼키고 싶어

현서를 데리고 그의 오피스텔로 온 우진은 그녀를 먼저 욕실로 들여보냈다. 욕조에 뜨거운 물을 받고 그곳에서 언 몸을 녹이도록 했다.

　그녀가 목욕할 동안 우진은 방에 딸린 욕실로 들어갔다. 우진은 쏟아지는 샤워기 아래 물살을 고스란히 맞으며 한참을 서 있었다.

　……현서.

　무슨 일일까.

　비를 맞은 채 울면서도 끝까지 입술을 다물고 있던 그녀.

　우진의 마음이 점점 차갑게 가라앉았다. 선명하게 그녀의 아픔이 가슴에 와 닿을수록 그의 이성은 더욱 차갑고 냉철해졌다.

얼굴 위로 흘러내리는 물줄기를 양손으로 닦아내보지만 거세게 쏟아지는 샤워기의 물줄기는 금세 얼굴을 적셨다.

직접 알아보는 수밖에.

허공을 노려보는 우진의 시선에는 짙은 어둠이 내려앉았다.

샤워를 끝낸 우진은 회색 트레이닝 바지와 흰 티셔츠로 갈아입고, 젖은 머리카락을 털어내며 거실 쪽으로 나왔다. 아직 그녀가 나오기는 이른 시간이었다.

우진은 그녀에게 줄 따뜻한 차를 준비하러 주방 쪽으로 향했다. 아일랜드식 주방은 인테리어 잡지에나 나오는 곳처럼 현대적이고 감각적으로 꾸며져 있었지만, 사용한 흔적은 없었다. 우진은 서랍을 열어보더니 낮게 한숨을 내쉬었다. 한쪽 팔을 허리에 올리고 가만히 내려다보던 우진은 녹차를 꺼내 들었다.

그녀가 마실 것이라고는 커피와 녹차뿐이었다.

일단 물을 끓이고 녹차를 준비한 다음 거실로 나왔다.

너무 오래 있는데.

우진은 욕실을 바라보며 머뭇거리다가 그쪽으로 걸어갔다. 지나치게 조용한 탓이었다. 안에선 아무 소리도 들려오지 않았다.

우진의 미간이 서서히 좁혀졌다.

팔짱을 낀 채 벽에 기대섰다.

뭐지……?

우진은 얼굴을 굳히며 문을 두드렸다.

똑. 똑.

대답이 없었다. 혹시 쓰러진 건 아닌가 하는 불길한 생각이 들었다. 심장이 얼어붙는 것만 같았다. 우진은 황급히 문을 열고 안으로 들어갔다.

"현서야!"

다급한 목소리로 현서를 불렀다.

……하아, 현서야.

우진의 두 눈에 현서의 모습이 들어왔다. 현서는 욕조 안에서 무릎을 감싸 안고 얼굴을 기댄 채 울고 있었다. 가냘픈 어깨를 떨며 소리 없이 우는 현서를 보며 우진은 가만히 숨을 몰아쉬었다.

제일 먼저 그녀가 무사하다는 것에 대한 안도의 한숨이 새어 나왔다.

그다음은…….

미친놈.

목구멍에서 앓는 소리가 튀어나왔다.

지금 이 순간 어이없게도 그녀의 벗은 몸을 보며 반응하는 저를 깨닫고선 터트리는 소리였다. 어서 다가가서 그녀를 일으켜 세우고 욕조에서 꺼내야 하는데도 마음처럼 쉽게 다가서질 못했다. 우진은 손끝이 벌겋게 달아오를 만큼 흥분한 저를 보며 마디가 드러날 정도로 주먹을 힘껏 움켜쥐었다.

미치겠다.

우진은 숨을 천천히 내쉬며 이름을 불렀다.

"……현서야, 어서 일어나."

낮고도 그윽한 목소리. 그의 부름에 현서는 고개를 천천히 들고서는 우진을 올려다보았다. 물기를 잔뜩 머금은 그녀는 애처로 우면서도 아름다웠다. 고고하면서도 요염한 여체가 그를 눈을 사로잡았다.

우진은 억눌린 신음을 참아내며 묵묵히 바라보았다.

"……미안해요. 어서 나갈게요."

현서는 얼굴로 흘러내린 긴 머리카락을 내버려둔 채 천천히 몸을 일으켰다.

물이 뚝뚝 떨어지는 그녀의 흰 나신.

우진은 차마 그 모습을 보지 못하고 고개를 돌렸다. 참고 있기 힘들었다. 단아한 어깨와 긴 목덜미, 잘록한 허리와 완만한 곡선의 엉덩이, 그 아래 쭉 뻗은 다리…….

우진은 이글거리는 눈빛을 뒤로한 채 돌아섰다. 어서 그녀가 가운을 걸치길 바라며 말이다.

"우진 씨……."

그녀가 부르는 소리에 다 된 모양이라 생각하며 우진은 뒤돌아섰다.

……너!

우진의 눈동자가 사정없이 흔들렸다.

눈부시도록 아름다운 나신이 고스란히 다가왔다.

한 치의 망설임도 없이 그의 품으로 안겨드는 여체. 우진은 급하게 숨을 들이켰다.

"……현서야."

이글거리는 눈동자에 스친 놀라움은 곧바로 짙은 욕망으로 변해버렸다.

"……안아줘요. 아무 생각도 나지 않게. 내가 이현서란 사실을 잊어버릴 수 있도록…… 제발……!"

현서는 아찔할 만큼 관능적인 모습으로 그를 유혹했다. 저가 무슨 짓을 하고 있는지 전혀 모를 것이다.

우진은 혼자만 들을 수 있는 소리로 욕설을 내뱉었다.

"젠장!"

욕망을 억제하기 위해 최대한 노력하는 그에게 기름을 퍼붓는 그녀.

우진은 마른손으로 얼굴을 문질렀다.

그녀의 달싹이듯 촉촉한 입술이 애원했다.

"제발……!"

한 번 더.

우진의 깊고 짙은 눈동자가 크게 일렁였다.

현서야.

현서의 검은 눈동자에 고스란히 그의 모습이 담겨 있었다. 우진은 그녀를 밀어내지도, 그렇다고 안지도 못하고 어정쩡하게 주먹만 움켜쥔 채로 서 있었다.

파르르 떨리는 긴 속눈썹, 마치 심장을 간질이듯 부드럽게 팔랑인다.

그 안에 담긴 물기를 머금은 새까만 눈동자, 그 눈동자가 오롯이 그를 바라보고 있다는 사실, 그것 하나만으로도 우진은 지독한 열망에 몸서리쳤다.

그의 몸을 감싸는 젖은 나신은 몸에 착 달라붙는 것처럼 나긋

하고 관능적이었다.

짙은 유혹에 내부가 뜨겁게 타올랐다. 하지만 어서 이곳에서 나가야 한다. 그녀의 서늘한 체온이 그걸 말해주고 있었다.

우진은 말없이 현서를 양팔로 안아 들었다. 그리고 벽에 걸린 가운을 들어 그녀를 감쌌다.

그의 목덜미에 얼굴을 묻으며 파고드는 현서는 뜨거운 숨결을 내뿜었다. 짜릿한 감각이 혈관을 타고 순식간에 온몸을 휘돌았다. 급박하게 뛰는 심장의 고동 소리가 그녀의 귀에도 고스란히 전해질 것 같았다.

우진은 현서를 아로새기듯 바라보며 천천히 욕실을 벗어났다. 불안정한 현서를 이대로 안을 수는 없었다.

그는 그녀를 방으로 데려가 조심스럽게 침대에 눕힌 뒤 커다란 이불을 턱 끝까지 당겨 덮어주었다.

"한숨 푹 자고 나면 나아질 거야."

여전히 애원하는 듯 바라보는 현서의 시선. 우진은 그 뜨거운 눈빛에 사로잡혀 옴짝달싹하지 못했다. 흔들리는 눈동자를 간신히 떼어내고 마른 혀를 축이며 말했다.

"……자."

떨리는 손을 뻗어 젖은 머리카락을 부드럽게 쓰다듬었다. 그 손길에 현서는 스르르 눈을 감았다. 우진은 그녀가 고른 숨을 내쉴 때까지 머리를 쓰다듬었다.

얼마나 그렇게 앉아 있었을까. 현서가 깊게 잠이 든 걸 확인한 뒤 우진은 조심스럽게 침실을 빠져나왔다.

하아!

이제야 큰 숨이 쉬어졌다.

목이 말랐다.

애가 탔다.

속이 끓어올랐다.

이 모든 것이 이현서, 그녀가 불러일으키는 감정이었다.

욕망으로 뒤엉킨 감정 외에도 저릿하게 가슴을 꿰뚫는 통증에 미간을 찌푸렸다.

우진은 냉장고에서 시원한 맥주를 꺼내 들고 베란다로 향했다.

달칵.

캔의 입구를 따자 거품이 위로 솟구쳤다. 우진은 단숨에 맥주를 들이켜며 타는 듯한 갈증을 씻어냈다.

우진은 복잡한 시선으로 머리를 쓸어 넘기고 밖을 내다보았다.

짙은 회색빛 하늘은 여전히 비를 뿌리고 있었다. 점점 어두워지는 것을 보니 시간이 제법 된 듯했다. 회사로 다시 들어가기에는 늦었단 생각에 휴대전화를 들고 김 실장에게 전화를 걸었다.

"김 실장님, 오늘 회사에 들어가지 못할 것 같습니다. ……그리고 제가 부탁한 건 어떻게 됐습니까. ……네. 내일 뵙겠습니다."

피가 거꾸로 솟는 것처럼 신경이 타올랐다.

얕게 한숨을 내뱉은 우진은 현서가 누워 있는 방을 수 초간 응시하고서는 다시 베란다 밖으로 시선을 돌렸다.

쾅!

우진은 주먹으로 베란다 창을 힘껏 내리쳤다. 집 전체가 울리는 듯했다. 아파트 입구에서 흠뻑 젖은 채 걷고 있던 현서의 모습이 다시 떠올랐다.

갑자기 치밀어 오르는 분노 비슷한 감정은 그것 때문이었다. 차가운 비를 맞는 여자가 현서인 것을 알고 얼마나 당황했던가.

그 짧은 순간에 우진의 머릿속에는 온갖 생각들이 스치고 지나갔었다.

온통 의문투성이.

심장이 우지끈 소리를 내며 내려앉았다.

오늘 차라리 회사에 나가지 않았다면 괜찮았을까.

애초에 그녀의 집 앞으로 오지 않았다면 괜찮았을까.

만약, 만약에, 만약에 그랬다면, 그 만약이라는 생각이 그를 끊임없이 괴롭혔다.

정말 만약을 가정한다면 5년 전으로 거슬러 올라가야 마땅했다.

그때 헤어지지 말았어야 했다.

떠나는 그녀를 그때 붙잡았어야 했다.

그의 상념을 깨우듯 거실에서 휴대전화가 울렸다. 우진은 손바닥으로 얼굴을 문지르며 피곤한 시선을 돌렸다. 소파에서 울리는 휴대전화. 현서의 휴대전화였다.

우진은 눈을 빛내며 휴대전화 쪽으로 다가갔다.

액정에는 '지석'이라고 떴다.

그 두 글자를 무섭게 노려보던 우진이 휴대전화를 받아 들었다.

신호가 떨어지자마자 들려오는 남자의 다급한 목소리.

—이현서, 집에도 없고 어디 간 거야.

애가 타는 목소리만으로도 남자의 상태가 짐작이 갔다.

그래, 돌아가시겠지.

아직도 미련을 버리지 못하고 현서를 괴롭히는 괴물이 되어 주위를 맴돌다니.

우진은 날카로운 눈빛으로 한곳을 노려보며 낮게 깔린 목소리로 대답했다.

"현서, 나와 같이 있는데. 너 누구야."

—여보세요? 이봐, 누군데 현서 전화를 받는 거야.

"권우진인데. 그러는 너는 누구야."

우진은 비딱하게 입꼬리를 올리며 상대방을 비웃었다. 하지만 그의 미간에는 서서히 주름이 잡혀갔다.

—권우진, 네가 왜 현서 전화를 받는 거야. 현서 바꿔.

"현서는 자고 있어서 전화 받기 곤란한데."

—현서 바꿔. 당장!

"내 여자를 당당하게 찾는 남자라. 어느 골 빈 놈이 전화를 순순히 바꿔줄까. 좋은 말 할 때 끊어. 그리고 두 번 다시 전화하지 마."

우진은 전화를 끊은 뒤 다시 울리는 휴대전화를 굳은 얼굴로 무섭게 노려봤다.

"젠장!"

거친 감정을 주체하지 못해 낮게 욕설을 뇌까렸다. 부글거리며
화가 나는 속을 어쩌지 못하고 애꿎은 주먹만 쥐었다 폈다를 반복
하던 우진은 결국 휴대전화 전원을 꺼버렸다.

"우진 씨……."

날카롭게 긴장된 공기를 가르고 현서의 목소리가 들려왔다.

우진은 서둘러 표정을 정돈하고 현서를 바라보았다.

"어, 왜 벌써 일어났어."

"누구…… 전화였어요?"

우진은 들고 있던 휴대전화를 그녀 앞으로 내밀었다. 현서는
그것을 받아 들고서는 전원이 꺼진 휴대전화를 말없이 바라보았
다.

그녀의 파리한 얼굴에 조금은 혈기가 돌아온 듯했다. 긴 속눈
썹이 너울대듯 팔랑이며 다시 시선을 맞춰왔다.

"성진 어패럴에서 계약을 해지하겠다는 통보를 할지도 모른
다던데. 알고 있나요?"

슬쩍 다른 쪽으로 말을 이끌고 가는 그녀.

그 사실이 벌써 그녀의 귀에 들어갔다는 것만으로도 기가 찼지
만, 중요한 것은 그따위 회사 이야기가 아니었다. 그녀가 힘들어
하는 이유, 지석인가 뭔가가 그녀에게 무슨 짓을 했는지가 더 중
요했다. 그리고 둘 사이에 아직 끝나지 않은 무언가가 있는지 알
아야 했다.

"그것보다도 지금 전남편이 왜 이렇게 연락을 하는 거지? 내가 모르고 있는 뭔가가 있나."

의도치 않게 우진의 목소리가 강퍅하게 새어 나왔다.

그의 냉정한 모습을 마냥 흔들리는 눈동자로 지켜보던 현서는 고개를 저으며 말했다.

"없어요. 아무것도."

"그쪽은 바짝 애가 닳았던데."

"아니에요. 그만 가볼게요."

현서는 흔들리는 발걸음으로 제 옷이 걸려 있는 곳으로 향했다.

우진은 돌아서는 현서의 팔목을 움켜잡았다.

"날 봐."

갈라진 목소리가 새어 나왔다.

"회, 회사에 가야 해요. 지금은 이럴 시간이 없어요."

"······현서야."

우진은 현서를 끌어당겨 품에 안았다. 그녀의 목덜미에 얼굴을 묻고 가운 깃 사이로 손을 집어넣어 매끄러운 몸을 쓰다듬었다.

미약한 반항이 느껴졌지만, 우진은 멈추지 않았다.

불안한 마음이 갑자기 파고들었다. 그녀가 행여나 다른 생각을 하고 그를 지레 포기해버릴 것만 같은 기분이었다. 불안한 예감이 가슴을 조여왔다.

우진은 생각을 떨쳐버리듯 현서의 목덜미에 파고들어 집요하게 핥아댔다.

현서는 그의 농밀한 행위에 고개를 젖히며 숨을 몰아쉬었다. 들썩이는 가슴이 부풀어 올랐다.

"……안고 싶어."

현서는 그의 물음에 화답하듯 머리카락 속으로 손가락을 파묻었다.

어느새 벗겨진 가운은 거실 바닥에 흘러내렸고, 우진의 손은 그녀의 은밀한 수풀을 가르고 깊숙이 파고들어왔다. 부드럽게 겹쳐진 입술 사이로 우진의 신음이 새어 나왔다. 단단하게 긴장한 채 꿈틀거리는 우진의 분신은 이미 들어갈 준비를 마친 상태였다. 우진은 바지 앞을 내린 채로 현서의 다리 한쪽을 들어 올려 깊숙이 몸을 묻었다.

하아, 신음이 새어 나왔다.

현서의 달뜬 입술에서 흘러나오는 신음을 제 입술로 막으며 삼켜버렸다.

소리조차도 놓칠 수 없다는 듯 우진은 모든 것을 삼켜버렸다.

그의 어깨를 양손으로 짚은 채 힘겹게 따라오는 현서의 움직임에 우진은 참을 수 없는 격정을 느꼈다.

더, 더, 더 깊이 들어가고 싶다는 욕망이 끊임없이 그를 자극했다.

우진의 움직임이 시작되고 현서의 가쁜 호흡이 새어 나왔다. 서로 맞물린 곳의 열기가 서서히 피어오르고 움직임이 점차 빨라졌다. 우진의 새까만 눈동자는 현서의 얼굴을 삼켜버릴 듯 집요하게 더듬고 있었다.

손을 뻗어 현서의 가슴을 어루만지다가 고개를 숙여 가슴을 입안 가득 삼켰다. 혀로 돋아난 유두를 비벼대고 이로 잘근거리자 그녀의 깊은 곳이 더욱 조여왔다. 우진은 참을 수 없는 아찔함에 힘껏 허리를 쳐올렸다. 현서의 입에서는 교성이 터져 나왔다.

"아아……."

"하아…… 현서야."

우진의 입에서는 거친 목소리가 새어 나왔다. 그녀의 이름을 부르며 지금 안고 있는 사람이 누구인지 보라고 그녀를 일깨웠다.

강렬한 쾌감에 우진은 미간을 찌푸리며 그녀의 가슴을 더욱 힘껏 움켜쥐었다.

하지만 미흡했다.

부족했다.

우진은 현서의 안에서 쑥 빠져나왔다.

놀란 현서는 내리뜬 눈을 동그랗게 뜨며 그를 바라보았다.

우진은 현서를 안아 들고 소파로 향했다. 소파에 앉아 그녀를 제 허벅지 위에 앉혔다.

미끈하고 따뜻한 그녀의 깊은 곳에서 들어가기 위해 그의 분신이 껄떡이며 들이대고 있었다.

현서는 그의 것을 손으로 잡고 제 안으로 인도했다.

엉덩이를 스스로 낮추며 깊게 몸을 묻었다.

그를 품는 현서의 얼굴에도 미세한 떨림이 고스란히 전해져왔다. 우진은 짙은 한숨을 토해내며 그녀가 힘껏 조여오는 것에 익숙해지려 이를 악물었다.

현서는 서서히 엉덩이를 움직이며 그를 희롱했다. 우진은 그런 현서를 저지하듯 가슴을 양손으로 그러모아 입안 가득 삼키며 힘껏 빨아 당겼다.

먹어도, 먹어도 부족한 그녀.

우진은 정성스럽게 가슴을 애무하고 촉촉이 젖은 가슴을 얼굴로 비벼댔다.

현서는 한껏 흐트러진 자세로 그를 내려다보고 있었다. 우진은 고개를 떼어내고 서서히 손을 내려 그녀의 납작한 아랫배를 쓰다듬고 수풀 속을 어루만졌다.

민감하게 솟아난 부분을 검지로 비벼대자 현서의 허리가 뒤로 휘어졌다.

우진은 다시 그곳에 힘을 주어 문질렀다.

"하흑!"

현서는 허리를 비틀며 그를 조여왔다. 우진은 허리를 튕겨 올리며 그녀를 공격하듯 밀어붙였다. 현서는 스스로 더 큰 절정을 찾아가듯 허리를 움직였다.

절정의 문턱에서 우진은 최대한 인내를 하며 참아냈다. 느릿하게 빠르게, 얕게 깊게, 뜨거운 곳을 파고들며 그녀를 자극했다. 그리고 손으로 더 빠르게 비벼대며, 입으로 가슴을 삼키며 핥아댔다.

"아, 우진 씨…… 갈 것 같아. 그, 그만."

현서의 눈동자가 위로 치켜떠지며 입꼬리가 위로 올라갔다. 우진은 파르르 떨리는 그녀의 속눈썹까지 하나도 놓치지 않고 지켜보았다. 검은 눈동자로 그녀를 더듬듯 살폈다.

그녀의 허리가 휘며 그를 힘껏 조여오는 순간 우진의 눈앞이 새하얗게 변해버렸다.

아찔한 쾌감이 척추를 따라 머리끝까지 치솟았다. 우진은 그 순간 격렬하게 허리를 움직이며 힘껏 안으로 밀어붙였다. 마침내 모든 것을 쏟아내는 순간 억눌렀던 신음이 터져 나왔다.

현서는 그의 사정과 동시에 다시 한차례 몰려오는 쾌감에 비명을 지르며 가슴으로 무너져내렸다. 단단히 받쳐 올린 우진은 터질 것처럼 두근거리는 가슴을 진정시키며 그녀의 젖은 등을 손으로 쓸어내렸다.

얼마나 이렇게 안고 있었을까. 가슴의 박동이 정상을 찾아갈 무렵 우진은 서서히 부피를 키워나갔다. 몽롱한 듯 짙은 눈을 가늘게 뜨고 현서를 쳐다봤다.

현서의 상기된 얼굴과 요염한 몸은 다시 그를 세우기에 충분했다. 우진은 여전히 그녀 안에 머무르며 힘껏 끌어안았다.

"하아…… 널 삼키고 싶어."

젖은 시선으로 그를 바라보는 현서는 세상의 어떤 여자보다 아름다웠다. 평소의 순수함은 열정을 가득 담은 요염함으로 변해 있었다. 짜릿한 쾌감이 등줄기를 파고들었다.

다시는 놓치지 않을 것이다.

다시는 내 품에서 떠나지 않도록 할 것이다.

사랑한다.

푸른 새벽의 공기가 차가웠다. 우진은 현서를 아파트 앞까지 데려다준 뒤 되돌아갔다. 현서는 그의 차가 사라지는 것까지 보고 서는 아파트 현관으로 들어섰다. 손에는 아직도 그의 온기가 남아 있는 것만 같았다. 그 온기를 놓치기 싫어 코트 주머니에 얼른 집 어넣었다.

차를 타고 집까지 오는 내내 그는 아무런 말도 하지 않았지만, 꽉 쥐고 있던 손만큼은 절대로 놓지 않았었다.

그것이 무얼 의미하는지 알고 있다. 이제 다시 도망치거나 헤 어지는 일은 없어야 한다는 무언의 약속이자 다짐이었다. 현서는 가슴 가득 차오르는 그의 사랑에 희미한 미소를 지었다.

엘리베이터에서 내린 뒤 현관문 앞으로 다가가서 비밀번호를 눌렀다. 잠금 해제 소리가 고요한 복도를 울렸다. 현관의 센서등 이 켜지고, 안으로 들어선 현서는 낯선 신발을 보며 우뚝 걸음을 멈추었다. 천천히 고개를 들어 거실 쪽을 쳐다보자 그곳에는 하 여사가 꼿꼿하게 앉은 자세로 그녀를 노려보고 있었다.

불도 켜지 않고 어둠 속에서 그녀를 쳐다보는 엄마의 모습이 마치 환영처럼 느껴졌다.

"……어, 엄마?"

"그래. 지금 이 시간에 들어오는 거니?"

차갑고 냉정한 목소리에 심장이 쿵 하고 내려앉았다.

그녀의 예상이 제발 빗나가기를 기도하며 천천히 걸어 들어갔 다.

"무슨 일이야. 이렇게 일찍."

현서는 애써 태연한 척 아무렇지도 않게 말했다. 지금 여기서 그녀가 할 수 있는 것은 그것밖에 없었다.

"지금까지 어디서 무얼 하다가 지금 오는 거니."

하 여사의 목소리는 찬 서리가 내린 것처럼 냉랭했다.

"어? 그, 그러니까……."

"남자랑 같이 있었니?"

"……!"

현서는 가방을 바닥에 내려놓으며 코트를 벗었다. 이미 다 알고 온 그녀에게 거짓말을 해도 통할 리가 없다고 생각했다.

"그래요."

차분하면서도 담담하게 대답했다.

"하! 너 정말."

하 여사는 세상이 무너지는 얼굴을 하며 현서에게 다가왔다.

"내가 너를 어떻게 길렀는데. 감히!"

짝!

순간 현서의 고개가 휙 돌아갔다. 어떤 일이 있어도 손찌검을 하진 않았었다. 그런데 지금 현서의 뺨을 스치고 지나간 것은 분명 하 여사의 손이었다.

현서는 한 손으로 뺨을 만지며 하 여사를 쳐다봤다. 그러곤 아랫입술을 지그시 누르고 터지려는 울음을 참아냈다.

"감히, 남자와 잠을 자고 들어와?"

이성을 잃은 하 여사의 눈에는 불꽃이 튀었다.

"네가 그러고도 사람이니! 아무리 이혼했다고 하지만, 그렇다고 여자가 새벽이슬 밟고 다니라는 법은 없는 거야. 게다가 너와 재결합하기 바라는 서 서방을 놔두고 어떻게! 서 서방이 우리 집 안에 어떤 사람인지 몰라서 그러는 거야? 네 아버지 길거리 나앉아봐야 속이 시원하겠니!"

현서는 그냥 눈을 감았다.

끝나지 않는 이야기. 언제까지 거기에 얽매여 있어야 하나.

암담했다.

"이혼할 때도 그랬어. 간신히 서 서방 마음 달래고 기다려보자고 했더니, 이젠 보란 듯이 바람을 피워? 내가 너를 그렇게 가르쳤니!"

그때 누군가가 그녀의 집으로 들어왔다. 현준이었다. 그는 허겁지겁 현관을 들어서며 하 여사 앞으로 달려왔다.

"엄마, 여기서 이러고 계시면 어떡해요."

"현준아, 내가 얼굴을 어떻게 들고 다니겠니. 무슨 낯으로 지석이를 봐."

"너는 어서 잘못했다고 빌어. 어서."

현준이 현서를 향해 소릴 질렀다.

하지만 현서는 아무런 말도 할 수가 없었다.

"서 서방을 어떻게 보니. 서 서방이 저를 얼마나 예뻐했니."

"엄마, 둘이 알아서 하게 내버려둬요. 현서도 이제 제가 알아서 할 나이예요. 언제까지 이래라저래라 할 거야."

"그래서 너는 하나밖에 없는 여동생이 외박이나 하고 돌아다니는데 그냥 놔둘 거야? 아무 남자나 만나서 새벽이슬 밟고 다니는데도 그냥 두느냐고."

"현서, 너!"

현준이 현서를 향해 고함을 질렀다. 그는 그녀가 외박하고 왔는지는 몰랐던 모양이었다.

"엄마 모시고 돌아가줘. 출근해야 해."

현서는 차분하게 말한 뒤 자리를 비켜나서 방으로 들어갔다. 한차례 거실에서 소동이 있고 난 뒤, 하 여사는 집으로 돌아갔다.

현서는 침대 위에 무너지듯 주저앉았다.

목이 메어왔다. 지금까지 그녀의 인생은 단 한 번도 그녀의 인생이었던 적이 없었다. 그저 예쁜 딸, 귀여운 딸, 사랑받는 딸의 모습으로 살아왔다. 싫다고 울거나 떼를 쓰거나 투정을 부린 적이 없었다. 버림받지 않기 위해 그렇게 살았었다. 그런데 언제까지 이렇게 살아야 하는 걸까.

지금이라도 지석에게 돌아가면 그녀는 여전히 사랑받는 딸로서 살아갈 수 있는 걸까.

허망했다.

현서의 멍한 눈동자가 거울 속의 자신을 들여다보고 있었다.

발갛게 부푼 뺨에는 손자국이 선명했다.

처음으로 엄마에게 맞았다.

따귀 한 대에 내쳐지는 것만 같아 가슴이 더 쓰라렸다.

가족을 버리고 우진에게 간다면 우진은 이런 저를 받아줄까.

과연 그쪽 집에서는 천애 고아에 이혼녀인 저를 아무런 내색

없이 받아들일까.

머릿속이 복잡했다.

어떻게 살아야 할지 막막했다.

현서는 거울 앞에 앉아서 그 어느 때보다도 공을 들여 화장했다. 얼굴에 난 손자국을 지우기 위해 볼 터치도 과감하게 했다. 화장을 마치자 거울 속에 또 다른 그녀가 있었다. 현서는 일그러진 얼굴을 펴며 입꼬리를 올렸다.

어떻게든 살아내는 게 인생이라는 것쯤은 익히 알고 있었다. 그렇기에 이제는 버려지는 것에 익숙해져야 할지도 모르겠다.

현서는 붉은 립글로스에 어울리는 붉은 팔찌를 꺼냈다. 우진이 그녀에게 만들어주었던 팔찌였다. 지금은 이것으로 버텨낼 생각이었다.

가슴에 뚫린 커다란 구멍에 공허한 바람이 들어찼다.

서둘러 옷을 갈아입고 집을 나섰다.

비가 내린 뒤 길에 떨어진 낙엽들은 사람들의 발에 밟히고 짓이겨져 처참한 모습이었다. 무심코 밟아왔던 낙엽들의 비명이 들려오는 것만 같았다. 무겁게 내려앉은 가슴을 다독이며 회사로 향했다.

"실장님, 몸은 괜찮으세요?"

박 팀장이 인사를 해왔다. 현서는 고개를 끄덕이며 빠른 걸음으로 제 방에 들어갔다.

"오늘 화장이 좀 과하시네요. 아무리 그래도 아파 보이십니다."

박 팀장이 뒤를 따라와서 말을 걸었다.

"성진 어패럴 건은 내가 알아볼게. 조금 기다려보자. 아직 정확한 공문은 오지 않았지?"

"네, 그런 건 없었습니다."

"그럼 기다려보자. 다른 특별한 사항은?"

"없어요. 그나저나 분위기가 그렇다던데 걱정이네요."

"가서 일 봐."

현서는 무슨 일이 있더라도 반드시 다음 오더를 받아내리라 다짐했다.

"성진에 가서 다음 오더를 직접 받아 올 테니까 그렇게 알아."

"역시 실장님이십니다."

"싱거운 소리 하지 말고, 지금 한가해? 이럴 때가 아닐 텐데."

"절대 안 한가합니다."

박 팀장은 부리나케 사무실을 뛰쳐나갔다. 현서는 그 모습에 피식 웃고서는 자리에 앉았다. 그리고 휴대전화를 꺼내 최 팀장에게 전화를 걸었다. 지금이 아니면 통화하기가 힘들다는 판단에 이른 시간이었지만 전화를 걸었다.

"디자인실 최 팀장님 부탁합니다. 뉴골든 주얼리 이현서 실장입니다."

-잠시만 기다리세요.

수화기를 통해 상대방 대화 내용이 간간이 들려왔다. 최 팀장으로 생각되는 여자가 날카롭게 '누구?'라고 되묻는 소리뿐만 아니라 주변의 잡다한 소리까지 들려왔다. 현서는 펜을 쥔 손으로 책상을 천천히 두드리며 그녀가 전화를 받기를 기다렸다.

-여보세요?

최 팀장의 목소리는 날이 서 있었다.

"이현서 실장입니다. 이번에 오더는 어떻게 됐는지 여쭤보려고 전화드렸습니다."

-그게 좀 기다려야 할 것 같아요. 아직 내부적으로 결정 나지 않은 게 있어서. 좀 기다리세요.

"그럼 언제쯤이면 알 수 있을까요."

-저희도 지금 아직 정확히는 알 수 없어요. 결정 나면 연락드릴게요.

뚝.

최 팀장이 먼저 전화를 끊어버렸다. 현서는 가만히 화를 누르며 천천히 수화기를 내려놓았다.

여전히 무례하고 버릇없는 여자였다.

팔짱을 끼고 전화기를 노려봤다. 아무래도 쉽지 않겠다는 생각에 직접 찾아갈까 싶은 마음도 들었지만, 우진이 그들의 책임자이다 보니 함부로 나설 수도 없었다.

이제 조금 있으면 홍콩 주얼리&젬페어에 참석해야 한다. 그곳에서 이번에 마운팅 주얼리 제품을 전시할 계획이었다. 지금 빨리 성진 어패럴 오더 제품을 제작한 뒤, 마운팅 주얼리 제작에 힘을 쏟아야 했다. 자칫하다가는 양쪽 다 힘들게 될지도 모른다는 불안감이 엄습했다.

현서는 생산팀장을 만나 이 부분에 대해 의논을 해야겠다는 생각으로 자리에서 일어났다.

사무실을 나가기 전 거울을 들여다보았다. 왼쪽 뺨은 여전히 붉은 손자국이 보였다. 자세히 보지 않으면 모르겠지만, 눈썰미가 있는 사람이라면 대번에 알아차릴 정도였다. 냉찜질이라도 했더라면 한결 나았을 텐데. 그녀의 부주의였다.

현서는 최대한 머리카락으로 뺨을 가린 채 사무실을 나섰다.

우진은 임원진 회의를 마친 뒤 최 팀장을 호출했다.

책상 앞에 앉은 우진은 최 팀장이 다시 올린 보고서를 검토했다. 여전히 뉴골든 주얼리에 대한 반응은 회의적이었다.

디자이너 모두 사표 낼 각오까지 하라고 했지만, 그의 말을 우습게 아는 것인지, 아니면 정말 뉴골든 주얼리의 제품이 보잘것없는지 분간이 가질 않았다. 그렇다면 이들이 의심하는 뉴골든 주얼리의 액세서리 제작 공정 과정을 직접 보면 될 터였다. 두말하지 않게 하려고 우진은 직접 뉴골든 주얼리 회사로 찾아갈 생각이었다. 물론 최 팀장을 데리고 갈 생각이었다.

노크 소리와 함께 최 팀장이 들어왔다.

"부르셨습니까, 이사님."

"최 팀장, 지금 당장 뉴골든 주얼리로 갈 준비해. 우리가 간다는 소리를 하지 말고 직접 가서 확인해보자고. 말 그대로 정말 형편없는 곳인지 두 눈으로 확인하고, 정말 그렇다면 두 번 다시 이런 곳과는 거래할 수 없도록 못을 박을 테니."

"지금 말씀이십니까?"

최 팀장이 당황한 얼굴로 우진을 바라보았다.

"그래. 무슨 문제 있나? 지금 다른 업체도 모두 홍콩 주얼리&젬페어에 참석할 물품을 만든다고 정신없는데 뉴골든 주얼리가 아니면 어디 해줄 곳이라도 알아봤어? 없잖아. 그러니까 빨리 서둘러야 해."

"네, 알겠습니다."

"지금 주차장으로 빨리 내려와."

"네."

최 팀장은 서둘러 사무실을 빠져나갔고, 우진은 냉담한 표정으로 그 뒷모습을 바라보았다.

이제 조금 있으면 뉴골든 주얼리도 홍콩 행사에 참석할 준비를 해야 하는데, 이곳에서 하청 물건을 놓고 자꾸 트집을 잡게 되면 현서가 상당히 곤란해지게 된다. 우진은 그것을 막기 위해 빨리 결정을 지을 생각이었다.

그가 재킷을 걸치고 사무실을 빠져나갔다.

뉴골든 주얼리 회사 주차장에 차를 세운 우진은 곧장 사장실로 전화를 넣었다. 잠시 사장이 오기를 기다렸다.

현서가 일하는 곳에 왔으니 현서의 얼굴을 보고 가야겠지.

우진은 현서 생각에 슬그머니 입꼬리가 위로 올라갔다. 옆에 있던 최 팀장은 의아한 듯 우진을 바라보다가 눈이 마주치자 얼른 시선을 내렸다.

"이사님, 어떻게 이런 누추한 곳까지 직접 나오셨습니까."

뉴골든 주얼리의 사장이 주차장 앞으로 뛰어나왔다.

우진은 그와 악수를 한 뒤 정중하게 말했다.

"저, 죄송합니다만 생산 라인을 볼 수 있을까요. 지금 우리 회사에서 직접 뉴골든 주얼리의 제품 제작 과정을 보고 싶다고 해서 이렇게 실례를 무릅쓰고 왔습니다."

"얼마든지요. 이리로 오시죠."

우진은 최 팀장과 함께 사장의 안내를 받아 자리를 옮겼다.

공장은 액세서리의 베이스를 제작하는 곳과 부품이나 베이스로 조립해서 완제품을 만드는 라인이 따로 있었다.

액세서리의 경우 단일 부품으로 완성품이 만들어지는 경우는 극히 드물어서 철저히 분업화가 되어 있고, 공장마다 점조직처럼 연계되어 있었다.

뉴골든 주얼리도 마찬가지로 그 점조직을 활용하지만, 대부분 액세서리는 자체적으로 생산할 수 있을 만큼의 경쟁력을 갖추고 있었다.

아주 체계적으로 액세서리가 제작되는 것을 지켜본 우진은 최 팀장을 향해 물었다.

"어떻습니까, 최 팀장."

"네, 제법 규모도 크고, 체계적입니다."

"제법이 아니라 상당히 체계적인 편이지. 안 그래?"

"네."

최 팀장의 얼굴이 벌게졌다.

"회사에 들어가서 다시 말하겠지만, 디자인 팀장으로서 한 경솔한 언행이 어떤 결과를 초래한다는 것을 내 선에서 확실히 알게 해줄 생각인데, 제대로 각오하는 편이 좋을 거야."

우진은 최 팀장에게 엄포를 놓은 뒤 완제품을 만들고 있는 곳으로 향했다.

"어이, 생산팀장, 이리 와. 성진 어패럴 이사님께서 오셨어."

사장이 큰 소리로 부르자 40대 중반의 생산팀장이 반색하며 달려왔다.

"어떻게 여기까지 직접 오셨습니까. 처음 뵙겠습니다, 생산팀장입니다."

"네, 권우진 이사입니다. 고생이 많으십니다."

"안녕하세요, 디자인실 최 팀장입니다."

"네, 두 분 다 이쪽으로 오시죠."

생산팀장은 두 사람을 이끌고 현서가 있는 곳으로 오고 있었다. 현서는 우진을 보고 멍하니 서 있었다. 지금 이곳에 그가 나타났다는 사실이 믿기지 않았다. 생산팀장과 의논을 하고 있던 현서는 갑작스러운 그의 등장에 할 말을 잃고 말았다.

"이 실장, 인사해. 아시지? 성진 어패럴 이사님이셔. 그리고 옆에는 최 팀장님."

"네, 안녕하십니까. 이사님, 최 팀장님."

"고생 많으십니다."

우진이 슬그머니 미소를 지으며 인사를 해왔다. 현서는 얼른 고개를 숙이며 행여나 그가 눈치챌까 봐 머리카락을 내려 볼을 가렸다.

최 팀장은 못마땅한 표정으로 옆에 서 있었다.

우진은 현서가 다른 날과 달리 유난히 진하게 화장을 한 것을 보며 의아한 눈빛으로 쳐다봤다. 하지만 고개를 숙인 현서는 그의 시선을 알아채지 못했다.

"저, 그럼 제가 안내를 하겠습니다. 여기부터 보시면⋯⋯."

생산팀장의 말에 우진은 현서를 한 번 더 쳐다봤다. 여전히 고개를 숙인 채 서 있는 그녀를 보며 우진은 희미한 미소를 지었다. 그녀와 헤어지는 게 아쉬웠지만, 지금은 시찰을 해야 했다.

두 사람은 생산팀장과 함께 제작 과정을 세세하게 둘러본 뒤 건물 밖으로 나왔다.

"감사합니다. 저희는 이만 돌아가도록 하겠습니다."

우진이 생산팀장과 사장에게 인사를 했다.

"갑작스럽게 오셔서 대접이 소홀합니다. 죄송합니다."

"무슨 말씀을. 아닙니다. 저희가 방해만 한 것 같네요. 이만 가보겠습니다. 그럼."

우진은 정중하게 인사를 하고 주차장으로 향했다.

"최 팀장은 먼저 회사로 들어가."

옆에 서 있던 최 팀장을 향해 우진이 말했다. 최 팀장이 영문을 몰라 머뭇거리자 우진이 한 번 더 쐐기를 박았다.

"회사에 들어가서 보고서를 사실 그대로 정확하게 작성해서 내 자리에 올려놓도록."

"네, 그럼 나중에 뵙겠습니다."

최 팀장은 서둘러 자리를 벗어났다.

우진은 최 팀장을 보낸 뒤, 차에 올라타서 휴대전화를 꺼내 들었다. 여기까지 와서 현서를 보고 그냥 갈 순 없었다. 더군다나 현서가 늑대들이 우글거리는 곳에서 그토록 화사하게 화장을 하고 있다는 것이 그로서는 그냥 넘길 수가 없었다. 너무 예뻐서 도저히 눈을 뗄 수가 없었다. 녹아내릴 만큼 달콤한 그녀의 모습이 우진의 심장을 쥐고 흔들었다.

우진은 앞을 주시하며 한참 동안 전화를 걸어야 할지 말아야 할지 망설였다. 과연 지금 그녀를 불러낸다면 고스란히 보낼 수 있을지 자신할 수 없었다.

그렇게 고민을 하고 있던 우진은 마침 건물 안에서 현서가 걸어 나오는 것을 보았다.

그럼, 그렇지. 우진은 저를 찾으러 내려온 모양이라 생각하며 얼른 차에서 내리려 했다. 그런데 그녀는 누군가와 통화를 하는 모양이었다.

누구랑 통화하는 걸까.

짙은 썬팅이 된 차는 회사 공용 차였고, 현서가 이 차를 알 리가 없었다. 그랬기에 괜히 지금 내려서 통화를 방해하느니 끝나기를 기다리자 생각하며 그녀를 훔쳐보는 즐거움을 맘껏 누리기로 했다.

그런데 우진은 현서의 얼굴이 잔뜩 일그러진 채 고함을 지르는 것 같아서 차창을 내렸다.

시트에 기대어 가만히 소리를 들었다.

"내가 지석 씨 때문에 얼마나 더 당해야 하는데. 얼마나."

당해?

우진은 창틈으로 들려오는 소리에 신경이 곤두섰다. 무슨 일이 있었던 걸까. 우진의 얼굴이 딱딱하게 굳어졌다.

"뺨을 맞고도 아무 소리도 못 했어. 새벽에 엄마가 와서 기다리는데 얼마나 놀랐는지 알아? 왜 그렇게 사람이 야비해?"

맞아? 새벽에?

우진은 서서히 체온이 식어가는 것처럼 서늘하게 변해갔다.

도대체 무슨 일이 있었던 거냐, 이현서.

우진은 핸들을 꽉 움켜쥐고 전화 통화가 끝나기만을 기다렸다. 당장 달려 나가 현서를 붙잡고 무슨 얘기냐고 묻고 싶은 것을 간신히 억눌렀다. 우진은 관자놀이를 짚으며 몰려오는 두통에 미간을 찌푸렸다. 여기가 그녀 회사 앞이라는 것을 잊지 않으려 노력했다.

우진은 유심히 쳐다봤다. 그다지 넓지 않은 주차장, 그리고 불과 몇 미터 앞에 서 있는 그녀. 훤히 드러난 얼굴, 짙은 화장으로 가리려 해도 멀리서는 오히려 더 잘 보이는 그녀의 맞은 흔적.

명치끝에 유리 조각이 박힌 것처럼 따끔거려왔다.

"내가 언제까지 휘둘려야 해. 싫어, 싫다고! 오지 마, 오지 마. 오면 나도 어떻게 될지 몰라."

현서가 전화를 끊고 울음을 터트렸다. 그 모습을 보던 우진은 차에서 내렸다.

"……현서야."

그의 낮은 목소리에 현서가 화들짝 놀라며 그를 쳐다봤다. 커다란 눈망울에 맺힌 눈물이 흘러내렸다. 우진은 자그마한 얼굴에 흐르는 눈물을 보며 주먹을 움켜쥐었다. 그리고 선명하게 드러난 손자국에 신음을 삼켰다. 목울대를 지나 치밀어 오르는 소리를 삼키고 현서의 팔목을 잡았다.

"잠시만, 현서야."

"어, 어떻게."

그는 말없이 그녀를 이끌고 차에 태웠다. 차에 오르기 전 우진은 짙은 한숨을 내쉬었다.

흥분하지 말고 차분히 그녀의 이야기를 들어야 했다. 사태는 그가 짐작했던 것보다 훨씬 더 심각해 보였다.

"누가 그런 거야, 네 얼굴."

우진은 현서를 똑바로 바라보며 물었다. 그의 검은 눈동자는 아무런 감정도 읽을 수 없을 만큼 깊었다.

현서는 흔들리는 눈동자로 그를 바라보며 한 손으로 얼굴을 가렸다.

"아, 아니에요."

"현서야, 숨기지 말고 말해줘."

목소리도 담담했다. 그저 고요하고, 차분했다.

"아무것도 아닌데, 뭘 말하라고······."

말끝을 흐리는 현서를 보며 우진은 두 눈을 꾹 감았다가 다시 떴다. 무서운 시선이 현서를 파고들었다.

"거짓말하지 말고 솔직히 말해줘. 무슨 일이 있었던 거야."

우진은 현서에게서 시선을 거두지 않고 그녀가 입을 열 때까지 지켜봤다.

그녀의 침묵이 그의 심장을 태우며 목숨줄을 흔들고 있었다.

한낮의 햇살이 차창으로 비춰 들었다. 나른한 햇살도 둘 사이의 무거운 침묵을 어떻게 하질 못했다.

우진은 차창에 올린 팔꿈치를 내리며 현서 쪽으로 몸을 완전히 틀어 앉았다. 그리고 찬찬히 얼굴을 살폈다. 환한 햇살에 비친 현서의 얼굴은 파리했고, 눈가에는 미처 닦지 못한 눈물이 남아 있었다.

미안함을 모면하기 위해, 낯 뜨거움을 감추기 위해 도리어 화를 냈던 자신이 부끄러웠다.

미친놈.

지금 누구를 다그치는 거냐.

다 듣고서도 뭘 확인하고 싶은 것이냐.

심장이 욱신거려왔다.

그가 그 자리에 없었다는 것이 후회되어 미칠 것만 같았다. 그녀가 뺨을 맞을 동안 뭘 했단 말인가.

우진의 눈빛은 무섭게 일렁였다. 그것은 자신에 대한 자괴감이었다. 외박하게 하고, 그런 그녀가 가족에게 비난을 받게 하고, 심지어 따귀까지 맞게 한 상황은 바로 자신이 만든 것이었다.

애써 아무렇지 않은 척하는 현서의 모습은 그의 심장을 바짝 쥐어짜고 있었다. 고통스러운 신음이 저절로 튀어나오려 했다. 차라리 원망이라도 퍼부으면 나으련만 현서는 그저 혼자 감당하려 했다.

우진은 현서의 턱을 부드럽게 감아쥐며 고개를 돌리게 했다. 그리고 왼쪽 뺨을 엄지로 가만히 쓸어내린 뒤 눈을 맞추었다. 현서는 숨을 삼키며 그가 하는 대로 저를 맡겼다.

사랑한다, 현서야.

우진은 서서히 몸을 당겨 이마에 입술을 맞추었다. 가만히 누르듯 입술을 대고 있던 그는 목울대를 넘어오는 단말마적인 신음을 삼키며 짙은 숨을 내쉬었다.

"……하아. 현서야, 어서 들어가."

우진은 최대한 인내하며 현서에게 말했다.

현서는 그런 우진의 표정을 살피더니 작은 소리로 말했다.

"……조심해서 가요."

"그래, 나중에 전화할게. 계약은 계속될 거야. 걱정하지 마. 바로 오더가 내려갈 테니까. 응?"

"네."

현서는 머뭇거리다가 차에서 내렸다. 그런 현서를 향해 우진은 웃음을 지어 보였다. 입꼬리를 올린 채로 한참 바라보던 우진은 어서 들어가라고 손짓을 했다. 현서는 차마 떨어지지 않는다는 듯 발걸음을 천천히 옮기며 안으로 들어갔다. 우진은 현서의 모습이 사라진 뒤에야 차를 출발시켰다.

그곳을 벗어난 우진은 점점 속도를 높여갔다.

가슴 저 밑바닥에서 소용돌이치는 격렬한 감정은 그를 더욱 더 몰아붙였다.

우진의 집무실에 들어선 김 실장은 서늘한 분위기에 몸을 움츠렸다. 우진의 충혈된 눈자위와 굳게 다물린 입술은 한층 더 분위기를 살벌하게 했다.

김 실장은 가져온 서류를 펼치며 조심스럽게 보고를 시작했다.

"지금 서지석 씨 부친이 운영하는 회사는 이현서 씨 부친 회사의 주요한 고객입니다. 만약 하청을 중단하게 되면 이현서 씨 부친 회사는 순식간에 무너집니다."

대기업 대부분이 핵심 공정만 직접 수행할 뿐 설비 정비나 부수적인 것은 외주 협력업체에 발주한다.

대부분 하청업체는 대기업이 발주하는 업무 대부분을 하고 있다. 게다가 최저가 낙찰제로 하청업체를 선정하기 때문에 경쟁력을 높이기 위해서 하청업체는 경영 악화가 될 수밖에 없고, 계약이 종료되어 재계약되지 않을 경우 도산할 우려가 높다.

우진의 날카로운 눈매가 딱딱하게 굳어졌다.

"이현준 검사와 약속을 잡아주세요. 최대한 빨리."

"네, 나가는 즉시 연락을 취하겠습니다."

"네, 부탁합니다, 김 실장님."

김 실장은 정중하게 고개를 숙인 뒤 방을 나갔다. 우진은 의자에 몸을 깊게 묻었다. 이현준 검사를 만나면 어떤 상황인지 정확하게 파악할 수 있을 것이다.

그리고 가능하다면 그를 제 편으로 만들어야 한다. 현서는 죽었다 깨어나도 가족을 배반할 여자가 아니었다. 가족에게 버림을 받는다는 것이 어떤 것인지 정확히 알지 못하지만, 짐작은 할 수 있다.

그녀에게 두 번 다시는 아프고 힘든 결정을 내리게 하진 않을 것이다. 이제는 정말 그가 나서야 할 때였다.

저녁 7시. 조도가 낮게 깔린 바에서 우진은 이현준 검사를 기다렸다.

언젠가 현서에게 들은 적이 있었다. 재벌 2세가 마약 밀매 사건 때문에 곤욕을 치렀을 때, 이현준 검사가 그 재벌 2세를 기소했고, 그 때문에 새언니가 납치를 당했던 적도 있었다고 했다.

우진은 그 재벌 2세가 최현배 이사라는 것을 확신했다. 만에 하나 그 최현배가 앙심을 품고 가족들을 위협했다면 현서도 무사하지 못했으리라.

그 생각만으로 우진은 뒷골이 서늘했다. 하루빨리 그의 그늘로 현서를 데리고 와야겠단 생각이 간절했다. 우진은 갑자기 초조해지는 마음에 담배를 꺼내 입에 물었다.

손님이 몰릴 시간인데도 바는 조용했다. 우진이 손님을 받지 않도록 조치를 취했기 때문이었다.

우진은 잔잔한 재즈 음악을 들으며 마음을 차분히 가라앉혔다. 오늘은 이현준 검사를 그의 편으로 만들어야 한다. 협상에 있어서 그 누구보다 탁월한 우진이었지만, 막상 현서의 가족을 만난다고 생각하니 그 어느 때보다 긴장되었다.

그녀의 가족이란 이유만으로 한 번도 본 적 없는 그는 어떤 모습일지 궁금했다. 현서와 피 한 방울 섞이지 않았겠지만, 어딘가 모르게 닮아 있을 것 같은 기분이 들었다.

우진은 담배를 깊숙이 빨아들였다.

붉은 조명을 가르며 흰 연기가 뿜어졌다.

그렇게 담배 한 대를 다 피워갈 무렵 이현준 검사가 나타났다.

우진은 자리에서 일어나 그에게 인사를 건넸다.

"안녕하십니까. 권우진입니다."

우진이 손을 내밀자 현준은 우진의 손을 잡고 악수를 했다. 잔뜩 경계한 현준이 어색하게 웃었다.

"네, 이현준 검사입니다."

"앉으시죠."

우진이 자리를 권했다.

"권우진 이사님과 초면인데, 무슨 이유로 이렇게 부르셨는지요."

현준이 단도직입적으로 물어오자 우진은 입꼬리를 올리며 차가운 미소를 지었다.

직설적인 성격에 저돌적인 이현준 검사.

현서의 친오빠가 아닌 것이 명백하게 드러났다. 게다가 겉모습부터가 판이하였다.

"이현서 씨와 사귀고 있습니다. 진작 인사를 드렸어야 했는데 죄송합니다."

우진의 차분한 말에 현준의 눈동자가 커다래졌다.

"우리 현서를 어떻게 아신단 말입니까."

"성진 어패럴에서 하청을 주는 곳이 바로 이현서 씨가 몸담은 뉴골든 주얼리입니다."

"아, 그렇군요. 그런데 언제부터 우리 현서와 그런 사이가 됐는지."

"5년이 넘었습니다."

"네?"

현준이 눈을 크게 뜨고 쳐다보며 믿기지 않는다는 표정을 지어 보였다.

"현서는 결혼을 했었는데, 그게 어떻게 된 건지 궁금하네요."

"네, 현서 씨가 결혼하기 전부터 만나왔습니다. 잠시 헤어졌다가 최근에 다시 만나게 되었습니다."

현준은 검사답게 예리한 시선으로 그를 쭉 훑다가 놀란 눈으로 그를 바라보았다.

"혹시, 그 고학생이……."

"네, 맞습니다. 기억하시는군요."

"기억합니다. 그때 현서 녀석이 어찌나 맘 아프게 그러는지. 사실 마음이 좋지 않았거든요."

"지금 서지석 씨가 현서 주위에 맴도는 건 아십니까."

우진은 서늘한 눈빛으로 그를 보며 물었다. 집에서 적극적으로 재결합을 바라는 것이라면 곤란했다.

"네, 지석이가 재결합을 원하고 있습니다. 물론 저희도 그러길 바라고요. 그런데 이렇게 다시 이사님을 만나고 있다니 여간 곤란한 게 아니네요."

"현서 씨를 두 번 놓치는 어리석은 짓은 하지 않을 생각입니다."

우진의 말에 현준의 미간이 서서히 좁혀졌다. 그제야 우진이 보통이 아님을 알아챈 듯 현준이 잔뜩 경계했다.

"그게 그렇게 단순하지 않습니다. 결혼할 당시도 그랬고, 지금도 그렇죠."

현준이 씁쓸한 표정으로 앞에 놓인 술잔을 들이켰다.

"네, 알고 있습니다. 사업적으로 엮여 있으니 그렇겠죠."

"어떻게 그걸."

"내 여자 찾아오는데 그 정도 조사는 해야 하지 않겠습니까."

현준의 얼굴이 눈에 띄게 굳어졌다.

"현서, 가족의 희생양입니까. 그런 이유로 입양하신 겁니까."

"말이 지나치네요. 그리고 입양이라뇨! 어디서 헛소문을 듣고."

"모르셨습니까. 자식이 사랑하는 사람과 행복하게 살아가길 바라는 것이 부모의 마음이라 알고 있습니다. 친자식이라 여긴다면 당연히 그러시겠죠. 아닙니까."

현준의 얼굴이 시커멓게 변해갔다.

뭔가 짚이는 게 있는 모양인지 그의 얼굴이 점점 어두워졌다.

"둘이 서로 사랑하고 있습니다. 도와주십시오."

"제가 무슨 힘이 있습니까. 부모님을 설득할 자신이 없습니다."

"5년 전이랑 상황이 다릅니다. 씨엘 테크는 제힘으로도 얼마든지 탄탄하게 운영되도록 도와드릴 수 있습니다. 그 점을 말씀드리고 싶습니다."

현준은 묵묵히 술을 들이켰다. 갈등하는 기색이 역력했다.

"지석이는 제 오래된 친구입니다. 그를 배신하기 쉽지 않습니다."

"압니다. 하지만 왜 이혼했는지 그 이유를 아십니까."

"……모릅니다만."

"물어보십시오. 현서 씨를 만나서 조용히 물어보십시오. 이건 개인적인 프라이버시라서 제가 말씀드리기 그렇습니다. 검사님이 진정 현서 씨의 오빠라면 그러시리라 믿습니다."

'결혼하고 6개월을 살았어요. 그는 단 한 번도 나와 같이 밤을 보내지 않았어요. 남자구실을 할 수 없는 상태더군요. 왜 그런지는 자세히 모르지만, 오토바이 사고 때문일지도 모르겠다고 그랬어요.'

우진은 그 말을 듣는 순간 내심 얼마나 다행이라 여겼는지 모른다.

수컷으로서의 우매한 집착이라고 해도 어쩔 수 없다. 그의 여자였고, 앞으로 그의 여자여야만 하는 그녀가 비록 어쩔 수 없이 결혼이라는 걸 했지만, 그 남자와 부부 관계를 하지 않았다는 사실만으로도 우진은 안도의 한숨이 내쉬어졌다.

사실 지난 세월 동안 그를 가장 괴롭혔던 것은 그녀가 다른 남자의 품에 안긴 모습을 상상하는 것이었다. 생살을 칼로 베어내는 것처럼 고통스러웠다.

물론 그녀의 불행을 바란 것은 아니었지만, 그 이혼 사유라는 것이 그에게는 다행 중 다행인 것이었다.

과연 이 검사가 그 사실을 알고서도 현서와 그 남자의 재결합을 고집할 수 있을지 궁금했다. 물론 아닐 것이라 믿었다.

우진의 이야기를 듣던 현준은 자신도 모르는 동생의 이혼 사유를 앞에 앉아 있는 남자가 알고 있다는 사실이 믿기지 않는지 그의 말이 끝나기가 무섭게 말을 붙였다.

"자, 잠깐만요. 당신은 현서가 왜 이혼했는지 알고 있다는 말입니까?"

"네. 더는 현서가 가족을 위해 희생되길 바라지 않습니다. 가족들 중 단 한 명이라도 현서 씨 입장에 서서 바라봐주셨으면 좋겠습니다. 그리고 제가 검사님을 형님이라고 부를 날이 빨리 오면 좋겠습니다."

우진이 씩 웃으며 명함을 건넸다.

"이리로 연락 주십시오. 기다리겠습니다."

우진은 망설이는 표정으로 앉아 있는 현준에게 정중하게 인사를 건네고서는 먼저 자리에서 일어났다.

8.
너 없는 시간을
어떻게 살았을까

현서는 캄캄한 창밖을 하염없이 바라보고 있었다. 저녁에 연락하겠다던 우진에게서 아직까지 연락이 없었다.

무슨 일이 있는 걸까.

화가 난 걸까.

먼저 전화를 걸어볼까.

현서는 초조한 마음을 간신히 누르며 그를 기다렸다.

기다리는 우진에게선 연락이 없고, 지석 씨에게서 연락이 계속 왔다. 현서는 그와 통화를 하기 싫어 아예 전화를 받지 않았다. 불편하게 그를 만나고 싶지 않았다. 야비한 면을 봐버린 뒤, 일말의 감정조차 다 사라졌다.

"이현서 실장님! 무슨 생각을 그렇게 하세요?"

현서는 그녀를 부르는 소리에 돌아봤다. 박 팀장이 한참을 불렀는지 살짝 인상을 쓰며 쳐다봤다.

"아, 아니야. 무슨 일이지?"

"성진 어패럴에서 주문한 액세서리 샘플을 만들었어요. 내일 가지고 들어가면 될 것 같아요."

"벌써? 오후에 오더가 내려왔는데, 다들 퇴근도 안 하고 만들었나 보네."

"네. 그런데 무슨 고민 있으세요? 안색이 별로예요."

"아니야. 박 팀장, 어서 퇴근해."

"같이 가시죠. 제가 저녁 쏠게요. 팀장님께 의논드릴 일도 있고."

"의논?"

"네. 심각한 건 아니에요. 가시면 자연스럽게 알게 됩니다."

"그, 그래."

"그럼 주차장으로 내려오세요. 기다리고 있을게요."

"알았어."

평상시와는 달리 박 팀장의 이야기라도 들으면서 불안한 마음을 달래고 싶다는 생각이 들었다.

휴대전화를 들여다보며 한숨을 내쉰 현서는 가방을 챙겨 들고 사무실을 나섰다.

"네…… 네, 지금 가고 있습니다. 네…… 가서 뵙겠습니다."

현서는 전화를 받는 박 팀장을 바라보며 옆에서 함께 걷고 있었다. 급히 나오는 바람에 머플러를 두고 나왔더니 목이 서늘했다. 밤바람에 몸이 으슬으슬 떨려오고, 몸살이 날 것처럼 한기가 들었다. 한번 감기몸살이 오면 몹시 앓고 지나가는데 올해도 그럴 모양인지 조짐이 좋지 않았다. 그냥 이대로 돌아가고 싶단 생각이 들었다.

"박 팀장."

"네, 실장님."

그는 전화를 끊고 쳐다봤다.

"나 아무래도 오늘은 안 될 것 같아. 몸이 좋질 않네."

박 팀장이 순간 당황하는 모습을 보이더니 현서의 팔을 잡고 늘어지기 시작했다.

"아, 실장님. 그러시는 게 어디 있어요. 지금 저랑 같이 가시기로 해놓고."

"내가 어딜 간다 했다고 그래. 할 이야기가 있으면 내일 해. 오늘 몸이 좋질 않아. 그리고 팔 놔."

원래 그녀의 성격을 잘 알고 있는 박 팀장이었기에 좀처럼 떼를 쓰는 일이 없었는데, 정말로 긴히 할 이야기가 있는 모양인지 표정도 평소와 달리 진지했다.

현서는 하는 수 없이 한숨을 내쉬고서는 말했다.

"그래, 알았어. 갈 테니까 이것 좀 놔."

"정말이죠? 휴, 다행이다."

그를 따라간 곳은 회사 부근에 있는 작은 바였다. 현서는 어두컴컴한 실내를 둘러보며 살짝 미간을 찌푸린 채 박 팀장에게 물었다.

"여기서 식사를 한단 말이야?"

"아니죠. 식사는 무슨. 간단하게 술이나 한잔해요."

"너랑 둘이서 무슨 술을 한다고."

"하하, 실장님도 참. 어디 저랑 술 한잔하면 큰일이라도 나요?"

"오늘 이상하네. 평소 박 팀장 같지 않아."

"자, 여기에 앉으시죠."

박 팀장은 의자를 뺀 뒤 현서를 당겨 앉혔다. 현서는 박 팀장의 얼굴을 유심히 바라보며 무슨 짓을 하려는 것인지 살폈다.

박 팀장은 시계를 쳐다보고서는 주위를 휘이 둘러보더니 반색을 하며 자리에서 발딱 일어났다. 박 팀장의 시선을 따라가니 잘 빠진 양복을 입고 걸어오는 남자가 보였는데, 그는 나인 어패럴의 최현배였다.

"실장님, 최현배 이사님 아시죠?"

"어떻게."

기가 막힌 현서가 박 팀장을 흘겨보자 그는 제자리를 최현배에게 양보한 뒤, 인사를 하고서는 바를 빠져나가버렸다. 현서는 박 팀장을 부르며 자리에서 일어났다.

"박 팀장, 어디 가는 거야! 거기 서!"

"금방 올 겁니다, 이현서 실장님."

그의 낮게 깔린 목소리는 음침하면서도 소름이 돋았다. 현서는 잔뜩 경계하며 바라보았다.

입을 꾹 다물고 그가 무슨 말을 하기를 기다리는 현서는 최대한 인내를 하며 버텨내는 중이었다.

"나인 어패럴에 오실 생각이 없으십니까."

"지금 스카우트 제의하러 오신 건가요. 그렇다면 전 생각 없으니까 이만 일어날게요."

"이현준 검사님이 오빠가 되신다면서요."

"……?"

"맞군요. 전 혹시나 했었는데."

"그걸 어떻게 아시죠? 이사님께서!"

"하하. 저야 늘 관심 있는 사람한테는 그렇게 잘 알아보는 편이랍니다. 전 이현서 팀장님과 일을 함께하고 싶은 생각을 늘 갖고 있어서 말입니다."

현서는 최현배 이사의 말을 그대로 믿지 않았다. 현준 오빠와 관련된 뭔가가 있다는 생각에 섣불리 행동할 수도 없고, 의심만 가는 상황이었다.

"여기서 이럴 게 아니라 자리를 옮기시죠. 아무래도 이곳은 대화를 나누기가 마땅찮군요."

최현배의 말에 현서는 고개를 저었다.

"아니요, 괜찮습니다. 전 개인적으로든 일적으로든 최 이사님과 나눌 대화가 없습니다. 그만 먼저 일어나겠습니다."

"아현이가 그러더군요. 정아현이 누군지 아시죠? 걔가 저더러 당신을 만나보라고 하더군요."

"정아현 씨요? 누구죠?"

"왜 일전에 말씀드린 적 있을 텐데. 권우진 이사와 결혼하기로 한."

"……!"

"표정을 보니 기억이 나는가 보네요. 아현이가 저랑 먼 친척 뻘입니다. 그런데 만나서 현서 씨를 단념시키라는 그런 부탁을 해서 주제넘게도 이렇게 만나러 왔습니다."

현서는 그의 약혼자에 대한 이야기가 다시 불거지자 눈앞이 캄캄했다. 지금 그녀 앞에 닥친 현실도 길이 보이질 않는데, 거기에 그의 약혼자까지.

"약혼한 적 없다고 들었습니다. 그리고 만약 그렇다 하더라도 직접 오라고 해주세요."

차갑게 내뱉은 현서는 핸드백을 쥐었다. 더 있을 이유가 없었다. 게다가 두통과 오한이 계속 심해지는 것 같았다.

"이혼녀. 글쎄요, 받아들일지 모르겠습니다. 이 바닥이 워낙 좁아서 말입니다."

현서의 얼굴이 새하얗게 질려버렸다. 그녀의 아킬레스건이 분명한 이혼이라는 멍에.

"다 얽히고설킨 관계다 보니 서지석 씨가 아현이와도 인맥이 닿아 있는 모양이더군요. 전남편이 나서서 설치니 아현이가 더 포기를 못 하는 건지도 모릅니다."

현서는 최현배의 말을 가만히 듣고 있었다. 그는 현서의 표정을 유심히 살피며 대화를 이어갔다.

"사람을 너무 궁지로 몰아도 안 될 테니 활로를 하나 드리죠. 제가 드리고 싶은 말씀은 나인 어패럴도 있다는 겁니다. 권 회장님 귀에 이 실장님 이야기 들어가면 성진 어패럴은 뉴골든 주얼리와 거래를 당장 끊으실지도 모릅니다."

"네. 그럴 일은 없겠지만, 고맙네요. 그럼 이만 일어나겠습니다."

"아, 저도 오래 있을 생각은 아니었습니다. 그럼 저는 이제 일어나겠습니다. 나가실까요?"

능글능글한 웃음을 지으며 가게를 나서는 그의 뒷모습을 노려보았다. 현서는 입구에서 그와 인사를 하고 헤어졌다.

머릿속은 복잡하고 몸은 아팠다. 택시도 잡히지 않고, 집까지 걸어서 얼마 걸리지 않으니 그냥 걷기로 했다.

갑자기 나타나 폭탄처럼 모든 것을 터트리고 가버린 최현배란 자가 원망스러웠다. 그녀가 행복이라는 단어를 떠올리기만 하면 어김없이 나타나는 방해꾼들. 억울해도 어쩔 수 없고, 슬퍼도 어쩔 수 없었지만, 이젠 정말 지긋지긋하다. 이럴 땐 차라리 우진이 고학생이었으면 좋겠다.

그럼 정말 우진의 손을 잡고 멀리 도망이라도 가게.

혼자서 걷다 보니 별의별 생각이 다 들었다.

피식 웃고 말았다.

다 부질없는 생각들. 현재를 살아가고 있는 지금, 그딴 생각 따위는 집어치워야 한다. 부닥치고 깨지더라도 견뎌내야 한다.

그녀가 아는 것은 그것뿐이었다.

우진과 다시 사랑하기로 한 지금 여기서 물러선다면 짙은 후회만이 남을 뿐이다. 어떤 결과가 나오더라도 머리 터지도록 싸우고 이겨볼 생각이었다.

걷다 보니 어느새 아파트 단지가 보였다.

그녀의 눈에 아파트 앞 어두컴컴한 주차장 쪽에서 반짝이는 불빛이 보였다. 조금 더 다가가 보니 불빛의 정체는 담뱃불이었고, 짙은 코트를 입은 채 담배를 피워 물고 있는 남자는 우진이었다. 현서는 그를 보는 순간 발걸음이 빨라졌다.

"이현서, 어딜 갔다 오는 거야."

"우진 씨."

그가 담배를 버리고 성큼 다가왔다.

"꽁꽁 얼었네."

우진은 따스한 손으로 현서의 양 볼을 감싸며 눈을 지그시 맞대었다.

그의 손에서 희미한 담배 냄새가 풍겼다.

"걸어온 거야?"

"네."

"이리 와. 내가 따뜻하게 해줄게."

그가 입고 있던 코트 자락을 한껏 벌려서 그녀를 품 안에 쏙 감싸며 끌어안았다.

현서의 언 가슴이 녹아내렸다. 이 남자 품 안이라면 어디라도 좋을 것 같았다. 가슴팍에 얼굴을 비벼대자 간지러운지 그가 큭큭, 소리를 내며 웃는다. 그녀의 귓가에 심장의 울림이 고스란히 전해졌다.

"따뜻하다."

"좋아?"

"네."

"우리 평생 이렇게 있자, 이현서."

"좋아요, 평생 이렇게 있어요."

"그래, 다 괜찮을 거야. 우린 다 괜찮아."

우진은 의미를 알 수 없는 괜찮다는 말로 속에 든 뭔가를 드러냈지만, 현서는 굳이 알려고 하지 않았다.

그런 걱정보다 지금 이 남자가 얼마나 자신을 사랑하고 있는지만 알면 되는 것이라 생각했다.

아찔한 체취가 코끝에 스며들었다. 늘 그립고 그리웠던 그의 체취. 오늘 하루도 이 남자를 얼마나 기다렸는지 새삼 가슴이 저릿해져온다.

현서는 발을 들어 그의 턱 끝에 입술을 쪽, 하고 맞추었다.

그가 품 안에 든 그녀를 내려다보았다. 새카만 밤하늘처럼 어두운 눈동자에 별이 하나 반짝한다.

"이건 무슨 짓?"

"예쁜 짓."

현서가 헤헤거리며 웃자 우진은 그녀를 안고 있는 팔에 힘을 바짝 주었다.

"또 해봐. 예쁜 짓."

아득해질 만큼 깊은 눈동자에 풍덩 빠져버린 현서는 다시 뒤꿈치를 들고 조금 더 높은 곳에 있는 입술에 입을 맞추었다.

"다시."

그녀는 말 잘 듣는 학생처럼 기대에 부푼 가슴을 감추며 또 까

치발을 하며 입술을 맞추었다. 그리고 이번엔 좀 더 용기를 내어 도톰한 그의 아랫입술을 살짝 혀로 건드렸다.

그의 가슴이 크게 들썩인다. 눈동자는 밤하늘이 요동치는 것처럼 일렁이고 있었다. 짙은 눈썹이 좁게 모이며 살짝 미간이 찌푸려졌다.

그 뒤부터 정신없는 키스가 휘몰아쳤다. 입술을 집어삼키고 빨아들이며 혀로 입안을 온통 헤집었다. 뜨겁고 단단한 혀가 입안 구석구석을 쓸 때마다 앓는 소리가 새어 나왔다.

혀를 뽑아버릴 것처럼 빨아대던 그가 다시 살짝 입술을 맞추며 고개를 들었다.

"더 예쁜 짓은 할 생각 없어?"

"없는데요."

거친 숨으로 둘의 가슴은 오르락내리락했다. 팽팽하게 당겨지는 긴장감과 기대감으로 그 어느 때보다 짜릿했다.

"거짓말."

"해봐요. 예쁜 짓."

그녀의 말에 우진의 눈동자가 한차례 일렁이는가 싶더니 어느새 그녀를 품에 달랑 안았다.

"가자. 보여줄게, 예쁜 짓. 여기서는 곤란해."

우진은 그녀를 안은 채 성큼성큼 걸었다. 엘리베이터를 기다리는 동안 그는 연신 그녀의 얼굴에 입술을 내렸다. 눈, 코, 입, 뺨, 귀 할 거 없이 닿는 대로 입술을 눌러댔다. 뜨거운 열기가 둘을 감쌌다.

다행히 보는 사람이 없기 망정이지 주민들이 보기라도 했으면 둘은 음란죄로 쫓겨날지도 몰랐다.

현서는 그래도 좋다 생각하며 그의 키스를 받아내고 목에 팔을 둘렀다. 관자놀이에 닿는 입김이 델 것처럼 뜨거웠다.

현관에 도착한 현서는 비밀번호를 그의 귓가에 불러주었다.

순간 그의 얼굴이 굳어졌다.

"……맞아? 그거 맞아?"

"네, 좀 유치하지만 어쩔 수 없어요."

"나 생각하면서 누른 거 맞지? 아니면 나 죽어버릴 거야."

"큭, 맞아요."

우진은 기다란 손가락으로 숫자를 누르기 시작했다.

1010235.

열렬히 사모한다는 뜻을 이런 식으로 표현하는 현서 때문에 죽을 것만 같았다. 발그레 물든 뺨을 한 채 그를 올려다보는 현서가 그렇게 사랑스러울 수가 없었다.

우진은 안으로 들어서자마자 침실로 가기 전에 현서를 쓰러뜨렸다.

미처 옷도 다 벗지 못한 채 둘은 몸을 겹쳤다.

원 없이 사랑하자. 원 없이 사랑하고 사랑하자.

괜찮다. 괜찮다. 괜찮다.

우린 다 괜찮다.

우진은 현서가 곤히 자는 모습을 내려다보다 침대에서 몸을 일으켰다.

최현배가 그녀를 만났다는 사실을 보고받았다. 김 실장이 폰으로 전송해온 것은 현서의 어젯밤 모습이었다. 만나서 무슨 말을 했는지 이미 그 내용은 정밀하게 정리가 되어 그에게 곧 전해질 것이다.

김 실장을 통해 현서에게 사람을 붙였다. 행여나 있을지 모를 위험에 대비하기 위해서였다.

김 실장이 우진에게 한 말이었다. 정말 지키고 싶은 여자가 있을 땐 미리 알아서 지켜내야 한다고, 어떤 위험에도 노출해서는 안 된다고.

이윽고 문자가 도착했다.

우진은 휴대전화 액정을 뚫어지게 바라보았다. 보는 그도 가슴이 터질 것처럼 답답하고 까마득한데 이런 내용을 모두 듣고 감내했던 현서의 마음은 어땠을까.

어제 생글거리며 안겨오던 그녀였기에 더욱 가슴이 욱신거렸다.

'고민할 시간에 더 사랑하십시오.'

김 실장이 했던 말이 불쑥 떠올랐다. 김 실장은 도대체 어떤 삶을 살았던 걸까.

'내 것을 노리는 것들은 맹렬하게 달려가서 물어버리십시오. 다신 넘보지 못하도록. 그리고 우아하게 독식하시기 바랍니다. 단, 내 것을 지키기 위해 싸울 땐 목숨을 걸고 싸우셔야 합니다. 어설픈 발길질은 역효과만 날 뿐입니다. 피도 눈물도 없이. 아시겠습니까.'

지금은 맹렬히 사랑할 때다. 눈앞에 내 여자가 있으니, 있을 때 아낌없이 사랑해야 한다.

우진의 차갑게 식은 눈동자에 서서히 열기가 차올랐다.

이불을 들치자 하얀 나신으로 누워 잠든 현서의 모습이 보였다. 우진은 그녀 위로 몸을 겹치듯 끌어안으며 가슴을 부드럽게 쓰다듬었다. 미세하게 그녀의 눈이 떨렸다.

우진은 입꼬리를 올리며 손안에 들어 있던 가슴으로 입술을 내렸다. 유난히 민감한 가슴을 자근자근 깨물고 혀로 진득하니 핥아 올리자 그의 머리 위를 감싸오는 손길이 느껴졌다.

"……으응."

며칠 밤을 들락거려도 모자랄 만큼 자극적인 소리.

우진은 도록 솟아오른 젖꼭지를 다시 입안 가득 베어 물며 빨아들였다.

감질난다. 미칠 것 같다. 폭주하는 마음은 어서 진입하라며 그를 보챈다. 하지만 아직 멀었다. 충분히 아껴가며 먹을 테다.

우진은 푸른 새벽이 밝아올 때까지 현서를 야금야금 먹어치웠다. 긴 애무에 현서는 헐떡이며 늘어졌다. 하지만 아직 미진한 뭔가가 그녀를 애태웠다.

"하아. 어서 들어와줘요, 제발."

이제 현서는 애원을 해왔다. 글썽이는 눈물을 매단 채 그를 올려다보며 애원하는 모습이 뇌가 녹아내릴 만큼 짜릿했다.

이미 벌써 맑은 물을 흘리고 있는 그의 분신은 한계를 넘어선 상태였다.

현서가 애원하다가 안 되겠던지 벌떡 몸을 일으키더니 우진을 내리누르며 침대 위에 눕혔다.

그리고 말릴 새도 없이 그의 것을 움켜쥔 채 입안으로 빨아들였다.

"으, 지금 어디 죽어보라고 그러는 거지?"

"말할 정신이 있나 보네요."

현서는 곱게 눈을 흘기더니 상기된 얼굴을 숙이며 다시 그의 것을 입안에 머금었다.

"하아, 현서야!"

혀로 핥아 올리고 비벼대며 손으로 기둥을 잡고 문지르기 시작하자 우진은 참을 수 없는 사정감에 온몸을 부르르 떨어댔다.

"으, 그, 그만."

우진은 현서의 얼굴을 밀어낸 뒤 뺨을 붙잡고 긴 키스를 퍼부었다. 그는 맹수처럼 현서 안으로 파고들었다. 거칠 것 없는 움직임으로 박차를 가했다. 현서는 몸속에 타오르는 격렬함을 주체할 수 없다는 듯 허리를 휘며 그를 힘껏 물어왔다. 우진은 아찔한 쾌감에 눈앞이 흐려졌다. 정신을 차릴 수 없을 만큼 격렬한 쾌감에 우진은 정신없이 허리를 움직였다. 그리고 아득한 절정. 둘은 몸서리치며 동시에 절정에 올랐다.

짙은 쾌감의 여운에 노곤한 몸을 눕히며 아득한 잠 속으로 빠져들었다.

너 없는 시간을 어떻게 살았을까, 이현서.

9.
힘닿는 데까지 해볼게요

회사에 출근한 현서는 박 팀장을 방으로 불러들였다.

현서가 내뿜는 서늘한 냉기에 박 팀장은 움찔 어깨를 떨었다.

"박 팀장, 미쳤어?"

아무리 예민하고 날카롭다고 하지만 미쳤다는 말은 써본 적 없는 현서였다. 그녀의 입에서 처음으로 미쳤냐는 말이 나오자 박 팀장은 충격을 받은 것처럼 얼어붙어버렸다.

탕!

현서는 책상 위에 결재판을 힘껏 내리쳤다.

"어디까지 기어오를 거야? 응?"

하지만 말투와는 다르게 어딘가 모르게 활기가 넘쳐흐르는 그녀였다. 이건 정말 화가 난 것인지, 그냥 윽박질러보는 것인지 감을 잡을 수가 없었다. 눈치 100단인 박 팀장은 곁눈질로 힐끔대다 또다시 책상 위를 내리치는 소리에 얼른 눈을 내리깔았다.

"죄, 죄송합니다."

"한 번만 이런 일 있을 때는 사람 구실 못 하게 만들 줄 알아. 알겠어?"

"네."

"뭘 잘못했는지 반성문 써와."

"반성문요?"

"왜, 쓰기 싫어? 여기 그만 다닐래?"

"아닙니다. 꼭 써서 갖고 오겠습니다."

"나가 봐."

최현배는 박 팀장에게 분명 계약을 거들먹거리며 접근했을 것이다. 보지 않아도 뻔했다. 최현배, 그가 그런 식으로 나온다더라도 현서는 우진을 믿고, 흔들리지 않기로 결심했다.

우진의 사랑을 믿기로 했고, 자신을 믿기로 했다.

현서는 문자 수신음 소리에 휴대전화를 꺼냈다. 현준 오빠에게서 온 문자였다.

[퇴근 후 시간 되면 볼까. 아니면 점심때 봐도 좋고.]
[점심때 회사 근처로 올 수 있으면 점심때 봐.]
[그럼 점심시간에 맞춰 회사 앞 커피숍에 가 있을게.]
[알았어. 나중에 봐.]

현서는 오빠와 만나서 해야 할 이야기가 뭐가 있을지 나름대로 생각했다. 사실은 오빠의 연락이 아니었더라도 그녀가 먼저 오빠를 만났어야 했다. 이번만은 제 마음을 솔직하게 드러내고 오빠의 협조를 끌어내리라 다짐했다.

서울중앙지검 형사 2부 309호실 앞에는 진술하기 위해 순서를 기다리는 피의자가 줄을 서 있었다. 현준은 바쁜 와중에도 현서에게 연락을 취해 만날 약속을 잡았다.

"이 검사, 오늘 점심때 바빠?"

"네, 약속 있습니다."

"그럼 안 되겠네. 최 검사한테 말해봐야 하나."

갑자기 사무실에 들이닥친 부장검사는 들어올 때처럼 바람같이 사라졌다. 현준은 아무리 바빠도 오늘 반드시 현서를 만날 생각이었다.

하나밖에 없는 여동생의 일이었다. 현준은 우진과의 만남 이후 그에게 들었던 이야기가 계속 마음에 남아 자신을 괴롭혔다.

현서가 오래전부터 입양 사실을 알고 있었다는 것만으로도 충격적인데, 현서가 이혼한 데에는 숨겨진 진짜 이유가 따로 있단다. 미치고 환장할 노릇이었다.

오늘 이렇게 용기를 내서 현서에게 문자를 보낸 것도 더는 미룰 수 없다는 생각 때문이었다. 만약 우진의 말이 사실이라면 이젠 바로잡아야 했다.

현서가 살아오는 동안 느꼈을 아픔을 상상하는 것만으로도 가슴이 미어지는 듯했다.

언제부터 알게 됐는지 모르지만, 그녀가 지금까지 순종하며 살아온 세월이 그 사실 하나만으로도 모두 납득이 되고도 남았다. 지나친 부모님의 참견이나 잔소리에도 어떻게 저렇게 참아내나 싶게 잘 견뎠었고, 늘 생글거리며 웃던 현서였다. 그 생각만으로도 가슴이 아팠다.

5년 전 결혼식 하루 전날, 현서는 밤늦도록 들어오질 않았다. 그날 부모님은 친척들과 시간을 보내느라 현서가 방 안에서 자는 줄 알고 계셨다. 현준은 조바심을 내며 현서를 기다렸다.

결혼하기 싫다고 매달리던 그녀는 어느 순간부터 지나칠 정도로 차분하고 담담한 표정이었다. 그래서 괜찮은 줄로만 알았었다. 그런데 하루 전날 이렇게 사라질 줄 어찌 알았겠는가. 현준은 찾아 나서야 하나 망설이고 있을 때 현서가 조용히 방으로 들어오는 소리가 들려왔다.

그때 시계를 보니 새벽 2시였다. 현준은 제 방을 나서 현서 방문 앞에 섰다. 노크하려던 손이 허공에서 멈추었다. 방 안에서 희미하게 들려오는 소리 때문이었다.

현서는 불도 켜지 않은 채 숨죽이며 울고 있었다. 문틈 사이로 들려오는 흐느낌이 얼마나 절박하던지 듣던 그도 울컥 눈물이 솟았다. 묻지 않아도 어딜 다녀왔는지 짐작이 갔다. 현준은 그렇게 조용히 그의 방으로 돌아갔다.

아버지 사업을 위해 지석과 결혼하는 현서. 그녀로서는 부모님께 은혜를 갚는다는 심정이었을까.

친딸이었다면 과연 부모님은 현서가 그렇게 결혼하도록 놔뒀을까.

사랑하는 아내를 위험에 빠트릴 뻔한 경험이 있던 현준으로서는 지금도 제 아내를 보면 가슴을 쓸어내리곤 한다. 만약 그때 잘못되기라도 했다면 미쳐버렸을지도 모른다.

그런 게 사람 감정이고 마음인데, 저도 모르는 사이에 현서에게 일방적으로 희생을 강요했었다. 여리고 착한 동생에게 모든 책임을 지게 한 것 같아 마음이 무거웠다.

그의 오래된 친구 지석이었기에 더 믿었는지도 모르겠다. 그런데 남녀 간의 일은 당사자가 아니면 아무도 모르는 일이기에 이제라도 늦지 않았다면 모든 것을 제대로 잡아가고 싶었다.

현준은 무거운 마음을 내보내려는 듯 깊은 한숨을 내쉬었다.

오늘 현서를 만난 뒤에 지석도 만나서 현서와의 관계를 명확하게 정리할 생각이었다. 현준의 날카로운 눈빛이 예리하게 반짝였다. 그는 담배를 재떨이에 비벼 끄며 자리에서 몸을 일으켰다.

시간은 바쁘게 흐르고 점심시간이 다가왔다. 현서는 오빠와 만나기로 한 커피숍으로 향했다. 점심으로 간단하게 조각 케이크와 커피를 시키면 되겠다고 생각하며 발걸음을 빨리했다.

찬바람이 제법 세차게 부는 겨울의 풍경이 눈에 들어왔다. 우진과 다시 시작된 만남은 벌써 한 계절을 지나고 있었다. 현서는 코트 깃을 여미며 시린 목덜미를 움츠렸다.

커피숍에 들어가자 향긋한 커피 향과 따스한 온기가 훅 끼쳐왔다. 현서는 주위를 두리번거리며 현준을 찾았다. 그때, 현준이 저만치서 한 손을 번쩍 들어 올렸다. 유부남인데도 총각처럼 보이는 탓에 주변 아가씨들이 현준을 힐끔거리는 것이 보였다.

모두 새언니가 깔끔하게 남자의 입성을 챙겨준 탓이겠지만, 현서는 만약 내 남자가 밖에서 저런 시선을 받고 다닌다면 왠지 우울할 것 같단 생각이 들었다. 새언니한테 조용히 일러줘야겠다 생각하며 오빠에게 다가갔다.

"오빠, 바쁜데 여기까지 어쩐 일이야?"

현서는 맞은편에 앉으면서 물었다.

"오늘 시간이 나서. 그리고 아무리 바빠도 너한테 물어볼 게 있어서 말이야."

평상시와 달리 현준의 얼굴이 어두웠다. 물론 그녀가 지석과 재결합을 하지 않겠다는 것 때문에 엄마나 오빠의 기분이 상했다는 것은 알고 있었지만, 오빠는 그런 걸 계속 맘에 담아두는 스타일이 아니었기 때문에 조금은 의아했다.

게다가 물어볼 게 있다는 말에 혹시나 우진과 관련되어 나쁜 이야기라도 나올까 걱정되었다.

"커피는 아메리카노면 되지? 점심 대신으로 케이크나 사 올까?"

"응."

현준은 여동생을 위해 친히 자리에서 일어났다. 결혼하면 달라진다더니 직접 커피를 사러 가는 모습을 보니 정말 많이 변한 것 같았다.

현서는 다리를 반대로 꼬며 팔짱을 꼈다. 오빠는 통화를 하느라 자리에 오지 않고, 서서 커피가 나오기를 기다리고 있었다. 입 모양을 보니 욕설을 내뱉었다.

결혼하면 나아질까 했는데, 욕하는 건 나아지지 않는 모양이었다. 남자들끼리 있을 땐 저 욕설이 더 과격해진다는 것도 알고 있지만, 현서는 적응되지 않았다. 욕하는 것도 새언니한테 일러줘야 할 목록에 추가했다.

통화를 마친 현준은 쟁반에 커피와 조각 케이크를 담아서 가지고 왔다. 고른 것도 보니 모두 새언니 취향이었다.

현서는 포크를 집어 들고 케이크를 한입 가득 넣었다.

그런 그녀를 물끄러미 바라보던 현준이 불쑥 물었다.

"너네, 왜 이혼했니?"

"어?"

갑작스러운 질문에 현서는 멍청하게 되물었다.

"회피하지 마. 제대로 말해."

"오빠도 알다시피 그냥 성격 차이지, 뭐. 그때 일이 언젠데 지금까지 기억해?"

"현서야."

"왜 목소리 깔고 그래? 겁나는데?"

"너 왜 말 안 했어."

"무슨 말?"

"진짜 이혼한 이유. 끝까지 잡아뗄 생각이었어? 그걸 말하지 않으면 어떻게 알아. 재결합을 원하는 부모님이나 나나, 이혼한 진짜 이유를 알아야 할 거 아니야. 언제까지 속에만 담고 있을래."

현준이 진지한 눈빛으로 현서를 쳐다봤다.

그의 눈빛을 보니 입양 사실을 알게 된 뒤부터 오히려 가족과 벽을 쌓고 지내온 것은 그녀 자신이 아니었을까 하는 생각이 들었다. 저토록 진지하게 물어오는 오빠에게 왜 단 한 번도 그런 문제를 상담하려고 하지 않았을까. 현서는 눈시울이 뜨거워졌다.

"……오빠, 속이려고 했던 건 아니야. 그 사람 개인적인 프라이버시도 있고 해서 말하기가 쉽지 않았어."

현서가 어렵게 입을 열었다. 현준은 묵묵히 듣고만 있었다.

"신혼여행 마지막 날 그러더라고. 자기는 남자구실을 못 한다고. 그래서 겉으로 보기엔 그냥 형식적인 부부처럼 살았어."

"하아……!"

현준이 머리카락을 거칠게 쓸어 넘기며 짙은 한숨을 내쉬었다.

"권우진 그 사람이 말 안 했으면 넌 평생 말 안 할 생각이었지?"

"어떻게, 오빠가 그 사람을!"

놀란 현서는 토끼처럼 눈을 커다랗게 떴다. 하지만 이내 표정이 서늘하게 굳었다.

"왜 만났어? 오빠 정말 그럴 거야? 왜 그러는 거야. 나는 내 인생도 없어? 일일이 오빠와 엄마 간섭을 받아야 하는 거야?"

"자식, 왜 흥분하고 그래?"

"언제, 언제 만났어. 왜!"

현서는 우진에게 무슨 말을 했을지 걱정이 되어 미칠 것만 같 았다.

"진정해. 그쪽에서 먼저 연락이 왔었다."

"……뭐?"

현서는 눈을 가늘게 뜨며 거짓말인지 아닌지 살폈다.

"그리고 너, 입양 사실은 도대체 언제부터 알고 있었던 거야. 자식, 그런 걸 감추고 있었어?"

현서는 눈을 감아버렸다. 도대체 왜 이런 이야기가 한꺼번에 쏟아져 나와야 하는지, 우진이 원망스러웠다.

"그 사람이 주제넘은 짓을 했네."

"넌 평생 모르는 척 살아갈 작정이었어? 다 알면서 언제까지 속일 작정이었어?"

"말한다고 달라질 건 아니잖아. 난 항상 감사한 마음으로 살아 왔어. 오빠도 친오빠처럼 생각해. 아니, 친오빠나 다름없잖아."

현서는 담담하게 뱉어냈다. 이 일로 가족이 상처받길 원치 않 았다.

"그래, 그렇게 생각하고 있었다니 다행이다. 부모님도, 나도 너를 입양했다고 생각해본 적 없었어."

"알아, 알고 있어. 그래서 늘 감사하게 생각해."

"지석이 녀석한테 다시 너 보낸다는 소린 이제 못 하겠다, 도 저히. 권우진, 그 사람은 너 이혼녀라고 적당히 데리고 놀다가 치 울 생각일지도 모르겠단 생각이 들긴 하는데, 뭐, 지켜보면 알겠 지."

"좋은 사람이야. 나한테 과분할 만큼."

"그래. 그러니까 너도 죽고 못 사는 거겠지. 그런데 현서야, 너 볼 낯이 없다. 지석이 녀석한테 시집보내면서 사실 이제 아버지 사업 걱정은 안 해도 되겠다는 생각을 했었거든. 비겁했어. 네가 그렇게 싫다고 할 때 조금만 더 네 마음을 헤아렸더라면 너도 행복했을 텐데. 지난 세월 얼마나 마음 아파했을지 그 생각만 하면 잠이 오질 않아."

"아니야, 오빠. 그렇게 생각하지 마. 다 지난 일이야. 그리고 지금 난 행복해, 아주 많이."

"권우진, 그 사람이 널 그렇게 만든 거겠지?"

현서는 고개를 끄덕이며 가만히 얼굴을 붉혔다. 현준은 그런 현서를 보며 잔잔히 미소를 지었다.

"부모님은 걱정하지 마. 내가 어떻게든 설득해볼 테니까. 난 이제 무조건 네 편이다."

"고마워, 오빠."

핏줄보다 끈끈한 가족애가 어떤 것인지를 현준으로부터 새삼 느끼는 현서였다. 눈시울이 뜨끈해지는 것을 간신히 참아내며 활짝 미소 지었다.

현서는 점심시간을 조금 넘기고서야 자리에서 일어날 수 있었다. 회사로 걸어가는 발걸음이 그 어느 때보다 가벼웠다. 우진이 왜 현준 오빠를 만나서 그런 이야기를 했는지 이제야 어렴풋이 알 것 같았다. 현서는 휴대전화를 꺼내 우진에게 전화를 걸었다.

신호음이 가고 나직한 목소리가 흘렀다.

―음, 어쩐 일로 이 시간에 먼저 전화를 하셨을까. 나 심장 떨려서 죽을 거 같아.

"쿡, 점심은 먹었어요?"

―먹고 막 들어오는 길이야. 설마 지금까지 식사도 못 한 거야? 그 회사는 사람 굶겨가며 일시키는 곳이야?

"아, 아니에요. 저도 먹었어요."

―무슨 일 있는 건 아니지? 목소리가 평소랑 달라.

"어떻게 다른데요?"

―뭐랄까. 혹시…… 너 바람났어? 목소리가 왜 그렇게 들뜬 거야? 차 소리도 들리고. 어디야? 설마 나 몰래 남자 만나고 다니는 거 아니지? 응?

"족집게네. 대나무 꽂아도 되겠어요."

―뭐? 이현서, 너 거기 꼼짝 말고 있어. 당장 갈 테니까.

"농담이에요. 퇴근하고 봐요. 오늘 일찍 마쳐요?"

―이제 나를 완전히 들었다 놨다 하는데, 오늘 밤 각오해야 할 거야. 사실 저녁에 약속이 있는데, 중요한 약속이야. 최대한 빨리 끝내고 갈게. 집에 가 있어.

"아니에요. 그럼 저는 선영이 만날게요. 가게로 가서 수다도 떨고."

―음, 알겠어. 내가 그리고 가면 되겠지? 마치는 대로 전화할게.

"네."

―현서야, 나중에 봐.

"네, 끊을게요."

—그래, 어서 사무실 들어가. 밖에서 방황하지 말고.

"알겠어요. 내 생각 조금만 해요. 일 방해되니까."

—끊기 싫다. 네 목소리 계속 들으면서 일하면 안 될까?

"그러다가 회사 쫓겨나겠어요."

—그래. 쫓겨나면 우리 현서 걱정할 테니까 이제 전화 끊고 일할게.

"네, 전화 끊어요."

—응, 먼저 끊어.

"네."

전화를 끊은 현서는 휴대전화를 가만히 가슴에 끌어안았다. 그로부터 온기가 가슴 가득 전해져왔다.

현서와 선영은 뜨끈한 어묵탕을 놓고 소주잔을 기울이고 있었다. 현서의 표정이 다른 날보다 밝아 보여 선영은 안심이 되었다. 우진과의 일이 잘되고 있다는 뜻이니까.

"요즘 얼굴 좋다?"

"응."

"우진 씨 확실히 잡기로 했어?"

"어, 이제 앞만 바라보기로 했어. 정확히 말하면 나만 생각하기로 했어."

"그래, 그래야지. 인생 별거 있어?"

"넌 꼭 다 산 사람처럼 말하네."

선영은 피식 웃으며 잔을 기울였다.

"난 네가 입양됐다는 말을 들었을 때, 내 처지랑 비슷해서 더 너를 피했었는지도 몰라. 그런데 돌아보니 내 주위에 아무도 없더라고. 날 끊임없이 봐주고 챙겨주는 사람은 너밖에 없었어."

현서는 선영의 말을 들으며 지난날을 떠올렸다. 소주를 홀짝이며 친구의 고백을 듣는 기분도 썩 괜찮았다.

"그때 알았어. 앞으로 평생 갈 친구는 너밖에 없겠구나. 이제 마음을 활짝 열고 서로 위로하고 위로받으며 살아가야겠다. 그런 생각을 했었어."

"조숙했네."

"조숙은 무슨. 갑자기 세상에 홀로 떨어졌을 때, 그 상실감이 그렇게 만든 거지."

"나도 생각보다 잘 살았다는 생각이 들어. 잘 버텼다, 잘 이겨냈다는 그런 생각. 선영이 네 덕분이야."

"우진 씨가 너 놓지 않고 끝까지 잡아준 거 고마워해야 해."

"사실 아직도 내가 자격이 될까 그런 생각이 들긴 해."

"둘이 사랑하는데 무슨 자격이 필요해? 그런 생각이 오히려 우진 씨를 힘들게 할 거야. 그러지 마. 너 충분히 예쁘고 자격 있어. 사랑받을 자격."

"고마워."

"아무튼, 너는 그렇게 다시 옛사랑 만나서 깨 볶고 살 텐데. 나는 언제쯤이면 독수공방 신세 면하겠니?"

"네가 관심을 안 가져서 그렇지. 너 좋다는 사람 많잖아."

"누구? 고삐리들? 떡볶이 먹으러 와서 치근대는 것들?"

"쿡, 기다려봐 나타날 거야."

현서는 그동안 있었던 일을 찬찬히 선영에게 말했고, 선영은 이야기를 들으며 울분을 토하기도 하고, 웃기도 하며 마치 자기 일같이 반응했다. 현서는 더없이 다정한 눈빛으로 선영을 바라보았다.

"야, 왔다."

"응? 누가 와?"

"내가 마시게 한 거 아니니까 그렇게 쳐다보지 마쇼."

선영이 입을 불퉁하게 내밀며 쏘아붙였다.

그제야 현서는 뒤를 돌아보았다.

"어? 우진 씨, 언제 왔어요?"

바지 주머니에 손을 찔러 넣고서 쳐다보고 있는 그는 흠잡을 곳하나 없이 완벽했다. 그녀를 품고도 남을 만큼 넓고 듬직한 어깨와 몸에 맞춰 흐르는 듯한 슈트의 세련됨이 저절로 감탄을 자아냈다.

그녀를 향한 뜨거운 눈빛이 선영을 향할 때는 서늘했다. 짙은 눈썹이 못마땅하다는 듯 꿈틀댔다.

"야, 이현서. 네 애인 왜 저러니? 지금까지 너 설득한 공도 모르고. 지금 저러는 거 배은망덕한 거 아니야?"

선영이 허리에 양손을 척 올리더니 우진을 쏘아보았다.

"김 실장님, 지금 차를 앞으로 가져와야겠습니다."

우진은 휴대전화를 꺼내 짧게 통화를 마쳤다.

"얼마나 마신 겁니까."

"보면 몰라요? 소주 한 병, 두 병, 세 병. 뭐, 재 혼자서 한 병은 마셨겠네요."

"술 못 마시는 줄 아시지 않습니까."

"웃기시네. 얘가 술이 얼마나 늘었는데. 5년 전이랑 같은 줄 알아요? 쟤가 술 마시고 싶다고 할 때마다 내가 가게 문 닫고 쟤 술 상대해주느라 손해가 이만저만이 아니었다고요."

"우진 씨, 이리 와요. 서 있지 말고."

현서는 반달처럼 눈을 접고 웃으며 그에게 작은 손을 까딱이며 손짓해댔다.

우진은 그런 그녀를 뒤로한 채 가게 문을 열고 밖으로 나갔다. 가게 밖에는 마침 김 실장이 차를 길가에 대고 있었다. 김 실장은 차에서 내리자마자 뒤 트렁크를 열었다. 이내 안에서 무언가를 꺼내기 시작하더니 가게 안으로 계속 날랐다.

"이게 뭐예요?"

가게 안에 잔뜩 쌓인 상자를 보며 선영이 물었다.

"그동안 고마웠습니다. 우리 현서 씨, 어디 못 가게 잘 잡아줘서 고맙고, 이렇게 제 곁에 올 수 있도록 돌봐줘서 감사합니다."

"인사성은 바르시네요."

"네, 제가 인사성 하나는 끝내줍니다. 그래서 부탁 하나 합시다."

"뭐죠?"

"우리 현서, 앞으로 술 마시고 싶다고 하면 여기 와인 한 박스 있습니다. 그걸 주세요. 그리고 나머지 박스는 제 마음의 선물입니다."

"그러니까, 소주 따위는 먹이지 마라, 뭐, 그런 소리죠?"

"그렇습니다."

"거기 아저씨, 이리 와보세요."

선영이 한 손을 허리에 척 걸치더니 다른 손으로 김 실장을 불렀다.

"저 말이십니까."

"네. 이왕 나르신 김에 이것들 다 저 안으로 넣어주세요."

김 실장이 멍한 표정으로 선영을 바라보았다.

"왜 그러세요? 제 얼굴에 뭐 묻었어요?"

선영은 김 실장이 뚫어지게 쳐다보자 뭔가 어색하기도 하고 가슴이 울렁이는 것 같아서 살짝 얼굴을 붉혔다.

"저, 총각입니다."

"흐흠, 어쩐지 좀 아닌 것 같긴 했어요. 저랑 같이 옮겨요. 여기 여자 혼자 사는 곳이라서 사실 남자는 단 한 번도 들어온 적 없거든요. 영광으로 아세요."

"여, 영광입니다."

"호호호, 좀 지저분해요."

"아, 아닙니다."

술을 마신 선영은 다른 날보다 더 **뻔뻔**했고, 붙임성은 원래 좋았던 관계로 김 실장을 완전히 들었다 놨다 하고 있었다.

어느새 테이블 위에 얼굴을 기댄 채 잠이 든 현서를 내려다보던 우진은 현서를 안아 들었다.

"이기지도 못하는 술은 왜 마신 거야, 도대체."

"우진 씨, ……고마워요."

현서는 그의 목덜미에 얼굴을 파묻으며 사랑스러운 고양이처럼 비벼댔다.

우진은 현서를 차에 태운 뒤, 운전석에 올랐다.

울었었는지 눈가에 물기가 배어 있었다. 우진은 가만히 손으로 눈가를 닦아내며 뺨을 쓰다듬었다.

"으응."

"이현서, 너 앞으로 술 마시면 혼날 줄 알아. 조마조마해서 못 보겠다."

현서를 바라보는 우진의 눈동자엔 한없는 애정이 묻어 있었다. 그는 지난 세월을 보상받기라도 하듯 현서를 품에 끌어안고 살짝 입술을 맞추었다.

"가자."

우진은 밤길을 미끄러지듯 조용히 달렸다. 그의 곁에 편안한 얼굴로 잠들어 있는 현서의 얼굴을 보는 것만으로도 우진은 심장이 욱신거렸다.

무사히 안착한 그녀와의 사랑을 지켜가기 위해 우진은 다시 한 번 더 마음을 다잡았다. 그녀에게 닿고 싶어 몸부림치던 지난날의 회한을 기쁜 마음으로 떨쳐낼 수 있을 것이다.

우진은 현서의 손등을 가만히 쓸어내리며 손을 움켜잡았다. 집 앞에 도착해서도 한참을 바라보았다.

그때 현서가 눈을 비비며 잠에서 깨어났다.

"얼마나 잔 거예요?"

"한 30분?"

"깨우지 그랬어요."

"아니야. 이제 다 깼어?"

"네."

"들어가자. 밖은 춥다. 코트 단단히 여며."

"갔다 갈 거죠?"

"응, 자고 갈 거야."

우진의 말에 현서의 얼굴이 붉게 물들었다.

"무슨 상상 한 거야?"

"아, 아닌데요."

"그냥 잠만 자고 갈 건데. 설마 야한 상상을 한 거야?"

"누, 누가 상상했다고 그래요?"

슬쩍 눈을 흘기며 토라지는 모습도 가슴이 저릿하도록 예쁘다. 우진은 가슴 가득 흘러가는 그녀에 대한 사랑 때문에 시시때때로 심장이 들썩이고 쑤셔대고 두근거려서 제명에 못 살지 싶었다.

"가자. 앞으로 평생 곁에 잠들고 싶어. 허락해줄 거지?"

"……우진 씨."

"사랑해."

그의 품에 안기다시피 해서 주차장을 걸어 아파트 현관으로 들어섰다. 그의 품에 안겨 있는 현서는 자꾸만 웃음이 번지려 해서 그의 품에 더욱 파고들었다. 그런 현서를 우진은 더욱 힘껏 끌어안았다.

우진은 현서와 함께 부모님 앞에 앉아 있었다. 아버지는 이미 현준 오빠에게서 우진의 이야기를 들은 상태였고, 지석으로부터 협박을 당한 아버지는 이미 마음이 많이 돌아선 상태였다.

"우리는 이제 사업을 접기로 했어. 내 나이도 있고, 누구 물려받을 만한 아들이 있는 것도 아니고. 보다시피 현준이는 검사를 계속할 테고, 대기업에 종속되어 일하는 것도 못할 짓이긴 해. 그래서 누가 산다는 사람 있을 때 넘기기로 했다. 그러니까 현서 너는 이제는 지석이 놈 걱정 안 해도 된다."

아마도 그에게 협박 말고도 험한 꼴을 당하신 것 같았다.

"아버지."

"그동안 네가 마음고생이 많았어. 말 안 해도 잘 알아."

현서는 눈시울을 적시며 아버지와 엄마를 바라보았다. 엄마는 가만히 손등으로 눈물을 찍어내더니 현서의 손을 잡았다.

"현서야, 내가 미쳤었나 보다, 네 뺨을 다 때리고. 그때는 제정신이 아니었어."

"아니야, 엄마."

"이렇게 착한 너를. 그동안 얼마나 마음이 아팠겠어."

"엄마."

"장모님, 이 사람 제가 많이 사랑하겠습니다. 걱정하지 마십시오."

"그래, 자네만 믿겠네. 이렇게 훤칠하고 좋은 남자가 있는데, 우린 그것도 모르고."

"지금이라도 좋게 봐주시니 감사합니다. 저희는 부모님께서 반대하시면 어쩌나 걱정했었습니다."

"아니야, 우리가 뭐라고. 그때는 솔직히 살아보겠다고 아등바등할 때였지만, 이젠 다 내려놓으니까 그렇게 편할 수가 없어. 진작 그렇게 해야 했는데. 볼 면목이 없어."

"저희가 잘하겠습니다."

"고맙네."

그렇게 거실에서 대화를 나누고 있던 그때 현관문이 열리며 현준 오빠 내외가 들이닥쳤다.

"오늘 같은 날 우리가 빠지면 서운하지. 안 그래?"

우진과 현서는 현관을 들어서는 오빠 내외를 보며 현관 앞으로 달려갔다.

"어서 오십시오, 형님. 처음 뵙겠습니다. 권우진입니다."

우진은 새언니에게 인사를 건넸다.

"어머, 아가씨. 이런 킹카는 어디서 구해 온 거야? 세상에. 나 보자마자 반했는가 봐."

새언니가 눈을 반짝이며 우진을 바라보자 옆에 있던 현준이 얼굴을 붉히더니 언니 손을 잡고 앞으로 당겼다.

"이 사람이 지금 어디다가 한눈을. 이렇게 멋진 서방님을 두고."

"아휴, 손 좀 놔봐요. 난 연예인인 줄 알았어요. 어쩜 저 바람직한 외모랑 키 좀 봐."

"좋게 봐주시니 감사합니다. 앞으로도 잘 부탁합니다."

"어쩜, 저 매너하며. 아가씨 좋겠다."

"빨리 어머니한테 인사드려야지. 계속 여기 있을 거야?"

"어머, 내 정신 좀 봐. 어머니, 저희 왔어요."

새언니는 거실 소파 쪽으로 쪼르르 달려갔다.

"그렇게 좋니? 네 시누이 남편 될 사람이야. 마음에 들어?"

"네, 들다마다요. 어머니, 여울이 받아주세요."

"그래. 어이쿠, 우리 여울이 왔어?"

"고모, 고모."

여울이는 할머니 품에 안기려 하지 않으며 저만치 서 있는 현
서를 향해 팔을 뻗고 칭얼댔다. 할머니보다도 고모를 더 좋아하는
여울이었다.

"고모, 우리 여울이가 고모만 찾네요."

새언니가 다시 여울을 안아 들고 현서가 있는 곳으로 왔다.

"우리 여울이 어디 보자, 잘 있었어?"

"고모, 고모."

현서는 여울을 안아 들고 우진에게 여울을 보여줬다.

"우진 씨, 여울이 예쁘죠?"

우진은 말없이 여울을 쳐다봤다. 새카만 눈동자가 점점 짙어졌
다.

"우진 씨?"

"우리도 빨리 아이 가지자. 당신 닮은 딸 하나만 놓으면 좋겠
다."

우진이 현서의 귓가에 대고 속삭였다. 낮게 가라앉은 목소리엔
둘만 알 수 있는 뜨거운 열기가 넘실거렸다.

"우물가 가서 숭늉 찾는다는 말이 왜 있나 했더니."

"그럼 지금부터 부지런히 하자. 어서 아기 맡기고 와. 네 방으로 가."

"뭐예요. 지금요?"

현서가 얼굴을 붉히며 그를 나무라자 우진은 성큼 거실 쪽으로 향했다.

현서는 놀란 나머지 그의 뒤를 쪼르르 따라갔다.

"아가씨, 여울이 이리 주세요. 우유 먹을 시간이에요."

"네, 언니."

"저, 장인어른 저희는 잠시 현서 씨 방에 가 있겠습니다. 이 사람 어릴 때 사진도 보고 싶네요."

"어, 그래. 들어가 봐. 저녁 식사 할 때 되면 부를 테니까 편하게 쉬어."

"네."

"어서 가봐요, 아가씨."

현서가 머뭇거리자 새언니가 윙크하며 현서를 밀었다.

하는 수 없이 현서는 우진을 데리고 그녀의 방으로 향했다. 2층 계단을 올라가자 작은 거실이 있고 방문이 세 개가 나란히 있었다.

"어디가 방이야?"

"제일 앞쪽이에요."

우진은 성큼 걸어갔다.

문을 열고 안으로 들어가자마자 현서를 빨아 당기듯 문 안으로 끌어당겼다.

탕. 달칵.

문이 닫히자마자 우진은 잠금장치를 걸었다.

그의 품에 갇힌 현서는 턱을 붙잡힌 채로 입술이 삼켜졌다.

우진은 현서를 품에 끌어안고 핑크빛 침대 커버를 씌운 침대에 현서를 밀어뜨렸다.

현서는 그를 품에 끌어당기며 얼굴을 가만히 쓰다듬었다.

"고마워요, 우진 씨. 오늘 잘해줘서 너무 고마워요."

"그럼 상을 줘."

"어떤 상을 줄까요?"

"이현서, 너를 먹게 해줘. 하나도 남김없이."

"좋아요. 나를 가져요."

그 뒤부터 둘은 소리를 죽여가며 뜨겁게 몸을 나누었다. 우진은 정말 아껴가며 야금야금 먹어댔다.

현서는 그의 애무에 자지러질 듯 신음을 흘리며 손등으로 입을 막아야만 했다.

우진은 마음껏 입으로 탐식한 뒤 그녀의 몸 안 깊숙이 파고들었다. 그의 입에서 짧은 탄식이 흘렀다.

현서는 허리를 한껏 휘며 신음했다.

"현서야, 하아, 내 아이를 낳아줘."

"네, 얼마든지. 힘닿는 데까지 낳을게요."

"하아, 미치겠다."

밑에서 2층으로 올라오던 현준은 희미하게 들려오는 소리에 씩 미소를 짓고서는 뒤따라오던 아내의 어깨를 돌리며 밑으로 내려갔다.

"왜요?"

"지금은 배보다도 그게 더 고플 때거든. 그냥 내버려둬. 우리도 알잖아? 내가 처가댁 가서 어떻게 했는지."

"설마."

"그러니까 우리끼리 저녁 먹자고 해야겠다. 그리고 오늘 여울이 맡기고 우리도 모처럼 신혼 분위기 내볼까?"

"그럴까요?"

"응. 오늘 안 재울 테니까 각오해."

"말은 잘해요. 지난번에도 샤워하고 나오니까 코만 드렁드렁 골면서 자더니."

"이번에는 아니야. 만져볼래? 지금도 난리라니까."

"징그러워. 어서 밥이나 먹어요."

현준은 앞으로 팽 하니 가버리는 아내를 보며 허탈한 미소를 지었다. 뭐니 뭐니 해도 남자는 밤일을 잘해야 대접을 받고 사는 모양이었다.

에필로그 1.

붉은 팔찌

[붉은 루비 한 알 한 알에 내 심장을 담고 피를 담아 너에게 바친다. -우진]

현서는 그가 만든 루비 팔찌를 가만히 손목에 갖다 댔다. 가늘고 하얀 손목에 잘 들어맞았다. 정말 그가 만든 게 맞을까 싶을 만큼 정교했고, 아름다웠다.

가슴 벅차도록 떨려오는 심장 때문에 현서는 그냥 있을 수가 없었다. 그가 오늘 밤 헤어지기 전 선물이라며 주고 간 것이었다. 현서는 가슴 뭉클한 감정 때문에 팔찌를 낀 채 방 안을 서성였다.

[난 내 심장과 피를 어디에 담아서 당신께 바쳐야 하나요?]

문자를 보낸 뒤 휴대폰을 꼭 쥐고 그의 답장이 오기를 기다렸다.

지이잉.

문자가 도착했다.

[감동의 눈물 한 방울이면 충분해. 이미 넌 내 거니까.]

분명 선영이 보면 닭살이라고 난리를 떨 테지만 현서는 그의 문자를 보며 정말 감격의 눈물을 흘렸다. 최근 들어 유난히 손에 상처가 많이 났던 이유가 다 있었다.

현서는 지난날의 기억을 떠올리며 그가 말한 감격의 눈물 한 방울이 담긴 상자를 손에 들었다.

우진이 일하는 회사 앞으로 간 현서는 현관 입구에서 문자를 보냈다.

[여기 도착했어요. 올라갈까요?]

[응. 어서 올라와.]

현서는 신분증을 맡기러 안내 데스크 쪽으로 향했다. 마네킹처럼 예쁘게 화장한 여직원은 현서가 내미는 신분증을 받지 않았다.

"이리 오시면 됩니다."

안내양이 상냥한 미소를 지으며 현서를 안내했다.

임원 전용 엘리베이터 같은데, 그쪽으로 향한 직원은 엘리베이터 문이 열리자 10층 버튼을 누른 뒤 현서가 타기를 기다렸다.

현서가 올라타자 엘리베이터는 멈추지 않고 곧장 10층으로 올라갔다.

"즐거운 시간 되시기 바랍니다."

안내양이 던진 말이 뭔가 의미심장하게 느껴지기도 했지만 현서는 고개를 갸웃거리며 그의 사무실로 향했다.

우진의 사무실 입구에 커다란 남자의 실루엣이 보였다. 현서는 손님이 오기라도 한 건가 싶어서 조심스럽게 발걸음을 옮겼다.

점점 가까이 다가가자 검은 실루엣이 또렷하게 보였다. 그가 사무실 입구에 나와서 그녀를 기다리고 있었다.

부드럽게 눈을 접고 웃는 모습에 현서의 심장이 터질 듯 두근거려왔다. 매번 보지만 쉽게 적응이 되지 않았다.

저 웃음 한 번이면 모든 여자를 녹여버릴 것만 같은 불안한 마음이 들기까지 했다.

"어서 와, 이현서."

우진이 천천히 다가오는 그녀가 답답했던지 성큼 걸어서 그녀 앞으로 다가왔다.

"우진 씨, 왜 나와 있어요?"

"내 여자 마중 나왔어."

"안 그래도 돼요. 일하는 시간인데 괜히 방해되는 거 아닌지 몰라요."

"현서야, 오늘 우리 형 만나보자. 이제 우리 집에도 허락을 받아야지."

"네? 갑자기?"

"응. 먼저 말하면 오는 내내 부담 느낄까 봐. 지금 내 사무실에 와 있어. 괜찮지?"

"저, 나중에 뵈면 안 될까요?"

현서는 고개를 숙이며 구두코를 내려다보았다. 한 고비씩 넘어가고 있지만, 느닷없이 그의 가족을 만나라니. 도저히 무섭고 자신 없었다.

이럴 때마다 현서는 자신의 지난 과거가 죽을 만큼 싫었다. 이혼녀라는 타이틀이 꼬리처럼 평생 따라다니는 제 처지가 원망스러웠다. 그냥 떳떳하게 이 남자 곁에 서고 싶은데 그럴 수가 없었다.

"현서야, ……날 봐."

우진은 현서의 얼굴을 양손으로 감싸며 들어 올렸다. 다정한 눈빛으로 바라보는 그는 이미 그녀의 마음을 다 헤아리고 있는 듯했다.

"어차피 부딪쳐야 할 일이야. 현서야, 날 믿어봐. 절대로 널 아프게 하지 않아. 만약에 정말 널 아프게 할 일이 생긴다면, 나 다 포기하고 너만 데리고 도망가버릴 거야."

현서는 고개를 저었다. 그가 그녀 때문에 모든 것을 다 버리고 도망을 가다니. 그건 더 말이 안 되는 소리였다. 결국, 용기를 내는 수밖에 없었다. 그의 말대로 한 번은 부딪쳐야 할 일이었다. 현서는 흔들리는 눈동자로 그를 바라보았다.

우진이 현서를 품에 끌어안으며 이마에 입술을 맞추었다.

"괜찮아?"

"네."

"좋아. 들어가자."

우진이 현서의 손을 꽈악 잡아왔다. 현서는 이 손을 절대로 놓치지 않으리라 다짐하며 용기를 내었다.

문을 열고 들어가자 그의 비서로 보이는 여자와 김 실장이 자리에서 일어나 인사를 해왔다.

"안녕하십니까, 이 실장님."

"안녕하세요."

"어서 들어가 보십시오."

"네."

김 실장이 눈빛으로 응원을 해왔다. 현서는 작게 미소 지으며 떨리는 마음을 다잡았다.

그의 집무실에 있는 검정 소파에 앉아 있던 젊은 남자가 벌떡 자리에서 일어났다.

형제라더니 묘하게 닮았다. 현서는 우진과 닮았다는 이유만으로도 그에게 호감이 갔다.

"안녕하세요, 이현서입니다."

"어서 와요. 어찌나 녀석이 자랑하던지."

현서는 우진과 나란히 긴 소파에 앉았고, 도진은 1인용 소파에 앉았다. 주위에 무거운 침묵이 흘렀지만, 현서는 절대로 의기소침해지지 않기 위해 애써 표정을 밝게 했다.

"우리 우진이랑은 언제부터 만났어요?"

도진이 먼저 찻잔을 들며 물었다.

"아, 내가 집 나가 있을 때······."

우진이 옆에서 말을 하기 시작하자 도진이 찻잔을 내려놓으며 쏘아붙였다.

"너한테 물은 거 아니야. 넌 가만히 있어."

현서는 도진의 날카로운 눈빛을 보며 마음을 굳혔다. 지금 이 자리에서 전부를 다 털어놓기로.

"네, 제가 이 사람을 만난 건 지금부터 6년 전이었어요. 이 사람이 홍대 앞에서 액세서리를 팔고 있을 때 저는 시장조사를 나갔다가 우연히 보게 되었고, 그 뒤 자연스럽게 만남으로 이어졌습니다."

"아, 그랬군요. 그럼 제법 오랫동안 사귀었는데, 왜 여태까지 그냥 있었어요?"

현서의 무릎 위에 올려진 손을 우진이 가만히 감싸왔다. 덜덜 떨리던 손이 따스한 온기에 차츰 진정되어갔다.

"제가 이 사람과 사귄 지 1년이 조금 지나서 집안 사정으로 결국 헤어질 수밖에 없었습니다."

"저런. 그래서 최근에 다시 만났군요."

"네. 당시 저는 집에서 맺어준 남자와 결혼을 했었고, 6개월 뒤 이혼을 했습니다."

도진의 얼굴이 눈에 띄게 굳어졌다.

"그렇게 혼자 지내다가 성진 어패럴에 일 때문에 찾아왔다가 이 사람을 우연히 만나게 되었습니다."

현서는 입술을 지그시 깨물며 고개를 숙였다.

도진은 깊게 생각에 잠긴 듯 아무런 말이 없었다. 우진은 현서의 손을 다독이며 괜찮다고 말을 해왔지만 현서의 눈가는 이미 촉촉이 젖어들었다.

가슴 아파서 견디기 힘들었다. 이 자리에서 무릎 꿇고 빌어야 할지, 사정해야 할지 어떻게 해야 할지 몰라 현서는 도진의 눈치만 살폈다.

"한 가지만 물어볼게요. 이 녀석이 고학생이라서 떠났습니까?"

"아닙니다. 사랑하지만 어쩔 수 없이 헤어져야 하는 일도 생기더군요. 저를 입양해서 지금까지 키워주신 부모님을 저버릴 수가 없었습니다. 아버지의 사업이 위태로운 상황에서 그 남자와의 결혼은 어쩔 수 없었습니다."

"전남편과의 사이에서 아이가 있나요?"

"형! 무슨 소릴 하는 거야!"

우진이 버럭 화를 내며 도진을 향해 눈을 부라렸다.

"아닙니다. 없었습니다."

"다행이네요. 이 녀석이 그래도 좋다고 목을 매는데 어쩌겠습니까."

"……형! 고마워!"

"고맙습니다."

"사실 우리 집안에서 정략결혼은 저 하나로 충분합니다. 난 우진이까지 그런 결혼하는 거 반대합니다. 더군다나 이리 죽고 못 사는데, 무슨 원망을 들으려고. 사실, 이 녀석 고집이 황소고집이

거든요. 앞으로 제수씨가 고생할 게 훤합니다."

제수씨라고 부르는 도진의 말에 현서는 눈물을 주르륵 흘렸다.

"저런, 고운 얼굴에 눈물이라니! 내가 울린 거 아니다. 너, 나를 그런 식으로 쳐다보는데, 나 상당히 기분 나빠."

우진의 시선을 의식한 도진이 너스레를 떨더니 자리에서 일어났다.

현서는 눈물을 닦아내며 얼른 자리에서 일어났다.

"우리, 잘해봅시다."

"네, 고맙습니다."

"우리 집 영감쟁이 고집을 꺾는 방법은 나밖에 없는데. 이번에 특단의 조처를 내려야겠습니다."

"뭘 어쩌려고!"

"네 형수 버릇도 고칠 겸 이혼 선언이라도 해야겠다. 이혼 문제로 시끄러울 때 얼른 자리 잡아. 그럼 간다. 제수씨, 다음에 봅시다."

"네, 들어가세요."

현서는 정중히 인사를 건넨 뒤, 벙 찐 표정으로 서 있는 우진을 올려다보았다.

"그런데 형님 말은 무슨 뜻이에요? 이혼 선언이라뇨?"

"형수님하고 형 사이가 별로 안 좋거든. 그래서 아마 전화위복을 위해 뭔가 방법을 구상 중인가 봐. 역효과나 나지 않으면 좋겠는데."

"그러게요. 괜히 우리 때문에 그러시는 거 아닐까요?"

“아니야. 아버지는 형에 대한 마음이 좀 각별하셔. 아마 형이 저러면 우리 결혼에 신경 쓸 여력이 없으실 거야. 기회를 잘 잡아서 식 올리자.”

우진이 현서를 뜨겁게 응시했다. 현서는 이 남자의 열정적인 눈빛에 화답하듯 키스를 퍼붓고 싶어졌다.

“우진 씨, ……사랑해요.”

새카만 눈동자가 깊이를 알 수 없을 만큼 짙어졌다.

“나가자.”

“네.”

그녀를 옭아맬 것처럼 바라보는 단단한 시선에 가슴이 떨려왔다.

둘은 둘만 있는 공간에 들어서자마자 서로 엉켜 키스를 나누었다. 그의 오피스텔로 온 우진은 현관에서부터 그녀를 단단히 감싸 안으며 뜨거운 키스를 퍼부었다. 부드럽게 핥아대다 거칠게 삼키며 힘껏 빨아들이는 키스는 현서의 정신을 몽롱하게 할 만큼 강렬했다.

“하아…….”

“현서야…… 고마워.”

간신히 떼어낸 입술 사이로 기다란 타액이 늘어졌다.

우진은 다시 쪽 소리 나게 입술을 겹쳤다.

“우진 씨, 잠시만요.”

현서는 우진의 가슴을 밀쳐낸 뒤 그녀의 핸드백에서 무언가를 꺼내었다.

“제 선물이에요.”

"이게 뭐야?"

우진은 떨리는 눈동자를 한 채 그녀가 내미는 것을 받아 들었다. 파란색 벨벳의 작은 상자였다. 우진이 상자를 열었다.

"이리 줘봐요. 내가 해줄게요."

현서는 그가 멍하니 서 있자 상자에 든 것을 꺼내 그의 넥타이핀을 빼낸 뒤 손에 든 것을 꽂았다.

"자, 이리 와봐요."

현서가 우진의 팔을 당겨서 거울 앞에 섰다.

은색의 넥타이핀에 푸른 사파이어가 눈처럼 박혀 있었다. 심플하면서도 고급스러운 넥타이핀이었다.

"감동의 눈물 한 방울로 만든 넥타이핀이에요. 내가 직접 만들었어요."

우진은 현서를 품에 꽉 끌어안았다.

그도 기억했다. 그녀가 하는 말이 무슨 말인지를.

그가 루비 팔찌를 만들어 선물하면서 주고받았던 문자였다.

[붉은 루비 한 알 한 알에 내 심장을 담고 피를 담아 너에게 바친다.]

절박한 절대 명제, 이현서. 그녀를 위해 만든 루비 팔찌.

어쩌면 그 팔찌가 만들어낸 기적과도 같은 사랑이었다.

우진의 눈자위가 붉게 물들었다.

현서는 그의 얼굴을 쓰다듬으며 입술에 입을 맞추었다.

"사랑해요. 늘 당신의 사랑에 감동해요."

"사랑해. 다신 널 놓치지 않아."

간절한 고백이 이어졌다. 그는 그 어느 때보다 조용히 경건하게 그녀의 입술에 입을 맞추었다.

그녀의 얼굴을 다정하게 쓸어내리며 그 무엇보다 소중하게 감싸 안았다. 루비처럼 붉게 타오르는 노을이 사랑을 나누는 두 사람의 나신을 아름답게 물들였다.

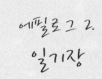

에필로그 2.
일기장

8. 14

그녀가 헤어지자고 해서 멍청하게 그러자고 했다. 아직 실감이 나지 않았다. 난 정말 무슨 짓을 했던 걸까.

아직도 제주도 그 별장에서, 그 숲길에서, 그 해변에서 우리가 나누었던 사랑은 이토록 생생하게 남아 있는데, 나는 그 이별을 어찌 감당하려고 받아들인다 했던가.

고장 난 시계의 초침처럼 제자리를 맴돌았다. 나는 늘 그 자리에 머물러 있었다.

'헤어져요.'

그 말이 심장을 서걱서걱 베어낸다.

자포자기. 눈을 뜨면 아침이고, 눈을 뜨면 밤이고, 눈을 뜨면 새벽이고, 눈을 뜨면 핏빛이 물든 저녁이었다.

꿈에서도 얼굴을 보여주지 않는 그녀 때문에 자꾸 잠을 잘 수밖에 없었다. 행여나 오늘 모습을 보여주겠지.

8. 20.

똑. 똑.

"계십니까."

낯선 목소리의 남자가 작업실 문을 두드렸다. 컨테이너 박스에 찾아와서 문을 두드릴 사람은 별로 없어 누가 찾아온 것인지 도통 감이 오질 않았다. 난 어지러운 현기증을 참아내며 침대에서 일어나 문을 열었다.

문 앞에는 고급스러운 슈트에 흐트러짐 없는 단정한 모습의 남자가 날카롭게 날을 세운 채 나를 바라보고 있었다.

"누구시죠?"

"이현서, 남편 될 사람입니다. 여기."

그가 내미는 것을 받아들었다.

네모난 직사각형의 봉투. 편지봉투처럼 가로가 기다란 봉투가 아니었다. 흔히 청첩장이나 초대장에 쓰이는 사이즈의 봉투가 내 손에 쥐어졌다. 난 처음으로 내 몰골이 부끄러웠다.

남자의 눈에는 가벼운 경멸과 비웃음이 떠돌았다. '네까짓 게 감히, 현서에게 가당키나 해?' 그렇게 말하고 있는 것 같았다.

그가 돌아가고 난 뒤, 봉투를 열었다. 원앙새가 나란히 금장으로 박혀 있는 청첩장이었다.

신랑 서지석.

그 이름을 보는 순간 가슴이 철렁 내려앉았다. 아득하게 절망의 구렁텅이로 빠져드는 기분이었다. 청첩장에 적혀 있어야 할 이름은 응당 내 이름이어야만 했다.

신부 이현서. 신랑 권우진.

난 지금 여기서 뭘 하고 있는 걸까.

8. 23.

작업대 위에 놓인 청첩장을 보았다. 결혼식은 이틀 뒤였다. 가슴 속에서 이상한 오기가 치밀었다. 옹졸하고 비겁한 생각일지 모르지만, 나는 그녀 결혼식에 얼굴을 내밀고 그녀를 빤히 바라볼 생각이었다.

어디, 나 버리고 가서 잘 사나 보자.

어디, 얼마나 멋진 남자인지 보자.

그래, 나도 네가 원하는 조건이라면 얼마든지 남부럽지 않게 갖출 수 있다. 내가 다시 내 자리로 돌아가기만 하면 된다.

담배 연기를 내뿜으며 그런 비열한 생각을 했다.

그리고 허물을 벗듯 목욕을 하고, 면도를 하고, 이발을 했다.

작업실도 깨끗이 치우고 묵은 먼지를 털어냈다.

그런데 곳곳에 남아 있는 네 흔적은 차마 지우질 못했다.

현서야, 지금 이 순간, 네가 다시 나를 보러 온다면 다 용서할 수 있을 것 같다. 현서야, 보고 싶다.

8. 24.

이제 이곳을 떠날 때가 되었다. 그녀가 미련 없이 나를 버리고 결혼을 한다고, 다른 남자의 아내가 되겠다고 했다.

목구멍에서 쓴 물이 올라온다. 사람이 미치는 이유, 돌아버리는 이유를 절실히 느끼고 있었다.

창문을 열자 더운 기운이 훅 끼쳐왔다. 네모난 창틀에서 보이는 하늘은 새카맸다.

"우진 씨."

처음엔 환청인 줄 알았다.

그런데 계속해서 나를 부르는 소리에 심장이 요동치기 시작했다. 나는 미친놈처럼 문을 열고 밖을 뛰쳐나갔다. 희미한 가로등 아래 서 있는 여자는 분명 현서였다.

내일이 결혼식인데, 그녀가 나를 보러 왔다. 내 가슴은 희망으로 부풀어 올랐다.

도망을 가자고 하면 어디든지 갈 생각이었다. 같이 죽자고 해도 얼마든지 그렇게 할 생각이었다. 그런데 그녀 입에서 나온 말은 내 희망을 여지없이 뭉개버렸다.

"이렇게 찾아와서 죄송해요."

고개를 떨구며 가냘픈 목덜미를 훤히 드러내는 그녀. 나는 어금니에 힘을 주고 눈을 부라렸다. 울지 않기 위해 이를 악물었다.

"결혼 축하한다는 소린 못 하겠다."

담담하게 말하려 했다. 최대한 아무렇지 않게 말하려 했다. 그런데 망할 목소리가 떨려왔다. 파리한 얼굴을 한 그녀가 고개를 들어 눈을 맞추었다.

"미안해요."

울컥 치밀어 오르는 울음을 참으며 말없이 노려보았다.

그런 말을 하려거든 차라리 오지 말지. 잔인하다, 이현서.

"오지 말지. 왜 와서 사람 뒤흔들어. 그냥 놔두지."

내 차가운 말에 그녀가 입술을 깨물고 고개를 떨구었다. 바닥에 후드득 떨어지는 것은 그녀의 눈물이었다. 가냘픈 어깨가 떨고 있었다. 아직은 결혼식을 올리지 않았으니까, 널 안을 수 있겠지. 널 내 품에 잠시 안을 수 있지 않을까.

네 가냘픈 어깨를 다독이며 괜찮다 말해줘도 되지 않을까.

나는 말도 안 되는 생각을 하며 우두커니 서 있었다.

"그만, 가볼게요. 저, 잊고 더 좋은 여자 만나서 행복하세요."

못된 계집애.

기어이, 기어이 나를 미치게 했다.

울부짖게 했다.

돌아서는 그녀의 어깨를 잡고 돌려세웠다. 만질 수도, 눈물을 닦아낼 수도 없는 나는 어떻게 해야 하나.

원래 내 여자였다. 내 아내가 될 여자. 하나뿐인 내 여자였다.

나는 으스러지도록 그녀를 끌어안았다. 흐느껴 우는 여자의 떨림이 심장으로 전해져왔다.

핏발이 선 눈으로 울음을 참으며 간신히 품에서 떼어냈다. 떨리는 손으로 현서의 얼굴을 쓰다듬고 눈물을 닦아냈다.

나는 소리 없이 울었다. 이 여자를 어떻게 보내나. 어떻게 잊어야 하나.

"……사랑해. 사랑해."

내가 할 말은 그뿐이었다. 목구멍이 꽉 메어와 말을 할 수가 없었다. 그래도 나는 그녀가 들을 수 있도록 말했다.

"사랑해, 이현서. 사랑했다."

생살을 뜯어내는 심정으로 너를 보내야 했다. 이현서, 지금 너를 붙잡는다면 너무 늦은 거겠지.

난 교만했고, 자만했었다. 이 여자 없이도 살 수 있다는 생각을 했었다. 그런데 살아도 산 게 아니라는 것이 어떤 것인지 처음으로 깨달았다. 하루하루가 지옥이 될 것이다.

흠뻑 젖은 얼굴로 서로를 더듬고 어루만지며 입술을 겹쳤다. 누가 먼저랄 것도 없이 우리는 절박하게 키스를 나누었다.

이것이 마지막이라는 절박감이 나를 미치게 했다.

너무 어여쁘고, 소중한 내 여자. 오늘이 마지막이다. 내 여자라고 부를 수 있는 것도, 이렇게 키스를 나눌 수 있는 것도.

나는 죽을힘을 다해 그녀를 품에서 떼어놓았다.

그녀에게 마음에 멍울을 짊어지게 할 순 없었다. 사무치도록 그리워도 참아내야 한다. 그녀가 가고 난 뒤, 나는 내 사랑이 진짜 끝이 났다는 걸 알았다.

현서는 우진의 일기장을 덮었다.

더는 읽을 수가 없었다. 너무 아파서, 가슴이 메어와서 눈물이 자꾸만 흘러내렸다. 지금은 다행히도 너무 행복한데, 헤어지던 그날의 아픔이 떠올라서 숨을 쉴 수가 없었다.

"현서야, 뭐 해?"

우진이 서재로 들어왔다.

현서는 얼른 눈물을 닦아냈지만, 흐르는 눈물은 멈추질 않았다.

"우진표 스파게티가 완성됐는데. 어서 먹자."

"네에."

현서가 떨리는 목소리로 대답하자 그제야 우진은 뭔가 이상한 낌새를 느꼈는지 그녀 앞으로 성큼 다가섰다.

"뭐야. 왜 그래, 이현서!"

단단히 굳어진 우진의 얼굴에는 놀라움과 걱정이 함께 깃들어 있었다. 현서는 아니라고 고개를 저었지만, 우진은 현서의 턱을 들어 올리며 눈을 맞추었다.

"왜 우는 거야, 응?"

갑자기 다시 쏟아지는 눈물은 걷잡을 수가 없었다. 현서는 그날로 돌아간 것처럼 마음이 아파서, 그를 붙잡지 못했던 그날이 원망스러워서 그의 품에 힘껏 안기며 매달렸다.

"미안해요, 우진 씨. 많이 힘들었죠? 내가 미안해요."

"……현서야."

"사랑해요. 우진 씨."

현서는 고개를 들어 그의 턱에 입술을 맞추었다. 우진의 검은 눈동자가 짙어졌다.

다정하게 눈가를 쓸어내리며 눈물을 닦아낸 뒤, 그가 현서의 입술 위에 입술을 내렸다. 부드럽게 아랫입술을 빨아들이고, 다시 윗입술을 빨아들였다. 현서의 눈은 저절로 감기었다.

"일기를 봤어요. 당신이 쓴 일기를."

그제야 우진은 현서의 눈물을 이해했다는 듯 으스러지도록 그녀를 품에 끌어안았다.

"다시는 헤어지는 일 없어, 우린. 사랑한다, 죽도록."

"흑, 우진 씨."

그의 뜨거운 입술이 그녀의 입술 위로 다시 내려왔다. 현서는 그의 목에 팔을 감고 발끝을 들어 적극적으로 그의 키스에 호응했다. 우진은 참을 수 없다는 듯 거친 숨을 내뱉으며 현서의 원피스를 끌어 내렸다.

뽀얀 가슴이 드러나자 우진은 손을 뻗어 가슴을 한 손에 움켜쥔 채 애달픈 손길로 어루만졌다. 핑크빛 유두가 그의 손에 이리저리 이지러지고 단단해지자 우진이 입술을 내려 입안 가득 가슴을 빨아들였다.

현서는 저릿한 감각에 흠칫 몸을 떨어대며 그의 머리카락 속으로 손가락을 파묻었다. 뜨거운 입속에 단단하게 솟아오른 젖꼭지가 씹히고 빨렸다. 발끝까지 퍼져나가는 전율에 현서는 신음하며 그를 힘껏 끌어당겼다.

"하아, 우진 씨."

열기로 가득한 눈빛이 그녀의 젖은 눈동자를 응시했다. 그는 현서의 팬티를 벗겨낸 뒤, 그의 몸에 걸치고 있던 옷을 하나씩 벗어 던졌다.

군살이라고는 찾아볼 수 없을 만큼 탄탄한 그의 몸매는 우아하고 날렵한 맹수처럼 보였다. 그가 으르렁거리며 그녀에게 달려들었다. 목덜미를 혀로 핥아 올리고 귓불을 이로 자근거리며 뜨거운 숨결을 불어넣었다.

현서가 그에게 매달리려는 순간 그는 현서를 뒤로 돌려세웠다. 현서는 몸의 균형을 잡기 위해 필사적으로 그를 붙잡았다. 팔을 위로 들어 올려 뒤로 그의 목을 감았다. 드러난 겨드랑이에 그가 입술을 내리며 혀로 핥아댔다. 간지러운 자극에 현서는 몸을 비틀어댔다.

우진은 손을 앞으로 뻗어 가슴을 어루만지고 주물러댔다. 다른 한 손은 서서히 아랫배를 지나 짙은 수풀이 우거진 곳으로 파고들었다.

목덜미로 뜨거운 숨결이 가팔라졌다.

크고 단단한 손이 그녀의 민감한 곳을 어루만지며 휘저어댔다. 현서는 짜릿하면서도 강렬한 자극에 흐느끼며 거친 숨을 내쉬었다.

"아흣……."

"하아……. 현서야, 사랑해."

단단하게 부푼 남성이 그녀의 엉덩이를 뭉근히 비벼댔다.

현서는 그의 까칠한 턱수염을 만지며 고개를 돌려 그의 입술에 제 입술을 갖다 댔다. 그의 혀를 옭아매고 힘껏 빨아들였다. 우진은 현서의 혀를 낚아채며 그의 입속으로 빨아들였다. 그녀의 엉덩이를 찔러대는 남성은 점점 부피를 늘려가며 그녀 안으로 들어오려고 움찔거렸다. 현서는 책상 모서리를 짚으며 상체를 앞으로 숙였다.

그가 현서의 허리를 잡고 깊은 동굴 속으로 힘껏 밀어 넣었다.

"하아⋯⋯. 현서야."

"아훗!"

격한 신음으로 파고든 그는 손을 앞으로 내려 애액으로 젖어든 곳을 손끝으로 비벼댔다. 현서는 강렬한 자극에 숨이 넘어갈 듯 신음했다.

그의 하체가 철썩 소리를 낼 만큼 강하게 파고들며 움직이기 시작했다. 꽃잎 속에 가려진 정점을 손끝으로 비벼대며 힘차게 움직이는 동작에 현서의 눈앞이 하얗게 변해가기 시작했다.

"하아⋯⋯ 하아⋯⋯."

현서는 헐떡이는 신음 속에서도 생각했다. 이 남자와 이렇게 사랑을 나눌 수 있어서, 이 남자에게 사랑을 받고 있어서, 이 남자를 사랑할 수 있어서 정말 다행이라고.

"⋯⋯사랑해, 사랑한다, 현서야."

늘 들어도 질리지 않던 말을 그가 폭포처럼 쏟아냈다.

둘 사이는 그 누구도 끼어들지 못할 만큼 사랑으로 결속되어 있음을 확신했다. 점점 환희에 차오르는 몸은 의식마저 멀어지게 했다. 우진의 한결같은 사랑에 심장이 뻐근하도록 가슴이 벅차올랐다.

그는 평소보다 더 집요하고 뜨겁게 그녀를 몰아붙였다.

현서가 절정의 문턱에서 신음할 때 그녀의 몸에서 빠져나간 그는 놀란 눈으로 바라보는 현서를 달랑 들어 올려 서재의 책상 위에 앉혔다.

"삼켜버릴 거야. 다 먹어치울 거야."

몸이 울긋불긋하게 분홍빛으로 물든 그녀를 잡아먹을 것처럼 바라보던 그는 부드러운 가슴을 핥으며 유두를 입안에 삼킨 채 혀로 굴렸다.

입에서 빠는 소리가 적나라하게 들려왔다. 그 소리마저 그녀를 더욱 흥분으로 몰아붙였다. 현서는 어서 절정에 달하고 싶은 마음에 그를 허벅지 사이로 끌어당기듯 힘을 주자 그가 가슴에서 입술을 떼어내며 씩 미소 지었다.

뇌가 녹아내릴 만큼 섹시한 미소였다.

"기다려. 아직 멀었어. 내 일기를 마음대로 훔쳐본 벌을 받아야지?"

그는 악마처럼 웃었지만, 너무나도 사랑스러웠다. 이다음에 이어질 행위에 대한 기대감에 현서의 심장은 터질 것처럼 두근거렸다.

그는 서서히 고개를 내려 짙은 수풀 사이에 입술을 묻었다. 뜨겁고 단단한 혀로 쓰윽 핥아 올렸다.

"하흣! 하지 마요. 부끄러워요."

환한 창가 앞에서 노골적인 행위가 흥분을 부추겼지만, 부끄럽기도 하고, 민망하기도 했다.

"그런 생각을 할 정신이 있단 말이지?"

그는 입안으로 꽃잎을 삼키며 정점을 혀로 찔러대고 비벼댔다.

"하악!"

현서는 허리를 뒤로 휘며 허벅지를 떨어댔다. 민감한 속살은 그의 자극에 충분히 예민해진 상태였고, 더할 수 없는 짜릿함에 절정으로 치달았다.

"맛있어."

입안에서 굴려지고 빨리며 핥아지는 그곳은 팽팽하게 부풀어 올랐고, 작은 자극에도 움찔거리며 애액을 흘렸다.

"하아, 이제 어서 들어와줘요."

흥건히 젖은 입술을 혀로 핥으며 고개를 든 그는 현서의 입술에 입술을 묻은 채 단단하고 굵은 남성을 단번에 밀어 넣었다.

그가 깊숙이 파고든 순간 현서는 정신이 아득해졌다. 그녀를 집어삼킬 듯한 희열이 온몸으로 번져갔다.

희미하게 일그러진 미간, 굵은 땀방울 흘리는 그는 미치도록 섹시했다.

현서는 그녀를 힘껏 몰아붙이는 그에게 몸을 맡긴 채 저 멀리 아득한 절정에 도달했다.

"아앗! 하흣!"

"헉!"

그의 입에서 뜨거운 신음이 나옴과 동시에 몸 안으로 뜨거운 기운이 퍼져 나갔다. 단단한 몸이 그녀를 힘껏 끌어안으며 감싸왔다. 맞닿은 심장이 서로 같은 박자로 뛰었다.

다시 침실로 옮겨간 둘은 후희를 나누며 서로의 몸을 쓰다듬었다.

"아, 스파게티는 다시 해야겠다."

"어머, 어떡해요?"

"그것보다 훨씬 맛있는 걸 먹고 있는데, 뭘 어떡해. 난 이게 더 좋아."

우진은 현서의 가슴을 쭉쭉 소리가 날 정도로 빨아댔다.

그의 입술이 닿는 곳마다 붉은 열꽃이 피어났다.

젖꼭지는 이미 성이 날대로 성이 난 상태였고, 그는 민감해진 가슴을 더욱 집요하게 탐했다.

우진은 현서의 몸이 반응하는 것을 지켜보는 것이 그가 직접 사정을 하는 것보다 훨씬 좋았다. 마치 그녀가 흥분하고 오르가슴에 도달하면 그도 함께 오르가슴에 도달하는 것 같은 착각이 들었다. 그의 손에, 입술에 한껏 흐트러진 채로 신음하는 그녀는 무엇보다 자극적이었다.

당장 숨이 넘어갈 것처럼 헐떡이는 현서의 모습은 세상에서 가장 관능적인 모습이었다. 오직 그만 볼 수 있는 그녀의 모습. 내 여자, 내 것. 그녀를 향한 강한 소유욕에 우진은 불타올랐다.

"사랑한다."

그의 입에선 저절로 사랑한다는 소리가 새어 나왔다. 그녀의 모든 것을 사랑했다.

그는 사랑을 고백하면서 더 큰 희열을 느낀다. 사랑하지만 사랑할 대상을 볼 수 없어 괴로워했던 지난날을 떠올리다 보면 지금 이렇게 곁에 있는 그녀가 마냥 고마웠다. 이렇게 사랑할 수 있게 해줘서 감사했다.

"현서야."

그녀의 이름을 부를 수 있어서, 부를 수 있게 허락해줘서, 감사하고 또 감사했다.

"현서야, ……사랑해."

그가 고백했다. 해도 해도 질리지 않는 고백을 끊임없이 해댔다.

그녀의 가슴을 핥고 손으로 꽃잎을 만져대며 끊임없이 속삭였다. 그의 손길이 강해질수록 현서의 신음도 높아졌다.

끈적이는 뜨겁고 깊은 곳은 그를 받아들일 준비를 마치고 유혹의 몸짓을 해댔다.

움찔대는 곳에 혀를 파묻어 부드럽게 비벼대자 자지러질 듯한 신음이 터져 나왔다.

먹고 먹어도 모자란다.

우진은 현서의 구석구석을 샅샅이 맛보았다. 그래도 늘 허기가 졌다. 헐떡이는 현서를 다시 품에 끌어안고 등을 쓸어내리며 절정의 여운을 느끼도록 했다.

흠뻑 땀에 젖은 사랑스러운 현서를 으스러지도록 안았다. 촉촉이 젖은 눈망울로 그를 바라보는 그녀. 우진은 영원한 사랑을 약속하며 그 두 눈에 입술을 내렸다.

땀인지 눈물인지 알 수 없는 짭짤한 맛이 느껴졌다.

그녀라면 무엇이든지 그는 다 좋았다. 머리를 쓰다듬고 얼굴을 매만지며 다시 입술에 키스하고 이마에 입술을 갖다 댔다.

"사랑해요, 우진 씨."

"사랑해, 현서야."

둘의 사랑 고백은 끊임없이 이어졌다.

-마침-

붉은 팔찌를 출간하며……

『붉은 팔찌』는 어쩔 수 없이 헤어지게 됐던 두 연인이 결국에는 팔찌에 담긴 염원대로 다시 맺어진다는 내용을 담았습니다.

사랑하는 남자를 떠나야 했던 여자의 아픈 마음과 그런 여자를 잊지 못해 내내 그리워하던 남자의 마음이 제대로 느껴지셨나 모르겠습니다.

사랑이라는 것은 언제 어느 순간에 들이닥칠지 모르는 도둑과도 같은 것이라서 늘 가슴을 두근거리게 하나 봅니다.

겨울비가 내리던 때 글을 연재했다가 이제야 세상에 책으로 내놓게 되었습니다. 부족한 글을 책으로 선보일 수 있도록 애써주신 와이엠북스 김 팀장님께도 감사드립니다.

그리고 늘 글 쓰는 데 도움이 되는 조언을 아끼지 않는 JE작가님께도 감사드립니다.

뜨거운 여름, 불타는 사랑 이야기로 다시 찾아뵙겠습니다.

감사합니다.

−2015. 7. 채의정 올림